# KASEY MICHAELS
## Palabras prohibidas

Editado por Harlequin Ibérica.
Una división de HarperCollins Ibérica, S.A.
Núñez de Balboa, 56
28001 Madrid

© 2011 Kathryn Seidick. Todos los derechos reservados.
PALABRAS PROHIBIDAS, N° 148 - 1.2.13
Título original: A Midsummer Night's Sin
Publicada originalmente por HQN™ Books
Traducido por Laura Molina García

Todos los derechos están reservados incluidos los de reproducción, total o parcial. Esta edición ha sido publicada con permiso de Harlequin Enterprises II BV.
Todos los personajes de este libro son ficticios. Cualquier parecido con alguna persona, viva o muerta, es pura coincidencia.
™ TOP NOVEL es marca registrada por Harlequin Enterprises Ltd.

® y ™ son marcas registradas por Harlequin Enterprises Limited y sus filiales, utilizadas con licencia. Las marcas que lleven ® están registradas en la Oficina Española de Patentes y Marcas y en otros países.

I.S.B.N.: 978-84-687-0555-2
Depósito legal: M-40241-2012

# KASEY MICHAELS
## Palabras prohibidas

Editado por Harlequin Ibérica.
Una división de HarperCollins Ibérica, S.A.
Núñez de Balboa, 56
28001 Madrid

© 2011 Kathryn Seidick. Todos los derechos reservados.
PALABRAS PROHIBIDAS, N° 148 - 1.2.13
Título original: A Midsummer Night's Sin
Publicada originalmente por HQN™ Books
Traducido por Laura Molina García

Todos los derechos están reservados incluidos los de reproducción, total o parcial. Esta edición ha sido publicada con permiso de Harlequin Enterprises II BV.
Todos los personajes de este libro son ficticios. Cualquier parecido con alguna persona, viva o muerta, es pura coincidencia.
™ TOP NOVEL es marca registrada por Harlequin Enterprises Ltd.

® y ™ son marcas registradas por Harlequin Enterprises Limited y sus filiales, utilizadas con licencia. Las marcas que lleven ® están registradas en la Oficina Española de Patentes y Marcas y en otros países.

I.S.B.N.: 978-84-687-0555-2
Depósito legal: M-40241-2012

PRÓLOGO

Él no seguía las modas, las creaba. Tenía ese aire distinguido de los mejores salones del París de posguerra, que eran todo sofisticación. Después de que él decidiera dejarse crecer el pelo casi hasta los hombros, lo habían imitado la mitad de los jóvenes modernos, algunos habían llegado incluso a recurrir a postizos para poder emular su cabellera rubia.

Montaba un semental ruano con una mancha blanca en forma de rombo, lo que había disparado las ventas de caballos ruanos, así como los ingresos de un tal Jacques Dupuis, antiguo jockey y un verdadero artista con la pintura.

Podía hacer llorar a un violín, convertir un pianoforte en un instrumento travieso y tocaba la flauta porque le parecía algo divertido. De pronto muchos maestros de música sin trabajo se veían asediados por la demanda de clases particulares y aquellos que consideraban cualquier música como un «ruido hermoso» aún no se habían visto sometidos a la tortura de tener que escuchar a decenas de franceses vanidosos sin el menor oído.

Si rechazaba una obra de teatro, la venta de entradas caía en picado. Si contaba alguna chanza, todo París se reía. Las damas jóvenes soñaban con él, los hombres jóvenes se esforzaban en que los vieran a su lado. En su casa no cesaban de llegar invitaciones de todo tipo de anfitrionas que lo querían en sus fiestas... o en sus dormitorios.

Lo llamaban Puck, un nombre que les encantaba. Era un hombre absolutamente inaceptable que era bienvenido en todas partes.

Era *le beau bâtard Anglais*, el bello bastardo inglés, la mascota preferida de la alta sociedad parisina, una mascota exquisita y muy querida.

Pero acababa de decir adiós a París, provocando la consternación de toda la ciudad, para volver a su lugar de origen justo a tiempo para el comienzo de la Temporada de Londres.

Donde lo conocían simplemente como Robin Goodfellow Blackthorn.

El bastardo.


Puck siguió haciéndose el interesante junto a la chimenea de la magnífica sala de estar de aquella mansión no menos magnífica de Grosvenor Square, el corazón del distinguido barrio de Mayfair. Parecía completamente despreocupado con su elegante ropa francesa, toda una obra maestra de un sastre que sin duda valoraba el agraciado físico de su cliente y había querido realzarlo con sus prendas.

En su rostro, una sonrisa halagadora que esbozaba con la facilidad que daba la práctica y que escondía la inteligencia de sus fascinantes ojos, de un color a medio camino entre el verde y el azul. Todo dependía de la habilidad que demostrara en los próximos minutos, sin embargo a cualquiera que lo mirara, le parecería un ser afable, estúpido e inofensivo.

En realidad estaba completamente en guardia, vigilando atentamente a aquellos dos caballeros, pues sabía que no eran simplemente dos aburridos ingleses cuyos ancestros podían remontarse al Diluvio Universal, pero no eran lo bastante inteligentes para guarecerse de la lluvia.

Llevaban alrededor de un cuarto de hora jugando, hablando de una cosa y otra, fingiendo todos ellos que los demás eran algo muy distinto a lo que en realidad eran. Nadie habría sabido decir quién ganaría aquella batalla de ingenio y de engaños, pero desde luego Robin Goodfellow Blackthorn siempre prefería apostar por sí mismo.

—Me gusta mucho la campiña inglesa —comentó Puck sin que tuviera que ver con nada de lo que se había dicho hasta el momento—. La zona de Gateshead, por ejemplo, es digna de elogio, podría pasarme horas hablando de tan hermoso lugar.

El barón Henry Sutton aprovechó la ocasión para poner fin a aquella conversación tan correcta que no conducía a nada, algo que Puck sabía llevaba deseando hacer desde que había llegado.

—¿Intentáis chantajearnos? —el barón miró a su amigo, un tal Richard Carstairs, y dijo—: Ahí lo tienes, Dickie. Este bastardo intenta chantajearnos.

—En absoluto, milord, aunque debo protestar, pues no veo motivo de traer a colación las circunstancias en las que nací —según hablaba, Puck se alejó de la chimenea para acercarse más a ellos—. Simplemente recordaba la otra vez que coincidí con el señor Carstairs, una tarde muy agradable que los dos pasamos en Gateshead el año pasado. Un lugar encantador, aunque quizá no demasiado frecuentado por caballeros como el señor Carstairs. A Jack sin embargo uno se lo puede encontrar en cualquier parte, normalmente cuando menos se lo espera y siempre haciendo alguna diablura, claro.

Dickie Carstairs, un hombre de piel clara y grandes mejillas cuyas formas redondeadas denotaban su amor por la comida, se volvió hacia el barón con los ojos abiertos de par en par.

—¿Has oído eso? Ha mencionado a Jack. Se supone que nadie debería saber nada de Jack. Es su hermano, por el amor de Dios, tenía que ser igual de astuto. Ya te dije que no deberíamos haber venido, por mucho que nos hayan citado. Me da igual.

El barón, obviamente el más inteligente de los dos y también el más agraciado, lanzó una dura mirada a Puck.

—Vuestro hermano se enterará de esto.

La sonrisa de Puck no hizo sino aumentar.

—Por supuesto que sí, no tengo ninguna duda de ello. Jack siempre se entera de todo, de una manera u otra. Es extraño, ¿no creéis? En la familia lo llamamos Black Jack. Es el más romántico de todos. Dadle recuerdos de mi parte, por favor. ¿Y qué tal está… ¿Cómo se llamaba? Ah, ya me acuerdo. Jonas. ¿Qué tal está Jonas? Lo primero que se me pasa por la cabeza es que estará en alguna tumba sin nombre lejos de Londres y de la justicia inglesa, pero a veces soy un poco retorcido.

—Si pretendéis dar a entender que nos lo llevamos y…

—Con eso es suficiente, Dickie —lo interrumpió suavemente el barón—. Basta de miramientos, señor Blackthorn. Es evidente que sabéis que vuestro hermano, el señor Carstairs y yo llevamos a cabo pequeños servicios para la Corona de manera ocasional.

Puck alzó ambas manos.

—Servicios de «eliminación», diría yo, y además muy útiles. Pero no me deis más detalles, por favor. Preferiría que esto siguiera siendo una conversación amistosa.

—Esto no tiene nada de amistoso. Nos enviasteis unas notas en las que desvelabais la información necesaria para hacernos venir y ahora queréis algo a cambio de vuestro silencio. ¿Es así?

Puck agarró la licorera de cristal y llenó de nuevo las copas de vino de sus invitados.

—Muy sagaz por vuestra parte. Sí, eso es exactamente lo que quiero. Algo a cambio de olvidarme de ciertos acontecimientos que tuvieron lugar la pasada primavera en Gateshead, en vuestra presencia. Nada exagerado, más bien insignificante en realidad. Me gustaría que me prestarais una pequeña ayuda para hacerme un hueco entre la alta sociedad londinense. Ya sabéis, tendríais que presentarme a algunas personas, dejaros ver charlando conmigo en el parque, quizá invitarme a acompañar a alguna cacería a dos personas importantes y socialmente aceptables como vos. Después de eso, estoy seguro de que podré arreglármelas solo.

—¿Estás oyendo? ¡Estás oyendo eso! ¡Me niego! —explotó Dickie Carstairs con toda su furia—. ¿Un bastardo entre la gente distinguida de Londres? ¿Y con nuestra bendición? ¡Es inaudito!

El barón hizo un gesto a su amigo para que guardara silencio.

—Creo recordar que vuestro hermano Beau ya lo intentó hace años, en dos ocasiones, si no me equivoco.

—Así es y con resultados muy dispares —Puck volvió a situarse junto a la chimenea.

Los tenía en el bolsillo, estaba seguro. Seguramente al mirarlo pensaban que, al igual que Beau, no era de los que agachaba la cabeza y que, igual que con Jack, debían pensárselo dos veces antes de hacerlo enfadar.

—Caballeros, yo no soy mi hermano Beau, ni tampoco mi hermano Jack. Los tres somos hijos del marqués de Blackthorn, los tres tristemente ilegítimos, pero no somos la misma persona. El bueno de Beau se convenció de que necesitaba que lo aceptaran. Jack, por su parte, rechaza a la alta sociedad. Personalmente, creo que piensa que estáis todos locos.

—¿Y vos? —preguntó el barón, observándolo atentamente.

—¿Yo? —Puck se encogió de hombros con elegancia francesa—. Lo cierto es que yo le pido poco a la vida. Solo deseo pasarlo bien y hacer que los demás también lo pasen bien. Soy una persona entretenida. Puede que incluso acabéis teniéndome simpatía. ¿Alguno de los dos queréis más vino? Dickie, veo que vuestra copa está vacía otra vez. Bebamos mientras hablamos de nuestra primera incursión en la sociedad. Yo sugiero que sea en el baile de máscaras de lady Fortesque, que tendrá lugar el viernes. Un poco atrevido, lo reconozco, tanto el baile como la propia lady Fortesque, y sé también que mucha gente los rehuirá a ambos, pero no está por encima de mis posibilidades, ¿no creéis?

El barón, que sin duda había llegado a la conclusión de que no podría hacer caso omiso a Puck, dejó la copa, se puso en pie y le hizo un gesto a Carstairs para que hiciera lo mismo.

—Isabel estará encantada con semejante escándalo. Me encargaré de que os hagan llegar la invitación esta misma tarde.

—Perfecto —asintió Puck, echándole un brazo por los hombros a Carstairs mientras los acompañaba a la puerta—. Entonces os veré a los dos en el baile.

—Pero… es un baile de máscaras. ¿Cómo nos reconoceréis?

—No será necesario que lo haga —respondió Puck a Dickie mientras pensaba que nadie pensaría que aquel hombre pudiera tener el espíritu aventurero o el coraje necesarios para asesinar a nadie, y menos a alguien importante—. Me reconoceréis vos a mí y os acercaréis a hablar conmigo. Veréis, yo, *pour mes péchés*, soy bastante singular.

—¿Por vuestros pecados? No sé si me gusta eso —dijo el improbable aventurero, frunciendo el ceño mientras lo miraba de arriba abajo—. Me preguntaba si ese chaleco os lo habrían hecho aquí o en París. Es sublime. Seguramente yo no tenga cuerpo para algo así, o más bien tenga demasiado cuerpo, pero si pudierais darme la dirección de vuestro sastre…

—Por el amor de Dios, Dickie. Vámonos —protestó el barón, resoplando mientras lo agarraba del codo.

Wadsworth esperaba con la puerta abierta y los sombreros de los dos caballeros en la mano. Ninguno de los dos le dio una moneda por la molestia, un gesto muy tacaño por su parte, cuando todo el mundo sabía que un pequeño detalle monetario bastaba para evitar que el sombrero o los guantes de un caballero acabaran extraviados.

En cuanto la puerta se hubo cerrado tras los invitados, Puck miró a su mayordomo.

—Ha ido bastante bien —dijo con una sonrisa—. ¿Tienes algo interesante para mí, Wadsworth?

—Sí, señor —respondió el antiguo soldado, llevándose la mano al bolsillo—. He encontrado una nota en la cinta del sombrero del más gordo y la he copiado para que pudierais verla. Aunque no parece tener demasiado sentido.

Puck agarró el papel que le daba Wadsworth. Nunca comprendería por qué había tantos hombres que recurrían a la cinta del sombrero como si fuera un lugar seguro donde esconder algo, pero lo cierto era que resultaba reconfortante comprobar que el señor Dickie Carstairs era tan predecible.

—¿De verdad? Sería una lástima, ¿no te parece? En cualquier caso, eres una verdadera joya, Wadsworth. De lo demás ya me encargo yo. Gracias.

Desdobló el papel y leyó el contenido mientras volvía a la sala.

*Os ruego que me disculpéis. ¡Granuja insolente! Seguidle la corriente, por favor. Es inofensivo. El sábado, donde siempre, a la hora de siempre. Nueva tarea. J.B.*

Puck arrugó el papel y lo tiró al fuego con una sonrisa en los labios.

—Ay, Jack, será un placer volver a verte.

CAPÍTULO 1

La casa de la prestigiosa plaza de Berkeley Square había llegado a manos de lady Leticia Hackett a modo de dote gracias a su abuela materna, que había impuesto astutas condiciones legales para que el padre de Leticia, un jugador empedernido con gustos caros, no pudiera venderla.

Reginald Hackett, el zafio esposo de Leticia, había llegado a ella gracias a dicho padre, el conde de Mentmore, que había vendido el buen nombre de su hija y su impecable linaje al mejor postor, un hombre codicioso con delirios de grandeza, convencido de que el dinero le serviría para hacerse un hueco en la alta sociedad.

Su hija y única descendiente, Regina, había sido un regalo de los dioses, el único motivo por el que Leticia no bebía aún más vino del que ya consumía.

Se habían encerrado las dos en la habitación de Regina, el único lugar de la casa, junto al dormitorio de su esposa, en el que Reg Hackett no se atrevía a entrar. La última vez que había querido satisfacer sus deseos masculinos y no había querido tomarse la molestia de ir a visitar a la amante que tenía en Picadilly, lady Leticia había sacado un pequeño revólver de plata de debajo de la almohada y le había arrancado el lóbulo de la oreja izquierda de un disparo muy certero. De haber estado sobria, probablemente no lo habría rozado siquiera.

No entraba en la habitación de su hija porque, aunque aparte de para conseguir fortuna a través de mentiras, robos y engaños, no utilizaba demasiado el cerebro y no era lo que podía llamarse un hombre inteligente, al menos sí se daba cuenta de que Regina lo despreciaba.

A Reg no le importaba. Su hija era para él como una materia prima, como un cargamento de seda de la India que vendería a precios inflados a unos cuantos idiotas. En eso consistían los negocios. Había que comprar a un precio y vender a otro mayor. Había comprado una dama de buena cuna y con título y vendería a su cachorra a alguien con título.

La muchacha era lo bastante guapa, siempre y cuando tuviese la boca cerrada, y Reg tenía muchas ganas de verse emparentado por matrimonio con alguna de las familias más importantes de Inglaterra. Gracias a Dios no había sido un niño porque no habría sabido cómo sacar por un chico más dinero del que había obtenido por sí mismo. Regina le conseguiría un título de conde en el peor de los casos, si no podía hacerse con uno de duque. Cuando uno provenía del arroyo, el poder emparentar con un conde era tan valioso como diez mil acciones de la Bolsa.

Reg no se equivocaba sobre la belleza de su hija. Parecía haberse engendrado sin su ayuda, pues no guardaba absolutamente ningún parecido, a excepción de un pequeño lunar que tenía junto a la boca, que en ella quedaba muy bien. Aparte de eso, tenía el cabello castaño oscuro con reflejos rojizos, igual que su madre, unos ojos tan azules que resultaban extraordinarios, aún más gracias a las largas pestañas negras que parecían enmarcarlos, y una nariz recta tan majestuosa que hacía que la de la reina Charlotte pareciera ridícula en comparación.

Desde luego Regina era toda una belleza. Fría como su madre, sí, pero ¿qué se podía esperar? Mientras mantuviese las piernas cerradas hasta que se hiciera con un título, Reg estaría satisfecho con ella.

—Date la vuelta hacia aquí, querida —dijo lady Leticia, moviendo la mano en la que tenía la copa de vino—. Es nuestra primera Temporada. No puedes ir con un escote demasiado atrevido.

Regina se miró al espejo y trató de subirse el escote del vestido. Su madre, bendita fuera, siempre se había avergonzado un poco del generoso pecho de su hija. Había llegado a decir incluso que no era propio de una dama y que seguramente fuera culpa de la sangre de baja alcurnia que le llegaba de su abuela paterna.

Regina no había conocido a aquella mujer, pues había muerto antes de nacer ella, pero cualquier fallo suyo, ya fuera por exceso o por defecto, siempre se le podía echar la culpa a su padre, a su abuela o la sangre. Cuando tenía cinco años, había roto sin querer una de las figuritas preferidas de su madre y le había sorprendido que su madre no aceptase su excusa cuando le había dicho: «No he sido yo, lo ha hecho la abuela Hackett».

—El escote está bien, mamá —aseguró Regina, mirando de nuevo a su madre y haciendo todo lo posible por meter pecho encorvando los hombros—. Estoy casi aceptable.

—Estás completamente aceptable —declaró Leticia con ímpetu antes de tomar otro largo sorbo de vino—. Tienen que aceptarte, no hay otra opción. Nuestros antepasados se remontan hasta...

—El siglo XV y nuestra fortuna hasta el martes pasado, cuando mi padre tuvo que hacer frente una vez más a las deudas de juego del abuelo Geoffrey y el tío Seth antes de que acabaran en la cárcel. Lo sé todo.

—Esa impertinencia no la has heredado de mí, ni de mi familia —contestó su madre, enfurruñada, al tiempo que echaba mano a la botella de vino—. El azul te sienta muy bien, por cierto. Te va con los ojos, unos ojos que mantendrás bajos. Las debutantes deben ser tímidas, los caballeros se sienten intrigados por la timidez.

—No lo comprendo. Lo lógico sería que les pareciera aburrida. Gracias, Hanks —dijo Regina cuando la doncella terminó de ponerle un sencillo collar de perlas en el cuello. Después se acercó a su madre y se agachó a darle un beso en la mejilla mientras contenía la respiración porque su madre creía que podía disimular el olor a licor con enormes cantidades de perfume, lo que solo servía para empeorar las cosas—. La tía Claire y Miranda no tardarán en llegar. Debería bajar ya. ¿Estarás bien?

Leticia miró hacia la botella de vino y asintió.

—Estoy bien acompañada.

Regina abrió la boca para reprender a su madre, pero enseguida tuvo que admitir que no serviría de nada hacerlo. En lugar de eso, miró a Hanks, que enseguida le guiñó un ojo. Le había puesto agua al vino. Bien. Después de la primera botella, el paladar de Leticia ya no era el mismo y nunca notaba que la segunda tuviera agua, y a veces había también una tercera.

—Entonces me marcho. Creo recordar que Miranda me dijo que nuestra anfitriona hacía unos postres deliciosos, así que me llevo el bolso más grande que tengo para traerte alguno.

A Leticia se le iluminó el rostro al oír eso.

—Pastelitos de limón. Si vais a la fiesta de lady Montag, habrá pastelitos de limón. Son sencillos, pero su cocinera tiene un verdadero don.

—Aún no es tarde si quieres venir —sugirió Regina, pues desearía que su madre saliera más de lo que lo hacía. Su prima Miranda era una acompañante muy agradable, pero tenía cierta tendencia a caer en la imprudencia y más de una vez había que sacarla de detrás de alguna planta y separarla de algún oficial de bajo rango cuando llegaba la hora de marcharse.

—Estoy segura de que tu tía Claire será más que suficiente como carabina. Ahora vete. Hanks y yo estaremos bien. ¿No es así, Hanks?

—Sí, milady —respondió la doncella con una reverencia.

Después de una última mirada de advertencia para Hanks, Regina agarró su bolso y se dirigió a la escalera. Llegó al vestíbulo de entrada a la casa justo cuando el mayordomo se disponía a anunciarle que el carruaje de los Mentmore la esperaba en la plaza. Aquel era el primer coche con escudo que tenían los Mentmore, Reginald Hackett se lo había comprado para que lo utilizaran durante la Temporada y les había advertido que Regina no debía pasear por la ciudad en otro vehículo que no fuera ese.

Salió a toda prisa y se montó en el carruaje junto a Doris Ann, la doncella de Miranda.. Miró hacia atrás.

—¿Llego tarde o vosotras temprano? —le preguntó a su prima y frunció el ceño al darse cuenta de que no había nadie a su lado—. ¿Dónde está la tía Claire?

Su prima soltó una risilla que a todo el mundo le parecía encantadora y movió esos rizos dorados que Regina envidiaba en secreto. Todo el mundo tenía el pelo castaño, pero los tirabuzones rubios de Miranda eran la última moda, igual que su piel clara, su delicada estatura y, por lo visto, también el pecho casi plano.

—Mamá ha decidido pasar una velada tranquila en casa dado que la tía Leticia va a hacernos de carabina —explicó con una nueva risilla.

—No tiene ninguna gracia —aseguró Regina—. Le dije a mi madre que nos acompañaría la tía.

Miranda hizo un gesto con la mano.

—Como si fuera la primera vez que mientes. Y, si es así, ya va siendo hora de que empieces. Tampoco es que la tía Leticia se acuerde ni de la mitad de las cosas que le dice la gente, pero… Ay, lo siento, Reggie. Siempre hablo sin pensar, ¿verdad?

—Haces muchas cosas sin pensar —le dijo Regina apretando las manos sobre el regazo—. Ahora dime adónde se dirige el coche antes de que haga parar al conductor y le pida que vuelva a Berkeley Square.

—¡No puedes haces eso! No puedo ir sola y tengo que ir sea como sea. Siempre te quejas de que nadie te quiere salvo por el dinero de tu padre. Bueno, pues a mí no me quiere nadie. Puede que mi padre sea vizconde y el abuelo Geoffrey conde, pero todo el mundo sabe que estamos a un paso de la pobreza. Supongo que mi padre me encontrará algún comerciante rico, igual que hizo el abuelo con la tía Leticia, si no se enamora locamente de mí nadie más adecuado antes de que termine la Temporada, pero seguramente no será tan rico como el tío Reginald y sí el doble de ordinario. Hasta que eso ocurra, quiero pasármelo bien. Llevo planeándolo toda la semana. Enséñaselo, Doris Ann —le hizo un gesto a la doncella, que inmediatamente echó mano a su bolso—. ¿Qué hacemos en un recital horrible pudiendo ir a un baile?

—¿Un baile? No voy vestida para… ¿Qué es eso?

—Unas capas —dijo Miranda, orgullosa, mientras agarraba un trozo de seda verde esmeralda antes de que Doris Ann pudiera pasarle otro rojo a Regina—. ¡Y las máscaras, enséñale las máscaras!

La doncella sacó también las máscaras de media cara y le dio una a cada una.

—¡Son maravillosas! —exclamó Miranda, colocándose la suya. Resultaba muy seductora, tenía cosidas pequeños cristales verdes y otros más grandes en los extremos que se alzaban a los lados, por encima de los ojos como llamas de color esmeralda—. ¿Ves? Estos lazos de raso se atan detrás de la cabeza. Las dos son muy bonitas, pero la verdad es que a mí me gusta más esta, si a ti no te importa.

—Pareces una gata —dijo Regina y bajó la mirada hasta

la máscara que tenía sobre el regazo—. Lo digo en el mejor sentido. La mía es… blanca.

—Color marfil, querida —la corrigió—. Tienen una forma muy parecida, excepto por esa parte que te tapa la nariz. ¿Has visto que aljófares tan bonitos? ¿Y esos lazos de raso? ¿Y esas rosas de seda? ¡No pongas esa cara, Regina! ¡Es preciosa!

Regina volvió a mirar la máscara. Sí, tenía tres pequeños capullos de rosa, uno a cada lado y otro que le quedaría en medio de la frente cuando la llevara puesta. Se los quitó los tres pese a las protestas de Miranda, que finalmente volvió a sonreír y aplaudió con entusiasmo.

—¿Eso quiere decir que vienes?

Volvió a mirar la máscara y la capa roja escarlata.

—Tengo entendido que los bailes de máscaras ya no están tan bien vistos como antes.

—Claro que no lo están, tonta. Si no fuera así, no habría tenido que quitarle la invitación a mi hermano, ¿no te parece? Pero como Justin está fuera de la ciudad, pensé que sería una lástima desperdiciar la invitación. Además, el baile lo organiza lady Fortesque y sé que Justin ha hablado de ella más de una vez, así que sigue siendo bastante aceptable.

Regina acarició la seda roja. Las debutantes no llevaban cosas de color rojo escarlata, ni tampoco máscaras, estaba casi segura. Y lo que sabía con absoluta certeza era que no iban a bailes sin la compañía de sus padres o de alguna carabina.

—¿Qué se hace en un baile de máscaras?

Miranda se encogió de hombros.

—Supongo que la gente se esconde detrás de las máscaras hasta que llega el momento de quitárselas. Pero nosotras no nos las quitaremos, claro. Cuando llegue ese momento ya nos habremos ido, pero mientras estemos allí… —hizo una pausa, seguramente para conseguir un efecto más dramático—… Mientras estemos allí, no le diremos a nadie cómo nos llamamos en realidad y podremos bailar y coquetear con total libertad. ¡Vamos, Reggie, di que sí!

Era muy aburrido debutar en sociedad. Seguramente tenía que ser aburrido, para que todo el mundo se esforzara en encontrar a alguien rápidamente, se casara y así no tuviera que pasar por ello nunca más. Como hija de la pobre y martirizada lady Leticia y de alguien tan inaceptable como Reginald, Regina había tenido que soportar miradas poco corteses, indirectas maliciosas y había visto incluso algunas madres que, al verla, se habían llevado a sus hijos en dirección contraria para no tener que detenerse a hablar con la señorita Hackett, una muchacha rica pero socialmente inferior. La excepción eran aquellos que tenían títulos nobiliarios, pero eran pobres como ratones y por eso estaban dispuestos a rebajarse para cortejar el dinero de su padre. En esos casos era ella la que huía, para disgusto de su padre.

Consideró la idea de poder bailar, y también coquetear, sí, sin que nadie supiera quién era, poder dejar de ser la hija de ese burdo comerciante y de la triste y alcohólica lady Leticia, aunque solo fuera durante unas horas.

Al darse cuenta de que estaba vacilando, Miranda la presionó sin compasión.

—Las capas nos ocultarán la ropa. Mira, son espectaculares, Doris Ann y yo las hemos encontrado en el desván y ya casi no huelen a alcanfor porque las hemos aireado bien. ¿A que parece mentira que alguna vez mis padres fueran jóvenes y se las pusieran con las máscaras para ir a algún baile? Pero no todo el mundo llevará capas y máscaras, seguro que hay quien lleva disfraces completos; habrá caballeros andantes, pastores y todo tipo de cosas fantásticas. Quién sabe, Reggie, quizá antes de medianoche te bese el diablo. ¿No te parece emocionante?

—Ninguna de las dos va a besar a ningún demonio —le advirtió Regina mientras dejaba que Doris Ann le atase la máscara—. Nos quedaremos una hora, ni un minuto más, y luego pasaremos un rato por el recital, por si acaso nuestras madres hablan con la anfitriona. Diremos que llegamos tarde porque uno de los caballos cojeaba. Y una cosa más, Miranda, no te separarás de mí, ni yo de ti, más de lo que dura un baile. ¿De acuerdo?

Miranda ya estaba colocándose la capa.

—¡Sí, sí, lo que tú quieras!

—Y si nos descubren, le diré a todo el mundo que fue idea tuya, que me secuestraste.

—¡Reggie! ¡No serías capaz de hacer eso!

—Seguramente no —admitió—. Pero me estaba acordando de esa vez que mamá y yo estábamos de visita en Mentmore y tú dijiste que te había tirado al estanque.

—Todo el mundo me creyó a mí y a ti no —recordó Miranda al tiempo que se ponía la capucha de la capa—. Es porque yo parezco muy inocente y tú… no importa.

—No, claro que importa —respondió al tiempo que los caballos se detenían delante de un edificio cuyas luces proyectaban extrañas sombras en el interior del coche—. ¿Qué es lo que parezco yo?

Miranda se movió con incomodidad.

—Bueno, mamá dice decadente, pero mi padre dice que eres exótica. Y Justin…

—¿Qué es lo que dice ese tonto de mi primo?

—Dice que parece que siempre estuvieses dispuesta. Deja de mirarme así porque no sé qué quiere decir eso, pero mamá le dijo que no debía hablar así delante de mí. Vamos, Reggie. Si solo tenemos una hora, vamos a aprovecharla al máximo.

—Supongo que ahora tengo algo más de lo que culpar a la abuela Hackett —murmuró Regina mientras se ataba la capa y se tapaba el cabello con la capucha—. Está bien, estoy dispuesta.

Llevaba el cabello rubio oscuro con raya a un lado y le caía sobre los hombros. La máscara era un diseño exclusivo del mejor modisto de París, por lo que se le ajustaba a la perfección, ya que había utilizado un molde de su cara para tener su estructura ósea exacta.

Le cubría tres cuartas partes de la cara, desde debajo de la nariz y los pómulos hasta donde comenzaba el cabello. Era muy sencilla, sin joyas ni lazos; la originalidad de la máscara de Puck, que era mucha, residía en cómo estaba pintada.

Estaba inspirada en un molinillo de colores, con ocho triángulos de colores llamativos que partían del centro de la rueda, situado sobre el tabique nasal. Los triángulos dorados decoraban su mejilla derecha, el lado izquierdo de la frente y la sien derecha. Y en los lados opuestos, eran de un color ébano intenso.

Lo único que se le veía bajo la máscara era la boca de labios carnosos, su barbilla afilada y unos divertidos ojos entre azules y verdes.

El conjunto era sencillamente fascinante. Esa había sido su intención.

Y no se había limitado solo a la máscara.

Iba vestido todo de negro, incluso el chaleco, la puntilla del cuello y los puños. Llevaba una capa de seda negra con ribetes dorados que le llegaba por las rodillas y un bastón de ébano cuya empuñadura era una cabeza de serpiente dorada. A modo de bufanda llevaba un pañuelo de encaje negro con un rubí del tamaño de un ojo de paloma rodeado por diamantes. El atuendo lo completaba un sombrero de ala ancha negro adornado con una pluma del mismo color.

Todo París lo había mirado boquiabierto la primera vez que se había puesto aquel disfraz, especialmente la bella lady de Balbec, recordó con una sonrisa. Le había suplicado que no se quitara la máscara ni siquiera mientras le arrancaba la ropa, impaciente por sentirlo sobre su cuerpo, pero pedía con coqueta timidez que aquel «desconocido enmascarado» no se aprovechara de ella. A veces las mujeres tenían las ocurrencias más ilógicas, pero seguramente eso era lo que las hacía tan encantadoras.

Esa noche, igual que en París, en un salón de baile lleno de máscaras sin la menor originalidad, de demonios, reyes, bufones y arlequines, eran tan diferente como la noche del día. Sabía que llamaría la atención. ¿Por qué si no iba a haberse molestado en ir?

En cuanto vio al barón Henry Sutton (capa y máscara negras, qué poco original) y al señor Richard Carstairs (vestido de bufón, lleno de cascabeles por todas partes), Puck se echó la capa sobre un hombro, se quitó el sombrero y se acercó a ellos.

—Caballeros, es un placer —los saludó cortésmente.

—Sí, sí, el placer del bastardo —refunfuñó el barón—. ¿De qué diantres vais vestido?

—Del pecado —respondió Puck pronunciando cada letra—. Voy vestido de pecado.

Dickie Carstairs se levantó el antifaz para rascarse la nariz.

—¿Podemos irnos ya? Estos malditos cascabeles me están dando dolor de cabeza. ¿O es que tenemos que presentaros a alguien?

—Me temo que de eso se trata precisamente —respondió el barón mientras echaba un vistazo por el salón.

Puck hizo lo mismo. Era un salón alquilado, pues ni siquiera lady Fortesque se atrevería a celebrar semejante fiesta en su mansión de Portland Square. Había tenido el acierto de colocar biombos y enormes plantas para que el lugar no pareciera tan enorme y proporcionara al mismo tiempo un poco de privacidad a aquellos que buscaran lugares románticos donde nadie pudiera verlos.

Los sirvientes, con máscaras de sátiros, se paseaban por el salón con bandejas llenas de copas de aguamiel y habían recibido la orden de asegurarse de que nunca faltara la bebida de manera que el que no obtuviera valor ocultando su rostro pudiera encontrarlo en el licor.

Vio a un hombre alto cubierto de pieles cortejando a una María Antonieta con peluca. Había algunos otros disfraces, pero la mayor parte de los invitados se habían limitado a taparse con capas y máscaras más o menos sencillas.

Después de todo, lo que importaba era ocultarse.

—Está bien, acompañadnos —dijo el barón poco después—. Empecemos con el bueno del rey Enrique VIII. En realidad es el vizconde Bradley y no, no lleva relleno en el jubón, aunque sí puede que lleve algo de serrín en las medias. Es un fanático de los caballos, por si os sirve de algo.

—Claro que me sirve. Le pediré consejo sobre mi nueva cuadra. ¿Quién es el que está con él?

—Ese es Will Browning —le informó Dickie Carstairs en voz baja—. Es un tipo muy popular. Si él os aceptara, al menos podríais decir que conocéis a un caballero deportista. Pero no lo hará. Aunque no tenga título es muy superior a vos.

—Siempre está jugando a las cartas o enfrentándose a algún hombre en Jackson's, pero de lo que más se enorgullece es de sus dotes con la espada —le explicó el barón.

Puck miró detenidamente al caballero, de aspecto atlético.

—Entonces tendré que retarlo en un enfrentamiento amistoso, ¿no os parece? —comentó con una sonrisa.

El barón se encogió de hombros.

—Adelante. Así mientras os recuperáis de la paliza en la cama, Dickie y yo no tendremos que molestarnos en presentaros a nadie más. Vamos, acabemos con esto cuanto antes.

En los siguientes veinte minutos, Puck conoció al menos a diez caballeros de la alta sociedad londinense. Dos de ellos lo desairaron, tres le estrecharon la mano, otros tres habían servido con Beau en la península y se mostraron encantados de saludar a su hermano. Concertó una cita para asistir a una subasta de caballos en Tattersalls con el vizconde Bradley, que había estudiado con su padre en el colegio Eton, y un encuentro de esgrima con el señor Browning, que lo observó detenidamente, igual que Puck hizo con él, y luego declaró que estaba deseando darle una buena lección.

Como es obvio, Puck no mencionó que había sido alumno del afamado Motet en la Académie d'Armes de París. Ciertas cosas debían de reservarse como sorpresa.

Después de eso, Puck empezó a aburrirse.

—¿Es que dos caballeros como vos no conocéis a ninguna mujer? —les preguntó mientras Dickie Carstairs agarraba otra copa de aguamiel—. No os pido que me presentéis a vuestras hermanas o a vuestras esposas, sé que no estoy a la altura y que ninguna de ellas asistiría a un evento como el de esta noche, pero, ¿no hay ninguna señorita presente que pudiera sentirse inclinada a invitarme a la próxima fiesta?

—Lady Fortesque —sugirió Dickie—. Pero seguramente ya la hayáis conocido al llegar. Harriette Wilson y sus hermanas, y algunas otras cortesanas, deben de estar por aquí, además de unas cuantas actrices de poca monta. Si lo que buscáis es un revolcón, nada mejor que una actriz. Si son buenas, incluso os harán creer que les ha gustado. ¿Qué? —le preguntó al barón al sentir un codazo.

—La madre de Jack es actriz —le explicó Henry Sutton y luego inclinó la cabeza ante Puck—. Os pido disculpas, señor Blackthorn. Parece que esta noche mi amigo se ha dejado el cerebro en casa. Pero, respondiendo a su pregunta, no, por lo que tengo entendido, lady Fortesque solo ha invitado a caballeros y luego ha incluido algunas... tentaciones para la debilidad humana, no sé si me explico.

Puck prefirió ser indulgente.

—Sí que había notado que había muchos más hombres que mujeres, desde luego.

—Dentro de un rato habrá dos menos, aunque estoy seguro de que crecerá el número de féminas en cuanto cierren los teatros, tal y como ha sugerido tan groseramente el señor Carstairs. Ya veo el rumbo que está tomando la velada y no deseo tomar parte en semejante libertinaje —declaró el barón, inclinando de nuevo la cabeza—. Señor Blackthorn, espero que disfrutéis de vuestro primer contacto con lo más primitivo de la alta sociedad londinense.

Puck inclinó también la cabeza, les dio las gracias a ambos y los vio alejarse, Dickie moviendo las manos, seguramente preguntándole al barón qué había dicho que fuera tan inadecuado. Puck pensó que seguramente Carstairs fuera el encargado de conducir y cavar los hoyos después de que Jack y el barón se hubiesen encargado de los objetivos; desde luego no parecía apto para hacer mucho más que eso.

Se le pasó por la cabeza que quizá fuera mejor marcharse, pues no le atraía la idea de «entretenerse» en aquel ambiente excesivamente caldeado y tan obvio para las relaciones anónimas aunque públicas. Nunca le había faltado la compañía femenina cuando la había deseado, pero lo último que desearía era acostarse con una actriz. Ya sabía adónde conducían esas locuras.

Puck se dio la vuelta bruscamente al darse cuenta de que su cerebro había tomado un rumbo que no era de su agrado y a punto estuvo de chocar contra alguien.

—Disculpadme, no estaba… Vaya, hola, hermosa dama.

—¿Cómo sabéis que soy hermosa? Esta ridícula máscara me tapa casi toda la cara.

Tan descarada respuesta agarró desprevenido a Puck, a quien sorprendió también el evidente desdén que había en el tono de voz de la joven; ninguna mujer lo había tratado así desde los trece años. Pero la sorpresa dejó pasó a la fascinación en cuanto se fijó en los ojos más azules que había vito en su vida y en unas pestañas tan largas y oscuras que apenas parecían reales.

Y esa boca. No solo era descarada, también era hermosa y muy tentadora. Tenía un pequeño lunar junto a la comisura izquierda de esos labios tan sensuales, lo que añadía aún más atractivo al conjunto. Sin duda conocía los placeres del sexo porque una mujer no nacía con esa boca a no ser que supiera cómo utilizarla.

Le puso las manos en los hombros y se dio cuenta de que era bastante alta para ser mujer y se atrevió a observar detenidamente el resto de su cuerpo.

Era de constitución delgada aunque no había duda de que bajo la capa se ocultaban unas curvas deliciosas porque lo que no podía ocultar era la generosidad y firmeza de sus pechos. Unos pechos que sería un placer acariciar y saborear.

Pero lo mejor de todo era que estaba allí. Se inclinó hacia ella, rozándole ligeramente la oreja con la boca para asegurarse de que pudiera oírlo con el barullo que los rodeaba.

—Vamos a bailar, vos y yo —susurró al tiempo que le pasaba las manos por los brazos. Le puso una mano en la delicada cintura, por debajo de la capa, y con la otra, le tomó la suya y se la llevó a los labios.

Tenía los dedos fríos a pesar del calor que hacía en el salón, pero no se apartó de él ni retiró la mano. Miró al centro del salón, donde había bastantes parejas bailando el vals que estaban interpretando los músicos.

—No, aquí no. Sois demasiado exquisita para bailar entre tanta gente —le dijo justo antes de darle la vuelta para llevarla hacia las puertas que daban paso a un estrecho balcón iluminado tan solo por la luz de la luna.

Una vez allí, descubrió que los dos bancos que había estaban ocupados por sendas parejas a las que no parecía importarles tener público, así que le soltó la cintura pero no la mano y se la llevó hacia unos escalones que conducían a un reducido jardín iluminado con faroles.

Ella no protestó, se limitó a levantarse las faldas y seguirlo adonde quisiera llevarla.

Por fin consiguió encontrar un lugar donde no hubiera nadie. No había ningún banco, pero el césped parecía bastante mullido y siempre podía servirse del tronco de un árbol para apoyarla mientras la conocía más a fondo.

Mientras conocía su cuerpo. Íntimamente.

Ya tenía la impresión de saber algunas cosas de ella.

Al fin y al cabo estaba allí, ¿verdad? Y parecía dispuesta a todo. ¿Qué más necesitaba saber?

—¿Cómo os llamáis, dama escarlata? —le preguntó clavando la mirada en sus ojos, perdiéndose en la profundidad azul.

—Antes quiero saber cuál es vuestro nombre. ¿Señor Negro o señor Oro? —respondió ella en otra muestra de carácter.

Puck se echó a reír.

—Ninguna de las dos cosas. Mi nombre es Robin Goodfellow.

La verdad solía resultar difícil de creer y también lo fue esa vez.

—Sí, claro. Y yo soy Titania, la reina de las hadas.

—Ah, mi bella Titania —comenzó a decir, sorprendido de que conociese los personajes de la farsa de Shakespeare, pero enseguida cayó en la cuenta de que debía de ser actriz. Estaba a punto de romper su regla más sagrada y darse un revolcón con una actriz—. ¿Entonces no me creéis?

—No más de lo que me creéis vos a mí. ¿Acaso importa? No creo que me hayáis traído aquí para saber mi nombre y decirme el vuestro.

—¿Para qué os he traído entonces? —le preguntó al tiempo que le retiraba la capa y aparecía una melena casi negra, al menos con aquella luz.

—No estoy segura. Pensaba que quizá pretendíais besarme.

—Besaros —repitió él, de nuevo sorprendido porque lo había dicho como si fuera algo extremadamente peligroso—. ¿Y vos habéis venido a que os bese?

—No era es mi intención, pero ya que estoy aquí... Estoy

convencida de que la amiga que me acompaña esta noche estará aprovechando al máximo la pequeña libertad que proporcionan las máscaras. Besarse con un desconocido a la luz de la luna.

El cerebro le enviaba mensajes que su libido se ocupaba de silenciar. Era actriz, eso era todo. Lo más probable era que estuviese fingiendo ser una tímida doncella creyendo que eso despertaría su curiosidad.

Y el plan estaba funcionando, quizá mejor aún de lo que ella esperaba. Esa fingida inocencia resultaba muy seductora y lo cierto era que estaba experimentando una pasión que no había sentido desde que era un jovencito calenturiento que habría perdido la cabeza ante la simple idea de rozar un pecho de mujer.

—Entonces, hermosa reina de las hadas, empezaremos con un beso.

Creía que a ella le gustaría que le siguiese el juego y la idea de hacerlo no hacía sino aumentar su deseo, por eso le puso una mano bajo la barbilla y se acercó para posar la boca sobre la de ella.

No se sintió en absoluto decepcionado. Dejó que la besara, pero no hizo nada para animarlo a ir más allá. No le echó los brazos alrededor del cuello, no apretó el cuerpo contra el suyo como habría hecho una profesional que quisiera acabar cuanto antes y llevarse unas cuantas monedas de oro.

Pero se había equivocado porque su aparente falta de experiencia se convirtió en un desafío e hizo que Puck sintiera un escalofrío de placer que fue directo a su hombría, que se apretaba contra los pantalones.

Un beso. Un solo beso y ya estaba dispuesto a ponerle una casa y darle todo lo que desease; perlas, diamantes, un carruaje y un caballo. Un beso y se había convertido en uno de esos estúpidos de los que tanto se reía, esclavizados por una mujer acostumbrada a jugar con los idiotas como él.

Idiotas como su padre.

Apartó la cara de ella y la miró a los ojos.

No vio en ellos la menor muestra de astucia o de codicia. Ninguna reacción excepto algo que cualquiera habría interpretado como confusión.

Vaya, era muy buena.

Pero él era aún mejor.

Esa vez no se acercó suavemente. La tomó en sus brazos y le plantó un beso en la boca con los labios abiertos, le metió la lengua, le mordisqueó los labios y subió las manos por su espalda para después ponérselas en los pechos. Apretó el muslo contra su sexo mientras seguía besándola, en la boca, en el cuello y en la piel suave que dejaba al descubierto el escote del vestido.

Y mientras hacía todo eso, no dejó de susurrarle cosas en francés. Le dijo lo hermosa que era, que el jueguecito de hacerse la inocente estaba volviéndolo loco y que iba a recompensárselo, que iba a hacerle el amor de tal manera que creería que no lo había hecho, por muchos hombres con los que hubiese estado antes.

Entonces ella le respondió:

—Tengo un alfiler de sombrero contra vuestra oreja y os lo clavaré si no me soltáis de inmediato.

Se lo dijo con absoluta claridad en un francés impecable.

Puck se apartó de ella y la miró con asombro. No podía ser una prostituta. Lo había engañado. Por el amor de Dios, se había dejado engañar por una jovencita con ganas de divertirse.

—¿Qué habéis dicho?

—Nada ni la mitad de horrible de lo que habéis dicho vos —respondió al tiempo que se cerraba la capa y volvía a colocarse la capucha sobre la cabeza. Le temblaban las manos, pero su voz era firme—: Me voy y no quiero que me sigáis.

Puck extendió los brazos en un gesto de inocencia y sonrió con un autocontrol sorprendente.

—Os aseguro que no tengo intención de hacerlo. Pero antes dejadme que os advierta algo sobre vuestros jueguecitos; puede que la próxima vez os cueste muy caro si dais con otro tipo de hombre, uno que se empeñe en demostraros el poco peligro que supone un alfiler de sombrero. Una cosa más: nunca amenacéis antes de atacar, limitaos a atacar directamente porque podríais no tener oportunidad de hacerlo después. Ahora marchaos, pequeña. Corred hasta que estéis a salvo en casa.

No esperó a oír nada más, se levantó las faldas y echó a correr por donde habían llegado hasta allí.

Puck la siguió caminando, intentando recordar qué le había dicho creyendo que era algo que en realidad no era y se preguntó si le habría hecho un daño irreparable.

Desde luego ella le había causado una gran impresión que iba a ser muy difícil de borrar.

CAPÍTULO 2

«¿Dónde está? ¿Dónde está? ¿Por qué he dejado que saliera a bailar?».

Regina iba de un lado a otro del salón, se ponía de puntillas, apartaba de su camino a demonios con colas en punta, tratando de ver la capa verde esmeralda.

«¡¿Dónde está?!».

Tenía que dejar de llorar si quería poder ver algo. Tenía que dejar de pensar en lo que acababa de pasarle... y en lo que podría haber pasado. ¡Ese hombre! Tan pérfidamente guapo, tan peligroso.

¿Qué había hecho?

¿Acaso había perdido la cabeza?

¡Las cosas que le había dicho al oído! Y ella las había escuchado, fascinada por sus palabras, intrigada por sus caricias y por su propia reacción a ambas cosas.

Regina se llevó la mano al estómago y deseó poder volver a sentir el cálido dulzor de ese líquido que había bebido antes como si fuera agua, porque en aquel horrible baile hacía mucho calor y hasta olía un poco mal. ¿Qué habría en esa copa? No podía ser tan terrible. Solo era miel...

Contuvo la necesidad de llamar a Miranda a gritos, pues sabía que no debía hacer una escena y llamar la atención de semejante manera. Sería un desastre que alguien supiera que habían asistido a un acontecimiento tan inapropiado.

Había gente besándose por todas partes. Todo el mundo se reía y se tocaba lujuriosamente al cruzarse los unos con los otros. No había sido así cuando ellas habían llegado, pero parecía que el ambiente había ido caldeándose, como si cada tic tac del reloj sirviese para despojarse de las ataduras de la sociedad y dejar tan solo lo más básico y primitivo.

—Dejadme que os vea bien, guapa —un hombre alto disfrazado de forajido con pistolas y todo la había agarrado del brazo y no parecía tener intención de soltarla—. Dadme todas vuestras pertenencias, empezando por un beso de esos hermosos labios.

«Nunca amenacéis antes de atacar, limitaos a atacar directamente porque podríais no tener oportunidad de hacerlo después». Regina agarró el alfiler del sombrero y se lo clavó en la mano al forajido para salir corriendo en cuanto él la soltó con un grito de dolor.

No sabía en qué parte del Infierno de Dante se encontraba, pero necesitaba salir de allí cuanto antes.

Miró a su espalda con el temor de que ese tal Robin Goodfellow pudiera estar siguiéndola, pero no lo vio. Allí no había nadie que ella conociera, claro que tampoco lo conocía a él.

¡Solo necesitaba encontrar a Miranda!

Por fin consiguió recorrer el laberinto de plantas, biombos y sofás tras el que se llegaba a la entrada principal y al pequeño vestíbulo en el que aguardaban sentadas algunas doncellas, preparadas para atender a sus respectivas señoras en cuanto lo necesitaran.

—¡Ay, señorita Regina, aquí estáis! ¡Gracias al Señor! —Doris Ann le agarró las dos manos entre la suyas, apretándoselas con tal fuerza que le dolió—. Se ha marchado. ¡La señorita Miranda se ha marchado!

Regina apartó las manos con cierto esfuerzo e intentó calmar a la doncella.

—Vamos, Doris Ann. Lo que ocurre es que no la encontramos, nada más, y seguramente sea esa su intención. ¿Cuándo la viste por última vez?

—No he vuelto a verla desde que llegamos —respondió Doris Ann, gimoteando—. Ya es casi medianoche, vos dijisteis una hora, señorita Regina, y ya hace prácticamente dos que estamos aquí. Me prometió que os haría caso si veníais con ella. Pensé que vos también habíais desaparecido, como no queríais haber venido, pero ahora estáis aquí y ella no. Estaba segura de que estaría con vos y…

—Está bien, Doris Ann, vamos a tranquilizarnos —le dijo Regina con calma—. Sé que llevamos aquí más tiempo del que habíamos acordado, yo me he… entretenido, así que seguramente a la señorita Miranda le habrá ocurrido lo mismo.

—Hace un rato me asomé a mirar sin que nadie me viera y me pareció que ahí dentro están ocurriendo cosas raras y poco adecuadas, señorita. He oído lo que decían algunas doncellas, comprendéis. No deberíais haber venido ninguna de las dos.

—Nos marcharemos en cuanto encontremos a la señorita Miranda, puedes estar segura. Lo que vamos a hacer es entrar al salón a buscarla; tú irás por la izquierda y yo por la derecha. ¡Doris Ann! No te atrevas a decir que no —añadió en cuanto vio que se disponía a menear la cabeza.

—No pienso entrar ahí con las cosas que he visto.

—Tu querida señorita Miranda está ahí dentro —o quizá en los jardines, pensó Regina para sí—. Porque tú la quieres mucho, ¿verdad?

—Sí, señorita Regina. Pero ahí dentro estás pasando cosas muy…

—Eso ya lo has dicho. ¿Quieres que los padres de la señorita Miranda sepan de tu participación en todo esto? ¿Que la ayudaste a encontrar las capas y las máscaras y que sabías lo que iba a hacer y no hiciste nada para impedirlo? ¿Y que después volviste a casa sin ella?

Doris Ann se pasó la lengua por los labios.

—¿Habéis dicho que yo me encargaba de buscar por la izquierda?

Regina respiró aliviada.

—Sí. Si la encuentras, tráela aquí de inmediato. Agárrala bien y no la sueltes hasta que lleguéis aquí, ¿entendido?

La doncella asintió mientras miraba con temor hacia la puerta del salón de baile.

—Madre mía. Se están quitando las máscaras, señorita Regina. ¿No se suponía que vos os habríais marchado mucho antes de que llegara este momento?

—Ay, Dios…

¿Cómo iba a entrar al salón ahora que la gente estaba quitándose las máscaras? Se preguntarían por qué ella se la dejaba puesta y quizá alguien intentara incluso quitársela, viendo las libertades que se tomaban los asistentes.

Pero tenía que encontrar a Miranda, aunque solo fuera para poder retorcerle el cuello.

—¿Algún problema?

Nada más oír esa voz, Regina se dio cuenta de que el hombre que se había presentado como Robin Goodfellow la había encontrado y estaba justo detrás de ella.

—No. Gracias —respondió sin volverse a mirarlo. ¿Se habría quitado la máscara? Si era así, ¿sería tan guapo como parecía? ¿Seguiría riéndose de ella? ¿Esperaría que también ella se despojara de la máscara? ¿Había dicho en serio todas esas cosas que le había susurrado en francés creyendo que ella no lo entendería? ¿Podría siquiera mirarlo a la cara después de haber oído lo que había oído, sabiendo que él sabía que sí lo había entendido todo?

—Muy bien. Entonces dejaré que lo resolváis sola, sea lo que sea.

«¡No! ¡No os marchéis!».

—Señor Goodfellow… esperad —Regina se mordió el

labio inferior para encontrar un poco de valor antes de girarse hacia él y comprobó con un alivio absurdo que aún llevaba la máscara—.Yo… no encuentro a mi acompañante.

—¿Quiere eso decir que vuestra amiga… o amigo desapareció mientras vos estabais… ocupada?

—No seáis odioso, os lo ruego —respondió Regina con irritación—. Sabéis que no soy como habíais pensado, aunque teníais motivos para pensarlo, pues sé que no estaba comportándome adecuadamente, así que no os culpo por ello y os pido disculpas por… haberos llevado a creer lo que creísteis. ¡Doris Ann, deja de llorar! Es muy importante que encuentre a mi pri… amiga para que podamos marcharnos de aquí cuanto antes.

Él la miró inclinando la cabeza.

—¿Entonces sois dos y entre las dos no habéis tenido ni medio cerebro? Muy bien, permitidme que os ofrezca ayuda. ¿Cómo va vestida?

Regina apretó las manos para que no se diera cuenta de que estaba temblando. Aquello era muy serio. Miranda podía estar en cualquier lugar, haciendo cualquier cosa. Solo tenía que pensar lo que había hecho ella, y eso que nunca se había considerado ni la mitad de estúpida que Miranda.

Le describió rápidamente a su prima y la indumentaria que llevaba.

Robin Goodfellow (¿cómo podía pensar que pudiera servirle de ayuda después de haberle dado un nombre tan ridículo) meneó la cabeza.

—Me precio de ser muy observador, pero me temo que no recuerdo haber visto a ninguna rubia menuda con una capa verde esmeralda. Quizá deberíamos mirar en los jardines.

—No habría sido tan insensata de… No importa —terminó de decir Regina al ver la sonrisa de petulancia que había en el rostro de Robin Goodfellow, una sonrisa que debería haberle valido una bofetada en la cara. Incluso con la máscara puesta, no había más que mirarlo para saber que para él la vida era todo diversión—. Sí, vamos a mirar en los jardines. Doris Ann, quédate aquí mientras yo voy con el señor Goodfellow y, si volviera mientras yo no estoy, tienes permiso para ponerla en su lugar.

Robin Goodfellow agarró a Regina de la mano y se la llevó de nuevo al salón de baile, donde habían apagado al menos la mitad de las velas y, aunque la orquesta seguía tocando, ya no había nadie bailando.

—Va a ser imposible encontrarla en medio de esta oscuridad —protestó Regina—. ¿Cómo se les ha ocurrido apagar...? ¡Ah!

Cerró los ojos rápidamente y giró la cabeza hacia Robin Goodfellow, pero el recuerdo de lo que acababa de ver seguramente quedaría impreso en su mente para siempre. Aquella mujer no tenía vergüenza, era evidente. Estaba reclinada sobre el respaldo de un sofá, con las faldas subidas hasta la cintura y un hombre, con los pantalones en los tobillos, encima de ella, bramando como un animal. Otros tres, ya sin máscara, estaban delante de ellos, observando y quizá esperando su turno.

—Parece ser la... Vaya, habéis visto eso, ¿verdad?

—No, no —susurró Regina, apretándole la mano.

—Bueno, la cola que se ha formado le va a reportar buenos beneficios a esa meretriz —dijo él—. Ahora ya sabéis por qué vuestra madre os dijo que jamás debíais aceptar una invitación para acudir a un baile de máscaras. Especialmente si la anfitriona es la afamada, y lasciva, lady Fortesque.

Regina levantó la cara, tratando de resistirse al impulso de mirar a su espalda una vez más para comprobar que lo que había visto era cierto porque le resultaba muy difícil de creer que lo fuera realmente.

—Dudo mucho que mi madre creyera que podría ver a mi propio padre en esa cola. Vámonos de aquí, por favor.

Robin Goodfellow se detuvo en seco.

—¿Vuestro padre? ¿Cuál de ellos es? No importa. Me

atrevo a suponer que no querréis que me acerque a pedirle ayuda. Resultaría algo incómodo.

Regina notó que le temblaba la barbilla y no sabía si estaba a punto de echarse a reír o de sufrir un ataque de histeria. Estaba perdiendo la cabeza, eso sí lo sabía con certeza.

—Por favor.

—Mis más sinceras disculpas. No iréis a desmayaros, ¿verdad? Os llevaría con vuestra doncella, pero necesito que me ayudéis a identificar a vuestra prima, si la encontramos.

—Lo sé —asintió Regina mientras pensaba que iba a serle de muy poca ayuda si no levantaba la mirada de los zapatos de los invitados—. Pero no os separéis de mí, os lo ruego.

—No lo haré —aseguró y ella le creyó.

Media hora después, tras un recorrido ciertamente incómodo, aunque a veces instructivo, por los jardines, volvieron al vestíbulo con una capa de seda verde esmeralda y lo que quedaba de un antifaz al que le faltaban varias piedras verdes.

Regina apenas podía caminar. Habían encontrado las pruebas, tal y como lo había denominado Robin Goodfellow, en la parte trasera de los jardines, muy cerca de una puerta que daba a un callejón, donde él había creído ver indicios de un pequeño forcejeo.

En cualquier caso, estaba claro que Miranda había desaparecido.

Regina se derrumbó en la silla que había junto a la de Doris Ann, se llevó las manos a la cara, aún enmascarada, y se dejó llevar por la desesperación.

Su prima había desaparecido. Se había esfumado. La habían secuestrado.

—Quedaos aquí —le dijo Robin Goodfellow poniéndole una mano en el hombro y esperó hasta que Regina consiguió asentir—. Voy a enseñarles la capa y el antifaz a los sirvientes. Alguien tiene que haber visto a vuestra prima y quizá ese alguien recuerde con quién estaba en ese momento.

—¿Señorita Regina?

Regina levantó la cabeza y se levantó la máscara lo suficiente para secarse las lágrimas.

—Vamos a encontrarla, Doris Ann.

—Sí, señorita. Pero, ¿y si no lo hacemos?

La pregunta la hizo estremecer.

Tendría que decírselo a su madre, que volvería a culpar a la abuela Hackett una vez más. Su padre se pondría furioso ante la idea de que lo ocurrido hubiese arruinado su oportunidad de casarla con un noble. Tendrían que decírselo a la tía Claire y al tío Seth. Quedarían horrorizados y aterrados.

Y todo el mundo le echaría la culpa a ella.

Pero eso era lo que menos importaba. Lo importante era que Miranda había desaparecido y solo Dios sabía por qué.

Regina recogió una piedra verde que le había caído en el regazo.

Y no se había ido voluntariamente.

Apretó la piedra y cerró los ojos para rezar.

—¿Regina?

Levantó la mirada al oír su nombre y frunció el ceño antes de darse cuenta de que Robin Goodfellow había oído a Doris Ann llamarla por su nombre. Se puso en pie de un salto.

—¿Habéis averiguado algo?

—Sí. Tenemos que irnos.

—No puedo irme. ¿Y si vuelve Miranda y no estoy aquí?

—No va a volver —le hizo un gesto a Doris Ann para que los acompañara y las condujo a la calle, donde esperaba un extraño carruaje con la puerta abierta y un lacayo esperándolos—. Después de una rápida parada en mi casa para cambiarme de ropa, voy a llevaros directamente a casa, sea donde sea. Entraré con vos y hablaré con vuestra madre y con quien queráis que hable para contar la historia que se nos ocurra por el camino. Tengo algunas ideas generales, pero vos debéis añadir los detalles.

—Pero... tenemos que decirles la verdad.

—Esa es la última opción y solo si descubren que mentís. Recordad que vuestro padre está entre los invitados al baile; dudo mucho que le gustara saber que su hija también ha asistido —dijo mientras la ayudaba a subir al carruaje—. ¿Confiáis en la doncella?

—¿Doris Ann? —Regina estaba aturdida. ¿Acababa de decir que iba a llevarla a su casa para cambiarse de ropa? ¿Acaso iba a raptarla?—. No tengo duda alguna sobre ella. Solo es la doncella.

—Por suerte para ella. ¿Verdad, Doris Ann?

La doncella asintió rápidamente.

—No dirá una palabra a nadie si no quiere acabar en la calle sin referencias o incluso en la cárcel. ¿Es así, Doris Ann?

La muchacha meneó la cabeza con tal fuerza que se le cayó la cofia.

—Estupendo. He encontrado al cochero y al mozo y les he hecho creer que estaban rodeados por una banda de bandidos que os habían raptado a vuestra prima y a vos después de robar el carruaje. Londres es un lugar muy peligroso, incluso en los mejores barrios. Me sorprende que haya alguien a salvo. Sois pariente del conde de Mentmore, ¿no es cierto?

A Regina le daba vueltas la cabeza.

—¿Cómo... cómo...?

—Por el emblema que había en la puerta del carruaje. Solo un idiota acudiría al baile de lady Fortesque en un coche tan fácil de identificar. No se os dan muy bien las intrigas, ¿verdad?

—¿A vos sí?

—Lo cierto es que sí, por suerte para vos. Ahora que hemos aclarado unas cuantas cosas, vamos a mi residencia. He dado orden al cochero de detenerse en la entrada trasera, donde esperaréis dentro del carruaje mientras yo me quito esta ropa, que nos delataría de inmediato. En ese tiempo se os tendrán que ocurrir todos los detalles para que la historia resulte creíble. Os sugiero que penséis dónde estabais, por qué no estabais donde se suponía que debíais estar, por qué no os acompañaba ninguna carabina y por qué no os secuestraron a vos también.

—Porque… me defendí clavándole el alfiler de mi sombrero al hombre que me había agarrado. Mi madre dice que todas las jóvenes castas deben llevar siempre un alfiler a mano. Así conseguí que me soltara.

—Está muy bien para empezar —reconoció Robin Goodfellow cuando el carruaje entraba en un estrecho callejón—. Quizá esté demasiado bien. Tenéis madera de buena mentirosa, Regina.

—Lo sé, lo llevo en la sangre —admitió con tristeza al tiempo que él abría la puerta y salía del carruaje antes de que se hubiese detenido por completo.

Mientras Doris Ann lloriqueaba, Regina se concentró en idear una historia que resultase creíble para poder contársela a su madre. El problema era que su madre se había quedado a solas con su «compañía» y, aunque el vino estuviese aguado, a esas horas de la noche no estaría para escuchar a Regina ni a nadie.

¿Y su padre? Regina sintió un nudo en el estómago. No, su padre no estaría en casa cuando ella llegara. Cuánto lo detestaba. Era tan abyecto y zafio como cualquier otro hombre que hubiese caído tan bajo como para asistir a semejante baile.

Entonces se recordó a sí misma que Robin Goodfellow también había asistido y eso no hizo sino empeorar aún más su estado de ánimo.

Sin embargo el hermano de Miranda había recibido una invitación, lo que hacía pensar que entre los asistentes habría otros caballeros de la alta sociedad londinense.

¿Acaso todos los hombres eran tan abyectos?

Realmente era una lástima que no sintiese el menor deseo de entrar en un convento.

—¿Señorita Regina? ¿Cómo vamos a irnos a casa sin la señorita Miranda? Su madre se va a disgustar mucho y milord se volverá loco.

Regina levantó la mano para desatarse el cordón del antifaz, que tiró con fuerza por la ventana del carruaje.

—Mi tío Seth estará en todo su derecho de enfadarse. Y de asustarse. Pero tenemos que pensar en la señorita Miranda, Doris Ann. Pensaremos en ella y seremos valientes. Aunque no completamente sinceras —añadió al tiempo que estrechaba la mano de la doncella.

—Sí, señorita. ¿Y cómo vais a explicar la presencia del señor Goodfellow?

Regina abrió la boca y volvió a cerrarla sin decir nada, pero enseguida tomó una decisión.

—Dijo que ya tenía algunas ideas generales, así que dejaré que eso lo explique él. Ahora calla, se oyen pasos. Sí, aquí viene.

Regina se irguió en el asiento del carruaje y clavó la mirada en la oscuridad de la calle a la espera de que apareciera él y poder por fin verle la cara sin aquella extraordinaria máscara. Probablemente algún día llegara a convencerse a sí misma de que había sido la máscara lo que había acabado con su sentido común, que aquel extraño diseño la había hipnotizado de algún modo y la había impulsado a hacer algo que jamás habría hecho en otras circunstancias. Que su comportamiento no había tenido nada que ver con que él tuviera una voz tan agradable y culta, ni con la manera en que le había puesto las manos en los hombros, ni con que hubiese estado a punto de hacer que se le parara el corazón al mirarla con la picardía que había en sus ojos verdes azulados.

Era eso o creer que la abuela Hackett se había instalado dentro de ella para siempre.

—Ah… —Regina parpadeó varias veces—. Dios mío.

Era el hombre más guapo que había visto en toda su vida,

decidió ahora que podía verlo de verdad. Seguía vestido casi por completo de negro, pero ahora llevaba una camisa y un pañuelo al cuello de un blanco impoluto que brillaba con la luz de la luna, y se había recogido el largo cabello rubio. Era inglés, de eso estaba segura, pero tenía cierto aire extranjero; tan elegante, tan sofisticado y romántico. Se había despojado de la capa de ribetes dorados y también del bastón que había soltado mientras la besaba para tener las manos libres y poder… No, tenía que olvidarse de todo eso. ¡Iba a olvidarlo todo!

Antes de entrar al coche, se detuvo a recoger el antifaz que Regina había tirado por la ventana.

—Lección número dos, mi hermosa Titania. Nunca dejéis pruebas incriminatorias donde podría verlas cualquiera. ¿Si sois tan amable de darme las dos capas y el antifaz de tu prima? Ah, gracias, Gaston.

Entonces apareció una segunda persona y el señor Goodfellow le entregó las «pruebas». El sirviente tuvo que agacharse a recoger el antifaz verde, que se le cayó al suelo a su señor.

—Disculpa, Gaston. No tengo experiencia alguna en tirar ropa, solo en quitarla, *si vous prenez ma signification*. Quema todo eso y encárgate de que no queden cenizas —le ordenó y, un segundo después, el sirviente había desaparecido de nuevo en la oscuridad.

Dentro del coche, Regina se había recuperado de la sorpresa lo suficiente para alzar la mirada al cielo ante el escandaloso comentario del señor Goodfellow. Pero su sentimiento de superioridad desapareció de golpe en cuanto él entró en el carruaje y se sentó a su lado.

Si su aspecto era bueno, su aroma era delicioso. Estaba claro que no era ningún muchacho; era todo un hombre. Un hombre que la miraba con absoluto descaro.

—Dejad de mirarme así. Mi prima ha desaparecido —le recordó.

—Pero eso no me ha dejado ciego —replicó él con rapidez—. Sois tan hermosa sin la máscara como misteriosa resultabais con ella. Cierra la boca, Doris Ann. Vuestra señora y yo estamos coqueteando. ¿No es así, Regina?

—¡Por supuesto que no! Y no quiero que volváis a llamarme Regina, del mismo modo que me niego a seguir dirigiéndome a vos como señor Goodfellow. Es un nombre ridículo.

Al oír aquello, se llevó la mano al pecho como si lo hubieran herido de muerte.

—¿Os burláis de mi nombre? Mi madre, de quien no puedo decir que sea una santa precisamente, se quedará destrozada porque le encanta mi nombre.

Regina no sabía si debía creer las palabras de aquel hombre, aunque dijera que el cielo era azul.

—Eso no es cierto. ¡Y dejad de sonreír de ese modo! Sois imposible.

—Lo sé. Está bien, podéis llamarme señor Blackthorn. Robin Goodfellow Blackthorn.

Regina sintió que le ardían las mejillas.

—¿Entonces no mentíais?

—No del todo, no. Y ahora, si sois tan amable de devolverme el favor...

—¿Devolveros... Ah. Hackett. Soy Regina Hackett. Mi prima es lady Miranda Burnham, hija del vizconde Ranscome y nieta del conde de Mentmore.

—¿Todo eso? Y sin embargo aún nos falta un dato importante. Bueno, en realidad dos. ¿Adónde debo decirle al cochero que se dirija?

Regina había estado pensando en eso. A esas horas de la noche, su madre estaría beoda y, con un poco de suerte, al día siguiente podría incluso hacerle creer que esa noche las había acompañado a Miranda y a ella. No se sentía orgullosa de aprovecharse de ese modo del problema de su madre, pero se encontraba en una situación desesperada y necesitaba tomar medidas desesperadas.

—Durante la Temporada resido en Berkeley Square, pero solo nos detendremos allí un momento para dejar a mi madre y luego continuaremos. Los recientes acontecimientos han superado a la pobre mujer, así que debo llevarla a la cama y darle una generosa dosis de láudano. Una vez hecho eso, iremos directamente al domicilio de mi abuelo en el número veintitrés de Cavendish Square, donde se lo contaremos todo a los padres de Miranda. Mi abuelo, por suerte, está en el campo, aquejado de un ataque de gota, así que veremos a mi tía Claire o a mi tío Seth o, si tenemos muy mala fortuna, a los dos. ¿Cuál era el otro dato importante?

—No lo recuerdo. Todos esos nombres y títulos me han dejado confundido. Ah, ya lo sé, pero ya me habéis dado la respuesta. ¿Vuestra madre os ha acompañado esta noche a vuestra prima y a vos? Estoy deseando ver cómo la convencéis para que os siga la corriente.

Regina lanzó una rápida mirada a Doris Ann, que estaba carraspeando.

—Eso es asunto mío, señor Blackthorn. Yo me encargo de ello. Ahora, por favor, dadle la dirección al cochero, quiero llegar a Cavendish Square para poder escuchar lo que habéis averiguado en el baile y no habéis querido decirme.

—Es una historia que no tendría ninguna importancia, ni siquiera en Cavendish Square, pero me voy a permitir hacer algunos cambios y os pido que guardéis silencio excepto cuando tengáis que lloriquear en los momentos necesarios. Y preferiría contarla solo una vez.

—¡No tendré que forzar esos lloriqueos porque estoy muy triste! ¡Y preocupada!

—Lo disimuláis muy bien.

—Estoy acostumbrada a... ¿Podríais por favor dadle la dirección de mi tío al cochero?

La miró unos segundos de manera un tanto extraña antes de inclinarse sobre Doris Ann para abrir una pequeña portezuela a través de la cual se comunicó con el cochero.

Regina pensó en su tía y en lo mucho que adoraba a su única hija.

—¡Es algo horrible! ¿Sabéis quién se ha llevado a Miranda?

—Si lo supiera, señorita Hackett, os habría enviado a casa en mi carruaje y no me habrían importado los problemas que pudierais tener con vuestros padres cuando descubrieran que habías estado en un baile de máscaras. Pero me temo que solo he descubierto el porqué y eso, en mi opinión, hace que el dónde carezca de importancia.

Por la cabeza de Regina pasaron pensamientos que una dama de buena familia no debía siquiera considerar. Su padre era el propietario de una empresa de transporte y a menudo contaba historias sobre cargamentos misteriosos, de personas, que se enviaban al extranjero donde los hombres y los niños eran vendidos como esclavos y las mujeres más bonitas desfilaban ante los posibles compradores y se vendían al mejor postor. Parecía disfrutar contando aquellas historias durante las cenas, seguramente porque solo servían para hacer sentir mal a su esposa y que buscara refugio en la licorera.

Odiaba a su padre.

Y estaba muy preocupada por Miranda.

—Tenemos que encontrarla —afirmó Regina, poniéndole la mano en el brazo al señor Blackthorn.

Él puso la mano encima de la de ella.

—Yo la encontraré.

—No —lo corrigió ella—. La encontraremos los dos juntos. Todo esto ha sido culpa mía. Debería haberme negado a ir a ese baile. Miranda es una tonta incurable, pero no habría ido si yo me hubiese negado a acompañarla. Tendría que haberlo pensado mejor. Si no me ayudáis, haré mis propias investigaciones. De verdad.

El señor Blackthorn la miró durante unos segundos sin decir nada, hasta que se detuvieron frente al número veintitrés.

—Muy bien. Estoy seguro de que vuestro tío hará venir a los Bow Street Runners, pero eso no impide que nosotros llevemos a cabo nuestra propia investigación si eso os deja más tranquila, aunque puede que no sea así una vez que le diga a vuestro tío lo que tengo que decirle. No obstante, si mañana seguís pensando lo mismo, podemos vernos en Hyde Park a las once. Venid a pie, acompañada solo de vuestra doncella.

—¿Estaréis allí? ¿No lo decís solo para que os deje en paz? Porque soy consciente de que estoy siendo una molestia para vos.

—Señorita Hackett... Regina. Precisamente porque habéis sido una molestia, según vuestras propias palabras, puedo prometeros que estaré allí. *Pour mes péchés*.

—¿Por vuestros pecados?

Entonces el señor Blackthorn le pasó un dedo por la mejilla y luego por la boca, y la dejó sin aliento.

—Tanto los de obra como los de pensamiento, sí —respondió con voz suave y luego hizo algo que ella no esperaba en absoluto. Llevó las manos a su cuello y le desabrochó el collar de perlas—. Os recuerdo que os han robado. Os lo devolveré mañana, cuando vengáis al parque.

—¿Acaso creéis que cabe la posibilidad de que no vaya? ¿Pensáis que voy a cambiar de opinión?

—Es una posibilidad, sí.

—¡Pues no va a ser así! Voy a encontrar a Miranda sea como sea y, dado que sois la única persona que sabe lo ocurrido, sois también el único que puede ayudarme.

Un mozo abrió la puerta del carruaje y bajó la escalerilla, tras lo cual el señor Blackthorn bajó de un salto y le ofreció la mano a Regina.

—Me dispongo a hacerlo...

CAPÍTULO 3

Lo primero en lo que se fijó Puck nada más entrar en la sala de estar del número veintitrés fue que el aspecto general de la casa era viejo. Por la mañana haría algunas averiguaciones sobre el conde de Mentmore, pero por el momento tenía la impresión de que la familia se vería en serios apuros para pagar un rescate por su hija, si ese fuera el caso.

Era extraño. La familia tenía el nombre, pero no el dinero. Sus hermanos y él, sin embargo, tenían el dinero, pero no el nombre. De las dos opciones, Puck creía que prefería la suya, no obstante, la sociedad lo miraba a él por encima del hombro, pero aceptaba a Mentmore y a su familia allí donde fueran. Tenía la absoluta certeza de que llegaría un día en el que una parte tendría que transigir con la otra y, si tenía que elegir un ganador, apostaría a que el dinero vencería a los títulos. Para empezar, porque servía para que uno no pasara frío de noche.

—Milord y milady bajarán enseguida —anunció el mayordomo desde la puerta de la sala.

Regina, que llevaba ya cinco minutos yendo de un lado a otro, le dio las gracias y luego se derrumbó sobre una silla.

—Estupendo —dijo Puck, como si estuviera felicitando a aquel hombre por un gran logro. Se acercó al mayordomo al que Regina había llamado Kettering y le puso una mano en el hombro—. Kettering, parecéis un hombre inteligente. ¿Puedo confiar en vos? —le preguntó en tono de confidencia—. Me temo que vuestros señores están a punto de recibir una dura noticia. Os lo digo porque sé que sabréis manejar la situación. Yo os sugeriría que le trajerais vino y unas plumas quemadas a la señora y, ¿quizá un coñac para el señor?

—Prefiere la ginebra —susurró el mayordomo, mostrando con su gesto el rechazo que sentía ante bebida tan ordinaria y quizá también hacia su señor—. ¿Esa noticia está relacionada con la señorita Miranda, señor?

—Sí, así es —respondió Puck con expresión grave, con una seriedad que decía mucho más que sus palabras y que enganchó a Kettering como un pez en un anzuelo—. Me temo que vais a tener que encargaros de que no decaigan los ánimos en la casa. Pero si hay algo que yo pueda hacer para ayudar, lo que sea, no dudéis en poneros en contacto conmigo. En realidad, insisto en que lo hagáis —dicho eso, le dio su tarjeta de visita al hombre y una bolsita pequeña pero muy pesada.

Kettering se metió ambas cosas en el bolsillo mirando a Regina, que seguía sentada con la mirada clavada en el suelo, completamente ajena a lo que estaba haciendo Puck.

—Será un placer, señor —dijo el mayordomo—. Voy a traerles algo de beber a la señorita y a vos.

—Muy bien, Kettering. Nada de ginebra para mí, os lo ruego. Es una bebida infame, demasiado amarga.

—En la bodega hay una botella de vino que el señor guarda desde hace tiempo. No se dará cuenta.

Puck le dio una palmadita en la espalda antes de hacerle una pregunta:

—He conocido a la señorita Hackett esta misma noche y no ha sido en las mejores circunstancias, me temo. ¿Vos la conocéis bien?

Kettering miró a su alrededor para asegurarse de que nadie

los escuchaba desde el vestíbulo y que sus señores no estaban en la escalera.

—La madre es hermana del vizconde, pero el padre... —se inclinó hacia él antes de proseguir—. Es comerciante. Tiene barcos. Se compró una esposa adecuada y ahora intenta vender a su hija para conseguir un título. La familia está muy avergonzada, señor.

A Puck le costó cierto esfuerzo no sonreír. ¿Un mayordomo se sentía superior a Regina Hackett? Desde luego vivían en un mundo muy extraño.

—¿Pero es bienvenida en la casa?

En el rostro de Kettering apareció una expresión sencillamente malévola.

—Como ya os he dicho, la familia se siente muy avergonzada. No sé si me comprendéis.

—Sí, creo que sí. Deduzco que el padre de la señorita Hackett es el que paga todo esto, ¿es así?

El mayordomo debió de darse cuenta en ese instante de que estaba hablando con un completo desconocido.

—¿Quería usted algo más, señor?

—No, gracias. Habéis sido de gran ayuda —en la mano de Puck apareció una moneda dorada que desapareció con la misma rapidez.

Kettering miró a su alrededor una vez más, se humedeció los labios y habló:

—La madre, lady Leticia... La mayoría de las veces la pobre está en no muy buenas condiciones y el padre es un tipo muy desagradable. Yo, en vuestro lugar, me alejaría de ellos. Hay opciones mucho mejores para un joven caballero como vos.

—Lo tendré en cuenta. Muchas gracias, Kettering. Me parece que los señores deben de estar a punto de aparecer y creo que ibais a traer unas bebidas. Recordad que cuento con que me mantengáis informado, especialmente en lo que se refiere a lo que haga vuestro señor respecto a este asunto.

—Desde luego, señor. Sabréis hasta cuándo estornuda —prometió Kettering con una inclinación de cabeza antes de salir por la puerta sin molestarse en anunciar a sus señores a la inesperada visita.

Sí, sin duda alguna, quizá en diez años o quizá en cien, sería el dinero el que determinase quién llevaba las de ganar. El dinero y la habilidad social, dos cosas que, con toda modestia, Puck creía poseer ampliamente.

Era una lástima que muy pronto fuera a echarlo de aquella casa uno de los que algún día no tendría nada salvo sus títulos.

—Milord, milady —dijo, inclinándose ante ambos en cuanto entraron en la sala—. Ruego que disculpen la intromisión, pero debo decirles que ha ocurrido una desdicha. Es en relación a su hija, lady Miranda. Les rogaría que tomaran asiento, por favor.

—¿Quién demonios sois? —preguntó el vizconde.

Por el aspecto de su ropa, se había vestido apresuradamente y la arruga que tenía en la mejilla delataba que había estado acostado hasta hacía unos instantes.

«No, no. Debo permanecer en el anonimato un poco más».

—El portador de malas noticias, me temo. Su hija ha sido secuestrada por unos forajidos.

Eso bastó para que el vizconde se olvidara de hacerle más preguntas personales porque tuvo que encargarse de evitar que su esposa cayera al suelo al desmayarse.

Regina corrió junto a su tía, no sin antes lanzarle una mirada crítica a Puck, y ayudó a su tío a sentarla en uno de los sofás que había frente a la chimenea.

Pasaron los minutos siguientes acercándole a la nariz unas plumas quemadas para que el olor la hiciera volver en sí. El señor de la casa se ocupó también de servirse de dos vasos de ginebra de la licorera que había llevado Kettering junto con las plumas y bebérselos de un solo trago primero uno y después el otro.

Puck se quedó junto a la chimenea observándolo todo sin perderse un detalle y bebiéndose el vino, que resultó ser bastante bueno. Bien por Kettering. Y bien por él por saber que la mejor manera de conocer todos los secretos de una casa era aliarse con el servicio.

Cuando por fin se recuperó la dama de la casa, el vizconde le pidió a Puck que explicara lo sucedido.

En lugar de hablar, él miró a Regina.

—¿Señorita Hackett? Si tuvierais la amabilidad de empezar vos.

La mirada que le lanzó entonces habría hecho que alguien menos valiente se escondiera debajo de la silla, pero Regina no perdió más de dos segundos en él antes de sentarse junto a su tía y agarrarle las manos entre las suyas.

—Como sabéis, nos dirigíamos a una fiesta. Mamá estaba impaciente por probar los pasteles de limón... Perdonadme, es que estoy muy nerviosa. Eso no tiene ninguna importancia, ¿verdad? Bueno, el caso es que el cochero debió de perderse porque perdió el rumbo y cuando quisimos darnos cuenta estábamos en una calle muy poco frecuentada. No sé cómo, pero una de las ruedas del carruaje se quedó atascada y, al intentar dar la vuelta, se rompió uno de los rayos —no pudo contener un sollozo—. Era como si todo se hubiese empeñado en salir mal.

—¡Estúpido incompetente! ¡Lo despediré de inmediato! —gritó el vizconde.

«Y haréis bien», pensó Puck al tiempo que tomaba otro sorbo de vino. El cochero no tenía la culpa de todas aquellas mentiras, pero sí merecía que lo despidieran por llevar a la hija de su señor a semejante lugar de perversión.

—Sí, tío, pero solo habría sido cuestión de infortunio, excepto por... esos bandidos —entonces miró a Puck y no hubo la menor duda de lo que esperaba que hiciera él.

—Dio la casualidad de que mi carruaje pasaba cerca de allí

en esos momentos; oí gritar a una mujer, salí del vehículo y eché a correr hacia el lugar de donde había salido el grito. Mi mozo y mi cochero me siguieron, pero al llegar solo pudimos llevar a las mujeres a mi carruaje y ofrecerles toda mi ayuda. Lo que sí puedo hacer es contarles los acontecimientos tal cual me los narró el cochero de vuestra casa.

—¡Hacedlo, entonces, maldita sea!

—Sí, milord, eso me disponía a hacer. Da la impresión de que ciertas criaturas de la noche vieron la oportunidad perfecta para sacar provecho y no perdieron el tiempo. Rodearon el coche y reclamaron a las ocupantes todas las joyas y dinero que llevaran encima.

Lady Claire reprimió un sollozo.

—Pero... no había dinero alguno y las perlas eran falsas —dijo la mujer, compungida.

—Ya es suficiente, Claire —le advirtió su esposo—. Proseguid.

Puck inclinó la cabeza como si no hubiera escuchado nada de lo que había admitido la dama.

—Como pueden ver, la señorita Hackett les entregó sus joyas inmediatamente... unas perlas dijisteis, ¿no es cierto? Y también las de su madre —añadió al darse cuenta.

Regina se llevó la mano al cuello como si se acordara del collar.

—Hemos dejado a mamá en casa antes de venir. Estaba muy alterada. ¿Las perlas de Miranda eran falsas? Yo no... Quiero decir que no creo que los bandidos se dieran cuenta. Parecían más interesados en... en la propia Miranda. Creo que se quedaron fascinados por... su aspecto.

—Por su pelo —explicó Puck, echando mano de lo que había averiguado en el baile y dándose cuenta de que Regina parecía haber descubierto sin ayuda el motivo por el que se habían llevado a su prima—. Su cabello rubio, sus ojos azules, su tez pálida y, por lo que me ha dicho la señorita Hackett, su constitución menuda. Según tengo entendido, en los últimos meses han desaparecido en Londres varias jóvenes de parecidas características.

—Pero... ¿y Regina? —preguntó lady Claire, mirando a su sobrina con un gesto de lo que solo podría describirse como desagrado.

—No se llevaron a las señorita Hackett porque es alta y de pelo oscuro. Las otras muchachas que han desaparecido debían de ser sirvientas, dependientas de alguna tienda o actrices, por eso no ha habido demasiado revuelo. Pero vuestra hija, milord, sería todo un premio.

El hombre parecía destrozado.

—He oído... rumores en el club. Chicas jóvenes que desaparecen en la calle. Gente sin importancia. ¡Pero estas cosas no pueden pasarle a gente como nosotros! ¡Esta maldita ciudad!

—Mi pequeña —sollozó lady Claire—. ¿Un premio? ¿Qué está diciendo este hombre, Seth? ¿Qué le ha pasado a mi niña?

—Me temo, mi querida dama, que eso no podemos saberlo —respondió Puck—. Solo podemos esperar lo mejor.

«Las jóvenes hermosas y vírgenes tienen un precio muy alto en donde piensen venderla esos hijos de perra, así que podemos confiar en que esté relativamente a salvo hasta que la encontremos».

Puck no había dicho aquellas palabras en voz alta, pero estaba casi seguro de que el vizconde las había oído de todos modos.

—Yo... voy a contratar a un Bow Street Runner. ¡O mejor a diez! Pero con discreción. Nadie puede saber que ha desaparecido. Diremos que ha caído enferma... que su madre ha caído enferma.

—Sí, milord, eso era lo que iba a sugerirle. Lo primero es velar por la seguridad de vuestra hija, pero también de su reputación. Ahora, si nos disculpan, me imagino que la señorita Hackett querrá volver a su casa para comprobar que su madre se encuentra bien.

—Sí, sí —dijo el vizconde, mirando a Regina con furia como si, al igual que su mujer, no pudiera soportar que no se la hubieran llevado a ella en lugar de a su hija—. Regina, por favor, decidle a vuestro padre que iré a verlo mañana a primerísima hora. Supongo que los Runners exigirán que se les pague antes de ponerse a trabajar y ahora mismo mis fondos... están todos en la Bolsa.

—Muy bien, tío, se lo diré —dijo Regina, poniéndose en pie con más rapidez de la esperada—. Tía Claire, no sabéis cuánto lo siento. Pero debemos ser valientes. La vamos a encontrar. Os lo prometo.

La mujer asintió y siguió llorando.

Puck le ofreció el brazo a Regina, pero antes de que ella pudiera aceptarlo, el vizconde hizo la pregunta que Puck había conseguido esquivar hasta ese momento.

—Creo que no he oído vuestro nombre, señor, y tampoco os he dado las gracias por la ayuda que nos habéis prestado.

—No es necesario que me agradezca nada, milord. Fue una suerte que pasara por allí en ese momento. La señorita Hackett estaba sufriendo un ataque de nervios y no estaba en condiciones de hacerse cargo de su madre, ni de nada.

Regina no llegó a dejarse llevar por la indignación que sin duda le provocaron aquellas palabras, pero Puck estaba seguro de que tendría que escuchar su opinión en el camino de vuelta a Berkeley Square. En realidad, más bien contaba con ello. Si accedía a ir con él en su coche después de lo que estaba a punto de decir. La conocía desde hacía muy poco, pero tenía la intuición de que lo haría, aunque solo fuera para poder reprenderlo por haber insinuado que se había puesto histérica.

—Respondiendo a su pregunta, milord, soy el tercer hijo, y por tanto el menor, de Cyril Woodword, marqués de Blackthorn.

El vizconde le tendió la mano de inmediato.

—Marqués de... —pero entonces la retiró casi con la misma

rapidez y con una expresión tal de horror en el rostro que cualquiera habría pensado que Puck acababa de decir que era portador de la peste—. ¿Sois uno de los bastardos de Blackthorn?

Puck asintió.

—Así es. Robin Goodfellow Blackthorn, pero mis amigos me llaman Puck. Sé que suena tonto, pero muchos dicen que me va muy bien. Podría hablar un momento en privado con vos, milord?

—¡No! Hay damas presentes. ¡Quiero que os marchéis de mi casa de inmediato!

—¡Tío, Seth! —Regina se colocó entre Puck y su tío como si pretendiera proteger al menos a uno de ellos del otro—. El señor Blackthorn ha sido tremendamente amable esta noche. Dios sabe qué habría sido de mí... y de mi madre si él no hubiera aparecido. Pensad en cómo habría reaccionado mi padre si nos hubiese ocurrido algo yendo en vuestro carruaje. Deberíais darle las gracias al señor Blackthorn en lugar de echarlo de vuestra casa.

«Dios. Tengo que conocer más a fondo a esta mujer. Por muchos motivos».

—No es necesario que me dé las gracias, señorita Hackett —le dijo Puck—. Aunque sí que me gustaría hablar en privado con vos, milord.

El vizconde debía de estar pensando qué sería de su vida si el padre de Regina se enfadaba con él por algo.

—Está bien —murmuró y le hizo a Puck un gesto algo brusco para pedirle que lo siguiera hacia el otro extremo de la sala—. Os aconsejo que no os acerquéis a ella —le advirtió, refiriéndose a Regina—. Reginald Hackett tiene planes para ella entre los que no figura el casarla con un don nadie como vos. Sé lo que ocurrió el año pasado entre vuestro hermano y la chica de Brean, pero Brean es un imbécil. Reg no es ningún imbécil, es un tipo duro que no dudará en daros donde más os duela.

—Lo tendré en mente, gracias —respondió Puck tranquilamente—. Pero estaba pensando que seguramente no tengáis el menor deseo de deberle al señor Hackett más de lo que ya le debéis. Por eso me gustaría ofreceros una pequeña suma de dinero con la que podríais contratar a los Runners. ¿Qué os parecen doscientas libras? Será un obsequio, milord. Con la única condición de que me permitáis acompañar esta noche a casa a la señorita Hackett.

Puck sabía tan bien como el vizconde que para pagar a un Runner, e incluso a tres, bastaba con diez o veinte libras. Lo que le estaba ofreciendo era un soborno, y muy generoso, a cambio de que lo ayudase esa noche y también en el futuro, si fuese necesario. Claro que ninguno de los dos admitiría tal cosa. Puck era demasiado inteligente para hacerlo... y Ranscome demasiado codicioso.

El vizconde miró a Puck como lo habría hecho un pez que, después de atrapado en el anzuelo, descubriese que alguien volvía a echarlo al agua.

—¿Un obsequio habéis dicho? ¿No querríais que os lo devolviese?

—Me ofendéis, señor. ¿De acuerdo, entonces?

—Queréis a la chica. Sé qué es lo que pretendéis y queréis mi ayuda, o mi silencio. Su padre os matará con sus propias manos.

—Eso también lo tendré en mente, pero lo cierto es que no creo que así sea —después de idear el plan mientras Gaston le colocaba el pañuelo al cuello, Puck se había metido en el bolsillo más de una bolsita con dinero. Sacó la segunda, más pesada que la anterior, y se la ofreció al vizconde, dándoles la espalda a las señoras—. Agarradlo ahora o retiraré mi oferta. Muy bien —dijo cuando el otro se la quitó de la mano—. Demostráis tener al menos un poco de inteligencia. El resto os llegará mañana con un mensajero. Ahora me voy a dar la vuelta para que las damas puedan vernos y vos vais a sonreír y a estrecharme la mano. Si en los próximos días o semanas nos encontramos en público, actuaréis del mismo modo. Ahora soy vuestro amigo, milord, vuestro nuevo compinche. Aunque no os guste la idea.

—Sois un bastardo, ¿verdad?

Puck sonrió encantado mientras se estrechaban las manos.

—Lo soy, sí, en todos los sentidos, milord.

Regina se sentó en el sentido de la marcha del carruaje y Puck junto a ella.

—Podríais habérmelo dicho.

Él se colocó el cuello de la chaqueta y los puños de la camisa.

—¿Deciros qué, señorita Hackett?

¿Por dónde debía empezar?

—Podríais haberme puesto al corriente de vuestras circunstancias. Eso habría explicado muchas cosas, como por ejemplo por qué... —de pronto parecía haberse quedado sin palabras.

—¿Como por ejemplo por qué me comporté como un bastardo en los jardines del baile?

Ella se giró en el asiento para mirarlo de frente y que él pudiera ver su furia en medio de la oscuridad.

—¡Eso no es lo que pretendía decir! Además, exijo que nos olvidemos de eso para siempre. ¿Está claro?

—Muy claro, pero me temo que va a ser imposible. Tenéis una boca increíble, Regina. Me muero por volver a saborearla.

La que iba a morir iba a ser ella, de vergüenza. Se hundiría en aquellos almohadones y expiraría.

—No podéis decirme algo así.

—¿No? Sin embargo acabo de hacerlo.

No podía apartar los ojos de él y ni siquiera sabía si quería hacerlo. Se sentía... tan viva.

—Estáis siendo obtuso conscientemente.

—No, estoy siendo sincero. Y sí, quizá algo provocador. Me gusta hacer las cosas que se me dan bien.

Regina apretó los puños sobre el regazo.

—¡Os recuerdo que han secuestrado a mi prima!

—No lo he olvidado. Aún estoy sorprendido de que hayáis deducido con tal facilidad el motivo de dicho secuestro. Acostumbráis a leer noveluchas, ¿verdad? Sobre jóvenes castas y puras a las que raptan por su belleza y desaparecen, encerradas en un harén. Hasta que el héroe las salva, pero ellas, para salvar su virtud, se quitan la vida, pero no sin antes soltar un discurso moralizante, claro. Regina, ¿alguna vez os habéis preguntado de qué sirve una virtud intacta si se está muerta?

Regina volvió a mirar al frente, pero no sin esfuerzo, porque resultaba difícil apartar la vista de ese rostro, de esos ojos fascinantes y ese brillo pícaro que sin duda escondía una inteligencia brillante y algo aterradora.

—Mi padre es propietario de barcos de carga. Ha estado por todo el mundo y ha visto todo tipo de cosas, cosas que la mayoría no creeríamos. No ha contado algunas historias y no veo motivo para pensar que mentía. Pero lo cierto es que no pensaba que aquí en Londres pudiera ocurrir algo tan horrible.

—Ese tipo de cosas ocurren en cualquier parte, Regina. Uno de los sirvientes con el que hablé para preguntar por tu prima me contó que la semana pasada desapareció una camarera de una taberna a la que suele ir. Y también sabía de otra muchacha, una sombrerera, que desapareció hace pocos días. Pero me dijo que había más y que todas ellas tenían el aspecto de vuestra prima, todas rubias. Los dos vimos el estado en el que había quedado el antifaz, lo que prueba que hubo un forcejeo. Quizá saliera voluntariamente al jardín, pero no se fue de allí del mismo modo. No podemos estar del todo seguros de que la raptaran las mismas personas que a las demás, pero tampoco creo que sea una conclusión muy desacertada, ¿vos sí?

Regina recordó la máscara destrozada.

—No se marchó por voluntad propia. Solo íbamos a mirar, quizá a... coquetear un poco. Fue una tontería, pero no tenía por qué ser peligroso. Miranda jamás se habría ido con cualquiera voluntariamente, dejándome allí sola. Se suponía que solo sería una aventura... un poco de diversión.

Aceptó el pañuelo que él le ofrecía y se secó las lágrimas de los ojos.

—Vuestro tío va a contratar a los Bow Street Runners por la mañana. Seguro que ellos han oído hablar de las demás desapariciones y tienen alguna idea. Nadie desaparece así como así.

Regina se volvió de nuevo hacia él y lo miró a los ojos.

—No es eso lo que pensáis, ¿verdad? Podría ya estar a bordo de algún barco rumbo a algún puerto extranjero. He estado en los muelles con mi padre, sabéis. Hay cientos de barcos. Ahora mismo Miranda podría estar en alguno de ellos. Dios mío —dijo con la voz quebrada—. Tengo mucho miedo por ella.

Cuando quiso darse cuenta, Puck la había estrechado contra su pecho y la rodeaba con sus brazos, meciéndola suavemente como si fuera una niña a la que intentaba consolar. Regina le echó un brazo alrededor de la cintura, en busca de dicho consuelo.

Pero lo que sintió fue algo muy distinto, algo que no debería haber sentido. Especialmente en aquellos momentos, mientras su prima sufría. Ni en esos momentos, ni nunca.

Regina nunca había contado con nadie en quien refugiarse de ese modo. Quería a su madre con todo su corazón, pero era completamente inútil como progenitora. Su padre, por su parte, había dejado muy claro que la veía como una mercancía que, tal y como él mismo le había dicho, debía «comprar barato y vender caro». Ni siquiera había tenido un animal doméstico que podría haberla querido incondicionalmente.

Después de un buen rato, cuando el carruaje aminoró el paso, se apartó de él.

—Ya está bien. Es absurdo estar aquí compadeciéndome de mí misma cuando es Miranda la que de verdad está sufriendo. Y vos, señor Blackthorn, sois terrible porque estabais a punto de aprovecharos de mi situación, ¿no es cierto?

—Se me había pasado por la cabeza, sí. ¿Estáis segura de que no os gustaría que lo hiciera?

Regina le lanzó una mirada de indignación, pero empezó a temblarle el labio inferior y no pudo evitar echarse a reír.

—Sois incorregible. Un verdadero Puck.

Él le puso una mano bajo la barbilla y después se inclinó sobre ella para darle un beso rápido y casto en los labios.

—Es para infundiros coraje —dijo, mirándola fijamente a los ojos.

Regina se dio cuenta entonces de que el coche se había detenido.

—Es probable que lo necesite. ¿Vais a entrar?

Él meneó la cabeza.

—Creo que es mejor que mi nombre no aparezca en la explicación que vais a darle a vuestros padres. Estoy convencido de que el vizconde tampoco lo mencionará. Pero no os preocupéis, vuestro padre se alegrará tanto de que su hija esté sana y salva, que no os preguntará muchos detalles. ¿En cuanto a vuestra madre...

Regina apretó los labios.

—Ella no supondrá ningún problema.

—Lo siento —susurró él, acariciándole la mejilla.

—¿Por qué? Vos no tenéis la culpa de todo esto.

—No, siento que tengamos que despedirnos. Probablemente mañana recordaréis lo inadecuado que soy para vos.

Regina bajó la cabeza. Tenía razón. No era en absoluto el tipo de hombre en el que podía permitirse pensar como lo estaba haciendo en esos momentos. Su padre no permitiría que su «mercancía» acabara en manos de un hijo bastardo, por mucho que su padre fuera el marqués de Blackthorn.

—Supongo que... nos hemos dejado llevar por el momento —le dijo ella sin mirarlo—. Esta noche he sufrido... varios sobresaltos. Y vos...

—Soy un hombre terrible —añadió él.

—Señor —los interrumpió un lacayo al abrir la puerta—, hemos llegado.

Puck sonrió de un modo que le hizo parecer joven e ingenuo, algo que sorprendió a Regina. Era un hombre con muchas facetas y ella deseaba conocerlas todas.

—Hay gente a la que le gusta constatar lo que es obvio, ¿no os parece? Mi lacayo os acompañará hasta la puerta y se asegurará de que entráis.

Regina asintió y luego tomó una decisión. Le puso la mano en la mejilla, levantó la cara y lo besó en la boca. Se apartó antes de darle tiempo a reaccionar.

—Mañana a las once, en el parque —le recordó al tiempo que bajaba apresuradamente del coche, seguida del sonido de su risa.

Se levantó las faldas con poca elegancia y justo entonces se dio cuenta de que su chal seguía en el carruaje de su tío, pero esperaba que el servicio no reparara en ello.

Seguramente habría logrado llegar a su dormitorio sin llamar la atención y habría podido estar sola para repasar todos y cada uno de los momentos de la noche, tal y como deseaba; pero oyó la voz de su padre llamándola desde la sala de estar. Era lo último que esperaba. Teniendo en cuenta lo que había estado haciendo su padre la última vez que lo había visto, Regina no imaginaba que volviera tan temprano a casa.

Dejó caer los hombros y sintió que todo su cuerpo se derrumbaba por culpa de un cansancio que no había notado hasta ese instante. Pero se dio media vuelta y se dirigió hacia la sala.

—Buenas noches, padre —lo saludó con una ligera inclinación, porque, por algún motivo, sabía que era algo que a su padre le gustaba. Además era eso, o darle un beso en la mejilla y, sabiendo dónde había estado y lo que había hecho, Regina habría preferido besar la rejilla de la chimenea.

—¿Dónde está tu madre? Olvídalo, tenemos cosas más importantes de las que hablar.

Reginald Hackett seguía siendo relativamente joven y alto, mucho más que la mayoría, aunque no tanto como Puck, pensó Regina con un orgullo absurdo. Estaba fuerte, sobre todo de brazos, pues durante años había trabajado en los muelles junto a sus empleados. Regina lo sabía porque le había oído contar mil veces lo lejos que había llegado, todo lo que había logrado con su esfuerzo y que ella debía estar agradecida por la ropa que llevaba, la comida que encontraba cada día en la mesa y el techo bajo el que vivía.

Después siempre le decía que tendría que recompensarlo por todo eso. «No quiero nada por debajo de conde, ¿me has oído, jovencita?», solía decirle. «Y me darás muchos nietos que hereden los títulos. Entonces nadie se atreverá a recordar que los Hackett se dedicaron una vez al comercio. Dos generaciones, eso es todo lo que hace falta. Al primer niño le pondrás Reginald entre su retahíla de nombres. Se lo prometí a mi madre y así habrá de ser, ¿comprendido?».

Su madre. La abuela Hackett. Para su padre era lo mejor del mundo. Para su madre, que había tenido que soportar que la burda Alice Hackett viviera en su casa hasta su muerte, era como el demonio que siempre acechaba a su hija. Leticia quería a su hija, pero nunca había podido ocultar su temor a que Regina se dejara llevar algún día por la sangre de una pobre campesina que corría por sus venas y empañara su reputación y la de su familia.

—Padre, tengo malas noticias —anunció Regina mientras su padre se acercaba a servirse una ginebra, lo único que tenía en común con el tío Seth. Regina esperaba poder retrasar la conversación hasta el día siguiente, pero ya era imposible—. Esta noche el cochero se metió por donde no debía y nos atacaron unos bandidos. Yo estoy bien —se apresuró a decir al ver que su padre se volvía a mirarla con gesto furibundo—. Pero Miranda...

—¿Sí? Escúpelo ya, muchacha. ¿Qué le ha pasado a esa tonta? ¿La han golpeado? ¿O violado?

Regina buscó la silla más cercana y se sentó.

—No, se la han llevado.

Reginald enarcó una ceja y siguió mirándola sin el más mínimo rastro de compasión, solo cierta curiosidad.

—¿Sí? ¿Adónde?

—La han secuestrado —Regina detestaba que le temblara la voz, detestaba tener miedo a su padre, pero así era. Era muy grande; seguramente cualquiera le habría tenido miedo—. El tío Seth ya ha empezado a hacer averiguaciones —mintió—. Existe el temor de que la hayan raptado para venderla. A mí me dejaron porque no era lo que buscaban. Es como lo que nos habéis contado a veces a mamá y a mí; hombres horribles que compran y venden personas como si fueran ganado.

—Ya —dijo Reginald Hackett, pensativo—. ¿No me estás mintiendo? ¿No te habrá convencido para que cuentes esa historia para ocultar que se ha fugado con algún imbécil que cree estar enamorado de esa desgraciada sin dinero?

—¡No! Es verdad.

—¿Y no la has ayudado a inventar esa historia echando mano de las cosas que yo te he contado? Vamos, vamos, ¡dime la verdad!

Regina se puso en pie.

—Puedo ser muchas cosas, padre, pero no soy una mentirosa.

—¡Claro que lo eres! —el grito de su padre hizo temblar la lámpara del techo.

Regina volvió a sentarse para disimular las ganas que tenía de salir corriendo. No sospechaba que su padre la conociera tan bien.

—Padre, por favor...

—Eres como yo. No puedes evitar mentir cuando te conviene, ¿verdad? Es lo único bueno que tienes, aparte de lo que me harás ganar cuando te case.

Aquellas palabras despertaron el resentimiento de Regina.

—También tengo buenos dientes —murmuró en voz baja, pero su padre lo oyó.

Reginald se bebió la ginebra de un trago, dejó el vaso sobre la mesa y se volvió a mirarla con los brazos extendidos, como si fuera a disculparse, cosa que sin duda no pretendía.

—Tienes que ser más dura, jovencita. Olvídalo, no importa. Vamos a olvidarnos de esa absurda historia de los bandidos, ¿de acuerdo? Esta noche os habéis metido las dos en un lío. Tú has conseguido escapar por muy poco, pero tu prima no ha tenido tanta suerte. Puede que la próxima vez no seas tan afortunada. Claro que no va a haber una próxima vez, ¿verdad?

Regina bajó la mirada. Lo sabía. ¿Cómo lo sabía?

—No, señor.

—¿Entonces tu prima no se ha fugado? Realmente se la han llevado. ¿Lo sabe Seth?

Regina asintió.

—Va a llamar a los Bow Street Runners por la mañana.

—Otro gasto a mi cuenta —farfulló Reginald—. No sé si Miranda merece la pena, excepto para que te acompañe cuando salís.

Regina aprovechó el argumento.

—No puedo hacer que mamá me acompañe a todos los lugares a los que queréis que vaya. Y, si Miranda no aparece, la tía Claire estará demasiado triste para venir conmigo. Nadie debe saber que ha desaparecido y, cuando la encuentren, será como si no hubiera ocurrido nada.

—¡Sí, claro! —se acercó a la silla donde estaba sentada Regina y se quedó parado frente a ella, mirándola con actitud amenazante—. Probablemente esté despatarrada en alguna taberna mientras todos los hombres se aprovechan de ella. Estarán haciéndole cosas que ni el mismo diablo imaginaría y, cuanto más grite, más les gustará. ¡No te tapes los oídos, jovencita! ¡Escúchame! Sé de lo que hablo. Será mejor que amanezca muerta, eso es lo que pienso. Y tu tío Seth también lo sabe, por eso no va a buscarla demasiado. Morir o convertirse en una prostituta barata, eso es lo que le queda a tu querida prima. Ahora te lo pensarás mejor antes de salirte del camino que te he marcado, ¿verdad, jovencita estúpida? ¿Verdad?

La escena que su padre le había descrito con tanta crudeza se le clavó en el corazón y, sin darse cuenta, le hizo cerrar las piernas con fuerza. ¿Qué habría sido de ella si no hubiese tenido la suerte de conocer a Puck en el baile en lugar de a alguien como su padre?

Tenía razón. Era una estúpida. Estúpida, imprudente y muy afortunada.

—Sí, padre —murmuró.

—Muy bien. Ahora dime cómo se llama.

Regina lo miró con una sorpresa que pronto se transformó en horror.

—Y no vuelvas a mentirme. Bandidos —recordó en tono de mofa—. ¿En Mayfair? Me preguntaba qué ibas a inventarte y la verdad es que es una historia ridícula. Solo un simple como mi cuñado se creería algo así. Pero claro, él no te había visto esta noche, ¿verdad?

Regina pensó que iba a desmayarse. Era peor de lo que había creído en un principio.

—¿Lo sabíais? ¿Me habéis dejado continuar a pesar de que lo sabíais?

—Has visto un buen espectáculo, ¿verdad? Sí, te vi. A ti y a ese hombre con el que estabas, pero cuando pude alcanzaros estabais ya entrando en su carruaje. Os seguí hasta Cavendish Square y me imaginé que Seth se encargaría de traerte a casa sana y salva. Ahora dime, ¿quién es?

Regina hizo caso omiso a sus preguntas porque también ella tenía cosas que preguntar.

—¿Sabíais que Miranda había desaparecido en el baile?

—Te marchaste sin ella, ¿no? No estabais tomando el té precisamente. Esas cosas ocurren. Además, puede que desapareciera voluntariamente. Pero no, no lo sabía con certeza hasta que volví al baile e hice unas cuantas averiguaciones. Ahora respóndeme tú a mí. ¿Cómo se llama ese hombre? Te ha llevado a casa de tu tío y quiero agradecérselo.

—No —respondió Regina, sabiendo que se le notaba que estaba temblando, completamente aterrada. Su padre nunca le había pegado, jamás le había puesto una mano encima; siempre había encontrado otras maneras de controlarla.

—Haré que encierren a tu madre. Por su propio bien.

Esa era una de las maneras. Pero esa vez iba a decirle lo que siempre había querido decirle y nunca se había atrevido.

—No lo haréis. Una cosa es que queráis meter en la alta sociedad a la hija de un comerciante y otra muy distinta que pretendáis vender a algún noble a la hija de una loca.

Regina apretó los dientes al ver que su padre levantaba la mano, pero luego lo vio detenerse y sonreír, lo cual era peor que una bofetada.

—Muy bien. Me olvidaré del Buen Samaritano. Ahora vete a la cama.

—Sí, padre. Lo siento —Regina se puso en pie y salió corriendo con la certeza de que no haría lo que había dicho.

Parecía que nadie había reconocido a Puck en el baile, pero no podía volver a verlo.

Aunque tendría que volver a verlo para avisarlo del peligro. Estaba segura de que, si no lo hacía, sería tan insensato como para presentarse en su casa. O algo peor.

## CAPÍTULO 4

—*Monsieur* Puck. Si fuerais tan amable de levantar la barbilla para que pueda abrocharle el cuello de la camisa —su ayuda de cámara, Gaston, había adquirido una manera de expresarse educada y suave que en nada se parecía al lenguaje de los bajos fondos que hablaba cuando Puck lo había encontrado y lo había rescatado de un grupo de hombres muy alterados que protestaban contra su comportamiento, que consideraban una perversión de la naturaleza.

A Puck le gustaba que sus sirvientes fueran leales y, al salvar a Gaston, había encontrado un tesoro de valor incalculable. Con Gaston podía decir libremente lo que le gustaba y lo que sentía sin miedo a que lo malinterpretara o a que pudiera traicionarlo.

—Es magnífica, Gaston. Nunca había visto unos ojos como los suyos, ni una boca tan tentadora. ¡Y qué carácter! ¡Qué inteligencia!

—Sí, ya lo habéis mencionado, *monsieur*. Varias veces. Me alegro muchísimo por vos. La barbilla, *monsieur*.

—Debería apartarme de ella —admitió Puck, haciendo por fin lo que le pedía su ayuda de cámara—. Eso sería lo más decente. No hay motivo para no llevar a cabo mis investigaciones sin necesidad de volver a ver a Regina. Ningún motivo en absoluto. Sería muy egoísta implicarla en todo esto. Eso es lo que voy a decirle.

—Cuando os reunáis con ella en el parque, después de haberos tomado tanto tiempo para vestiros para la ocasión —añadió Gaston sin expresión alguna, pero fue como si golpeara a su señor en la cabeza con un palo.

Puck se apartó de él con un movimiento de mano y se acercó al espejo a comprobar el resultado de su esfuerzo que, como de costumbre, era sencillamente perfecto.

—Sería muy arriesgado para ella recibir una nota mía en su domicilio. Cualquier cosa que se ponga por escrito puede resultar peligrosa.

—¿Y yo también puedo resultar peligroso, *monsieur*? Porque podríais enviarme en vuestro lugar para que me despidiera de ella en vuestro nombre sin necesidad de mandarle ninguna nota. Yo no me olvidaré de mi misión, aunque me encuentre ante esos ojos tan increíbles.

Puck miró a Gaston en el espejo.

—Tienes algo de razón. Pero creo que no voy a hacerte caso.

Gaston se permitió por fin esbozar una sonrisa.

—Nunca os había visto así, *monsieur*. Os gustan las mujeres hermosas, todas ellas, pero al igual que una abeja en busca de néctar, siempre las abandonáis para ir en busca de una nueva flor. ¿Qué hace que esta sea distinta?

Puck agarró los guantes y le dio un golpecito con ellos a su ayuda de cámara.

—Eso mismo es lo que me pregunto yo, Gaston. Y he llegado a la conclusión de que no tengo más opción que averiguarlo. Cosa que voy a empezar a hacer esta misma mañana, en el parque. Puedes rezar por mí. Puede que sea humano después de todo.

Con esas palabras aún retumbándole en los oídos, Puck salió rumbo al parque. Fue caminando hasta la entrada más cercana a Berkeley Square, asegurándose de llegar bastante antes de la hora fijada para explorar el terreno, por decirlo de algún modo. No le preocupaba demasiado que Regina le hubiese hablado a su padre de aquella cita, pero era mejor ser precavido. No le gustaban las sorpresas, excepto las que preparaba personalmente.

Vio a aquel hombre de inmediato. Iba bien vestido, pero parecía sentirse incómodo con aquella ropa, sus ojos se movían de un lado a otro como si estuviera buscando algo, sin saber qué exactamente, pero esperara poder reconocerlo al verlo. En el segundo examen visual de la zona, su mirada se detuvo en la figura femenina con vestido verde claro y pelliza del mismo color, acompañada de una doncella de cabello pelirrojo.

Ya podía olvidarse de la idea de dar un tranquilo paseo con la señorita Regina Hackett, que también había tenido a bien llegar antes de la hora de la cita. Puck se dio media vuelta y salió del parque para dirigirse a Berkeley Square dando un pequeño rodeo.

Las iglesias de Londres acababan de poner fin a la competición de campanadas que tenía lugar al mediodía cuando Puck vio desde su escondite que Regina volvía a su domicilio, y lo hacía con grandes zancadas y la cabeza bien alta, lo que hacía pensar que estaba enfadada.

Sería mejor que le presentase sus disculpas cuanto antes.

La doncella y ella eran las únicas personas que parecían haber querido aprovechar la soleada mañana para salir a la calle, excepto algunas niñeras con los pequeños de los que se hacían cargo y unas cuantas ancianas en busca de un poco de aire fresco. El resto de los habitantes de aquella zona privilegiada de la ciudad debían de estar disfrutando de un chocolate caliente y de los periódicos.

—¡Pss! —por el amor de Dios, no lo había oído—. ¡Pssss! —repitió más alto.

Regina aminoró el paso y giró la cabeza hacia el estrecho callejón donde se encontraba Puck. Pero cuando le pidió que disimulara y le pidiera a la doncella que se agachara para quitarle algo que le estaba molestando en el zapato, Regina reaccionó con prontitud.

—¿Dónde estabas? —preguntó tuteándolo—. He estado esperándote casi una hora —le dijo mientras apoyaba la mano en la pared y levantaba el pie derecho, la doncella se agachó para cumplir con su papel en la farsa. Era evidente que Regina le había contado a qué iba al parque y le había pedido ayuda.

—No estabas sola. Había alguien observando. ¿Tu padre sospecha algo?

Ella inclinó la cabeza como si hablara con la doncella.

—Mi padre lo sabe todo. Me vio en el baile.

—Y ahora te ha salido cola.

Regina estuvo a punto de volverse para mirarlo.

—¿Qué?

Puck sonrió al ver el gesto de horror en su rostro.

—Que te van a seguir allá donde vayas. Ahora mismo está detrás de ti, en algún lugar... no, no te vuelvas. Estará mucho más relajado mientras crea que no te has dado cuenta.

—Ah —murmuró ella—. Pero, ¿qué vamos a hacer? No puede verte conmigo. No le dije tu nombre a mi padre.

—No creo que le cueste mucho averiguarlo si se lo propone. Seguro que tu tío está encantado de ayudarlo.

—¿Señorita? —la doncella, en una postura más cercana al suelo de lo que sin duda prefería, parecía agobiada—. Me duelen las rodillas.

—Ay, Hanks, lo siento mucho —Regina bajó el pie y retiró la mano de la pared—. Tenemos que irnos. Seguro que en todo el tiempo que llevas aquí esperándome se te ha ocurrido algo, ¿cómo y dónde podríamos reunirnos?

—Eres una descarada y yo nunca me había dado cuenta de que fuera algo que admirara en una mujer —dijo Puck, deseando meterla en el callejón para besarla hasta dejarla sin sentido—. Vuelve a casa, entra, espera diez minutos y luego vuelve a salir, gira a la derecha y luego otra vez a la derecha al final de ese edificio. Te estaré esperando allí.

—Pero... ¿y mi «cola»?

—No esperará que salgas tan rápido, además es la hora de comer, así que se irá a algún pub en cuanto vea que entras en casa sana y salva. Si no se ha ido cuando asomes tu preciosa cabecita –bonito sombrero, por cierto, aunque preferiría poder verte mejor la cara–, te avisaré con un silbido y tendré que idear otro plan.

—¿Y en qué consistirá dicho plan? —le preguntó Regina mientras rebuscaba en su bolso como si intentase encontrar algo.

Primero lo del zapato y luego lo del bolso, ambas cosas las había hecho con maestría y rapidez. Había nacido para actuar... o quizá para engañar. Y deleitar.

—Señorita, debemos irnos.

—No sé —dijo Puck, sin poder resistirse—. ¿Son muy anchas las chimeneas de tu casa?

Regina levantó la cabeza y echó a andar, sin dejarse impresionar por su respuesta. Puck se adentró aún más en las sombras del callejón y se felicitó por su buen gusto. Había elegido la palabra perfecta para describirla. Era sencillamente magnífica.

Recorriendo otros callejones se colocó detrás del hombre que seguía a Regina. Lo observó y llegó a la conclusión de que era, o había sido, marinero; no había más que ver su manera de andar. Los marineros solían ir armados de cuchillos, no con pistolas, y los guardaban en la cinturilla del pantalón. Puck tomó buena nota de toda esa información y siguió a la «cola» después de que Regina hubiese cerrado la puerta de su residencia.

Fue tras él unas tres manzanas, hasta que entró en una pequeña taberna situada en un sótano y en la que se reunía básicamente el personal de servicio de las casas del barrio. Antes de que cerrara la puerta del establecimiento, Puck pudo oír que muchos de los clientes lo saludaron como si lo conocieran bien. Estaba claro que iba por allí a menudo.

Estupendo. A Gaston siempre le gustaba conocer gente nueva. En su otra vida, antes de que Puck lo encontrara, había conocido a mucha gente, en encuentros muy breves durante los que los había librado de algunas pertenencias de valor, puesto que había sido uno de los mejores carteristas de la ciudad.

Puck quería saber algo más sobre aquel tipo y Gaston estaría encantado de proporcionarle dicha información poniendo en práctica sus habilidades. Los detalles siempre servían para minimizar los riesgos.

Después de eso, volvió rápidamente a Berkeley Square y las calles sin salida que rodeaban la residencia de Regina. Echó un vistazo a la callejuela que separaba dicha residencia de la siguiente mansión, tan impresionante como la de los Hackett. Las dos casas estaban tan cerca que, si lo deseaban, sus habitantes podrían asomarse a las ventanas y charlar en voz baja con los vecinos. O escuchar las conversaciones u observar a los vecinos en ropa interior y quizá sorprenderlos en alguna situación comprometida.

Seguramente todos esos factores explicaban que todas aquellas ventanas estuviesen cerradas a cal y canto y hacían pensar que estarían siempre así. Aquel callejón empedrado no era el lugar ideal para reunirse con una señorita, pues podría verlos cualquiera que fuera a una de las casas a entregar algo, pero solo estarían allí unos minutos. Además, se dijo Puck, si no era capaz de intimidar a un muchacho de reparto con una simple mirada, no merecía vivir.

Ella apareció enseguida y consiguió que Puck se olvidara inmediatamente de todo lo demás.

—Eres como un rayo de sol —le dijo, tomándole las manos entre las suyas—. Haces que las sombras desaparezcan.

Regina retiró las manos.

—No tenemos tiempo para tonterías —le advirtió, pero luego añadió—. Pero gracias.

—Es un placer. Cuéntame qué ocurrió anoche después de que te dejara en tu casa —le pidió Puck mientras pensaba, con rabia, que parecía cansada, aunque igual de bella. Era lógico que no hubiese dormido bien.

—Ya te he dicho que me vio en el baile. ¡No podía creerlo! No se dio cuenta de que se habían llevado a Miranda. Pensaba que quizá tenía pensado fugarse con alguien con quien iba a reunirse allí. Le conté lo que pensamos, pero lo único que dijo es que el tío Seth recurrirá a él para pagar a los Bow Street Runners.

Volvió a agarrarle las manos y esa vez ella no las apartó.

—¿De verdad? Si lo hace, dímelo, por favor.

—¿Por qué? —preguntó, extrañada.

—Digamos que es mejor saber lo máximo posible cuando... no se conoce bien a alguien. Deberías haberle dicho mi nombre a tu padre cuanto te lo preguntó. Supongo que no le hizo mucha gracias que te negaras a hacerlo.

—No insistió demasiado, pero, no, no le gustó. Pero no importa. Lo que importa es salvar a Miranda antes de que sea demasiado tarde. Mi padre asegura que ya no se puede hacer nada por ella, que estará muerta o habrán acabado con su virtud, o las dos cosas, pero me niego a creer que sea así. ¿Por qué iban a arriesgarse a raptar a la hija de un vizconde, a la nieta de un conde, si solo querían... No me obligues a terminar la frase, por favor, Puck.

Puck le apretó las manos.

—No lo haré. Pero, al margen de que me informes de lo que haga tu tío, tienes que desentenderte de todo esto, Regina. Por eso he venido hoy. Solo quería decirte eso.

La oyó suspirar.

—Yo he venido para decirte que te olvidaras de ayudarme porque es demasiado peligroso que continúes viéndome. Mi padre jamás lo aprobaría.

—Mis padres no están casados, así que lo comprendo perfectamente. Tu padre tiene grandes esperanzas para el futuro de su hija.

Parecía aliviada de que lo comprendiera tan bien.

—Sí. Quiere que me case con un conde, como mínimo. Nunca se ha molestado en ocultar que para él soy la escalera que lo hará subir a lo más alto de la sociedad londinense.

—Seguro que quiere lo mejor para ti —dijo Puck y observó atentamente cómo reaccionaba a dicha afirmación. No parecía de las que aceptaba órdenes fácilmente.

—Lo único que le interesa es su desmedida ambición y, por lo que veo en tus ojos, lo sabes tan bien como yo. Para él no soy más que una buena mercancía que le reportará grandes beneficios en el mercado. Pero ahora lo que importa es Miranda. Mi padre cree que hasta mi tío Seth se dará cuenta enseguida de que no quiere que vuelva, ni siquiera saber qué ha sido de ella. Mi tía, por supuesto, nunca pensará así, pero es cierto que mi tío Seth es un hombre muy débil y, si mi padre se niega a darle dinero para pagar a los Runners, no podrá hacer mucho. Si hay alguna posibilidad de salvar a Miranda, tendré que encontrarla por mi cuenta.

—Lo dices en serio, ¿verdad? —o estaba loca o era la mujer más valiente que había conocido en toda su vida. Prefería pensar que era lo segundo—. ¿Podrías decirme cómo piensas llevar a cabo el rescate?

Una vez más, retiró las manos, pero no la mirada. Sus hermosos ojos se clavaron en los de él sin parpadear.

—No lo sé. Sigo esperando que me digas que no sea tonta, que podemos seguir reuniéndonos a escondidas y que vas a seguir ayudándome. Sé que no debería esperar algo así, que estaría aprovechándome de tu amabilidad y de tu... interés por mí. Pero lo cierto es que necesito ayuda desesperadamente y anoche me pareciste lo bastante terco como para empeñarte en hacer cualquier cosa que te digan que no debes hacer.

Puck soltó una carcajada tan sincera como fugaz porque no quería arriesgarse a que los oyeran.

Era fácil imaginar cómo reaccionaría Reginald Hackett cuando se enterara de que su hija había estado con uno de los bastardos de Blackthorn. No querría correr el más mínimo riesgo de que Regina volviese a acercarse a menos de cien metros de alguien tan inadecuado para ella y sin duda se tomaría muchas molestias para asegurarse de que no sucediera.

Al mismo tiempo, Puck no tenía la menor idea del aspecto que tenía Miranda, lo que complicaba algo que ya era muy difícil; encontrar a una mujer en la enorme metrópolis de Londres, aunque se limitase a buscarla tan solo en la zona de los muelles. No podía salvar a todas las rubias menudas que encontrara, llevarlas al número 23 de Cavendish Square y preguntar: «¿Es esta?».

Claro que tampoco sabía cómo encontrar y rescatar a una mujer, fuera quien fuera.

Y lo mismo le ocurría a Regina, pero Puck tenía la impresión de que se empeñaría en intentarlo a toda costa. ¡Y eso no podía permitirlo!

Miranda no era la primera muchacha inglesa rubia y de constitución menuda que había desaparecido en las últimas semanas. ¿Cuántas necesitarían para fletar un barco y que mereciera la pena el viaje? ¿Tendrían que secuestrar a muchas más, o Miranda habría sido la última, y quizá la mejor? Entonces quizá el barco hubiera abandonado ya el puerto de Londres con la marea de la mañana.

No, no. Al igual que Regina, se negaba a considerar siquiera dicha opción. Si no encontraba a su prima y conseguía que volviera sana y salva con su familia, Regina nunca se lo perdonaría y su vida no volvería a ser la misma. Aunque no pudiera hacerla suya, Puck no podría vivir consigo mismo si no la ayudaba a evitar semejante tragedia.

—¿Puck? ¿Vas a volver a hablarme?

Puck salió de su ensimismamiento, volvió a agarrarle las manos y se las llevó a los labios para darle un beso en los dedos.

—No deberías hacer eso —le dijo ella, pero sin demasiada convicción.

—Solo se me ocurre una posible solución, pero hasta yo sé que es descabellada.

—Descabellada, pero no imposible, ¿no?

—Y muy peligrosa. Aunque me obedezcas en todo, lo que sería esencial para que consiguiéramos nuestro propósito, si bien sé que no encaja con tu naturaleza.

—Puedo hacerlo. Siempre que piense que tienes razón, claro.

—Está claro que eres bastante buena actriz. ¿Lo sabías?

Regina meneó la cabeza.

—Pues lo eres. Anoche estuviste a punto de convencerme de que tu madre iba con vosotras en el carruaje. No sé qué querías decir con eso de los pastelillos de limón, pero fuera lo que fuera, resultó muy creíble. Y la rapidez con la que has reaccionado antes en la calle, ha sido una actuación impecable.

—Eres muy amable. Mi padre me llamó mentirosa y me dijo que no lo hacía nada bien. Pero, ¿por qué estamos hablando de eso?

Puck le contó el plan que se le había ocurrido mientras había estado esperando a que volviera del parque. Tenía la suerte de haber nacido con una mente muy taimada.

El plan era descabellado. Pero no imposible.

Se iría a casa y se repetiría una y otra vez que era la única alternativa. Que estaba salvando a Regina de sí misma y de su empeño en encontrar a su prima por sus propios medios. Que sabía que entre ellos dos nunca podría haber nada excepto la determinación de salvar a Miranda.

Podía decirse a sí mismo todo aquello.

Pero no lo creería. Porque mientras había vida, había esperanza y sin esperanza, ¿por qué molestarse en vivir?

—Por favor, padre, es la única solución para cualquiera de nosotros. ¿Tío Seth? Tú estás de acuerdo, ¿verdad?

Reginald Hackett miró a su hija con furia desde el otro lado del escritorio. Aquel enorme escritorio se había fabricado a medida para él y se suponía que era más grande que el del mismísimo Primer Ministro. Ese tipo de cosas eran muy importantes para Reginald Hackett.

Había pensado cuidadosamente su despacho, había llenado las paredes con retratos de parientes que no tenía y las estanterías con libros que no había leído, pero que tenían preciosas encuadernaciones en cuero rojo, negro, marrón o verde y estaban agrupados por colores.

Para Reginald, eran objetos caros y que, por tanto, impresionaban. Tal costumbre se conocía como «comprar libros por metros» entre los miembros de la alta sociedad que reconocían a un advenedizo en cuanto lo veían y lo convertían en objeto de risas y burlas.

Sin embargo no había nadie tan tonto como para decirle algo así a la cara a Reginald, y mucho menos aquellos que aceptaban alegremente su dinero. Como el vizconde Ranscome, que en aquel momento bebía un vaso de ginebra, sentado en una butaca hecha a medida para su benefactor.

Eran las dos de la tarde del sábado y Miranda llevaba desaparecida desde la medianoche anterior.

—Ya hay tres Runners siguiendo la pista de tu prima —señaló Reginald, dando golpecitos en la mesa con un abrelatas de latón—. Ahora mismo podría estar ya en casa. Yo sigo creyendo que te convenció para que creyeras que la habían raptado.

Regina no sabía por qué su padre había decidido ocultarle a su tío que Miranda había desaparecido durante el baile, aunque intuía que lo hacía para que nadie supiese jamás que su propia hija había asistido al baile de máscaras de lady Fortesque, un dato que acabaría de golpe con todas sus esperanzas de lograr para ella un matrimonio ventajoso.

Se volvió a observar detenidamente al vizconde.

—Apuesto a que todo esto solo ha sido una treta y Regina, poco más que una marioneta. Tú mismo me diste a entender algo así cuando dijiste que el cochero no había regresado a Cavendish Square. Solo hay un motivo para que hiciera algo así y es que estaba implicado en el plan, así de simple. Tu preciosa hija se ha largado con algún idiota y seguramente ahora esté muerta de la risa mientras tú estás ahí, atormentado. Eres muy débil, Seth, débil y estúpido. Mi Regina jamás intentaría engañarme de ese modo porque sabe quién manda. Tu familia no te tiene ningún respeto.

Bueno, ya estaba aclarado. Regina acababa de descubrir el motivo por el que su padre no había mencionado el lugar donde habían raptado a Miranda y no había sido para protegerla a ella. Ni mucho menos. Más bien había querido ocultar que en realidad no ejercía tanto control sobre su hija como quería hacerle creer a su cuñado. Ahora todo tenía más sentido. Sabiendo que estaba a punto de intentar algo que haría que cualquier travesura de Miranda pareciera un paseo por el parque, Regina bajó la mirada y se dispuso a observarse las manos detenidamente.

—En cualquier caso, yo ahora no puedo salir —les recordó a ambos—. No puedo ir a ninguna parte sin Miranda. La tía Claire está demasiado alterada como para acompañarme y mamá... —dejó la frase sin terminar para que los dos hombres se pararan a pensarlo.

Tras enterarse de la trágica noticia sobre su sobrina, Leticia Hackett había buscado refugio en su más fiel acompañante, la uva fermentada. Jamás podría soportar la presión de enfrentarse a la gente y las tremendas mentiras que circularían sobre su sobrina. Antes de que llegara el mediodía, no solo se había convencido a sí misma de que estaba en el carruaje en el momento del ataque, sino que además había intentado defender a su hija y a su sobrina; el hecho de haber fracasado en el intento por salvar a Miranda la había empujado de nuevo hacia el vino.

Esa parte del engaño era lo que hacía que Regina se sintiera tan mal, pero trataba de consolarse pensando que la reacción de su madre habría sido mucho peor de haber sabido lo que había ocurrido en realidad... que su hija había asistido a lo que pronto podría conocerse como la perversión de la Temporada. El mero hecho de que en la lista de invitados apareciera el nombre de Reginald demostraba que la fiesta había estado abierta para toda clase de personas poco apropiadas.

—Lo que está diciendo mi hija, Seth, es que tu hermana está completamente borracha en el piso de arriba y no es probable que baje por aquí pronto.

—No deberías dejarla beber —dijo Seth en defensa de su hermana, pero enseguida dio la impresión de pensárselo mejor—. Pero, bueno, todos buscamos consuelo en alguna parte.

—No hay duda de que Letty lo encuentra —bromeó Reginald con una carcajada—. Mi esposa es una borracha, Seth. Y tú eres un aprovechado. Tu padre y tú me vais a dejar seco con vuestras deudas de juego. El idiota de tu hijo nunca ha servido para nada y tu hija es una golfa. Menuda familia política me ha tocado en suerte. No tenéis desperdicio.

El vizconde hizo amago de protestar, pero también debió de pensárselo mejor; probablemente recordó que llevaba el bolsillo lleno con dinero de su cuñado y volvió a sentarse.

—La sugerencia de Regina no me parece tan mala, siempre y cuando esté dispuesta a hacer el sacrificio. Eres buena chica, Regina —añadió dirigiéndose a su sobrina.

—Lo hago por Miranda, tío. Y, sí, también un poco por mí, porque no me sentiría cómoda teniendo que pasar el resto de la Temporada sin ella.

—Pues más vale que te vayas acostumbrando porque no va a volver de donde está.

El vizconde levantó la cabeza al oír aquello.

—Lo dices como si supieras dónde está, Reg. ¿De dónde no va a volver?

Regina y su padre intercambiaron una mirada. Pensaba que su padre estaba convencido de que Miranda había huido por propia voluntad, a pesar de haberle dado todo lujo de detalles de las cosas espantosas que podrían haberle ocurrido. Incluso se le había pasado por la cabeza que fuera una extraña manera de intentar animar a sus tíos, intentando convencerlos de que Miranda era una hija terrible, sí, pero no estaba en peligro.

Pero ahora ya no sabía que pensar.

—Yo que tú enviaría a los Runners hacia Gretna, a ver si con suerte aún no se ha casado a toda velocidad como se hace allí. Y, teniendo en cuenta que soy yo el que paga el viaje, harás lo que digo si sabes lo que te conviene. Es la única posibilidad que tienes de solucionar esto antes de que nos salpique a todos. Y ya puedes rezar por que aún no se haya abierto de piernas porque entonces ya no podría volver, después de haberse puesto en vergüenza de esa manera. Solo tienes que ver a la chica de Brean; hermana de un conde, que es mucho más que ser la hija de un vizconde sin un chelín y nieta de un conde igual de arruinado. A esa ya no se la ve por la ciudad este año, después de que el año pasado se fugara con ese bastardo de Blackthorn. ¿Has oído, Regina? Blackthorn.

Regina asintió, incapaz de decir palabra. Había escuchado esa historia el año anterior, pero entonces no había sabido el nombre del hombre con el que había huido lady Chelsea Mills-Beckman. Blackthorn. Eso quería decir que su padre sabía lo de Puck, que había conseguido averiguar la identidad de su acompañante. Acababa de dejárselo muy claro.

Tuvo que reprimir el deseo de ponerse en pie de un salto y salir corriendo de la habitación. Porque Puck se equivocaba, no era buena actriz; las buenas actrices no sentían que les temblaban los pies mientras recitaban su papel.

—No llegará a Gretna —dijo por fin el vizconde poniéndose en pie—. Haré lo que dices y enviaré a los Runners hacia el norte. Pero entretanto, no me parece que el plan de Regina suponga ningún inconveniente. Puedo decir en el club que Miranda ha caído enferma y que las damas van a retirarse a Mentmore hasta que se recupere. Eso servirá para cortar de raíz cualquier chismorreo. Luego, cuando los Runners la encuentren, la llevaremos a Mentmore y podrán volver todas a la ciudad como si nada hubiese ocurrido.

—Si vos lo aprobáis, padre —intervino Regina, que pensó que era momento de volver a la conversación—. De todas maneras, yo no puedo seguir disfrutando de la Temporada. Podríamos salir mañana mismo, a primera hora. Y mamá siempre se esfuerza en... en comportarse lo mejor posible cuando está con el abuelo.

—Lo que quieres decir es que no bebe tanto cuando yo no estoy —dijo Reginald, resoplando—. Una semana, ni un día más. Después volverás y ya veré a quién encuentro que te pueda pasear por la ciudad porque esta Temporada voy a colocarte sea como sea. ¿Entendido?

—Gracias, Reg —dijo el vizconde con entusiasmo, a punto de inclinarse ante él como si fuese su siervo—. Será mejor que me vaya. Muchas gracias.

Regina puso la mejilla para que su tío le diera un beso y luego lo vio salir de la habitación antes de volver a mirar a su padre.

—Sí, gracias, padre. Estoy segura de que la tía Claire se va a sentir muy aliviada.

—Al demonio con tu tía Claire. La chica ha desaparecido y ya está. Tienes una semana para olvidarte de tu prima y de la idea de andar por la ciudad reuniéndote a escondidas con ese bastardo de Blackthorn. Aunque esta mañana no apareció en el parque, ¿verdad?

—No sé de qué estáis hablando, padre. Esta mañana he estado en el parque, sí, pero solo...

De pronto el abridor de cartas salió volando y se clavó en las láminas de roble oscuro que cubrían parte de las paredes.

—Miente a la borracha de tu madre, a tu tío, o a ti misma. Miente, si quieres, a ese Dios tuyo, pero a mí no me mientas nunca más.

—Solo he ido para... para poder darle las gracias otra vez por haberme ayudado y para decirle adiós —confesó Regina, lo bastante asustada para decir la verdad, pero no tanto como para contarlo todo—. Pero él no vino.

—No me digas lo que ya sé. Puede que ese bastardo sea más listo de lo que parece, o quizá le hayan hablado de mí. Puede que anoche acudiera en tu ayuda y por eso no le voy a romper el cuello, para que nadie pueda decir que Reg Hackett no es un hombre justo, pero como intente volver a verte, le romperé todos los huesos del cuerpo. ¿Has comprendido, jovencita?

—Sí, padre —asintió con ímpetu para confirmar sus palabras. Debería haberse marchado en ese momento, orgullosa del triunfo, pero tenía que preguntárselo—: Anoche me asegurasteis que a Miranda la habían secuestrado y ya la habrían deshonrado o incluso asesinado. ¿Entonces por qué le habéis dicho al tío Seth que estáis seguro de que se ha fugado a Gretna Green para casarse con alguien? ¿Lo habéis hecho para evitarle el sufrimiento?

Su padre la miró un largo rato antes de responder.

—Exacto. Lo he hecho para que no sufriera. No soy tan bestia y desconsiderado como pareces creer, Regina. Al fin y al cabo, he accedido a enviaros a tu madre y a ti con tu tía Claire para proteger la reputación de tu prima, ¿no es cierto?

Acababa de contradecirse. No era posible que creyera que habían raptado y quizá asesinado a Miranda y al mismo tiempo hubiese accedido a proteger su reputación hasta que la hiciesen volver a casa.

Regina pensó que era mejor no hacérselo ver. Prefirió respirar hondo para reunir fuerzas y acercarse a su padre para darle un beso en la mejilla, echándole los brazos alrededor del cuello.

—Lo siento mucho, padre. Lamento mucho haberme dejado fascinar momentáneamente por el señor Blackthorn; puede que confundiera la gratitud que sentía hacia él por haberme salvado con otra cosa. No volveré a mentiros.

Y con esa mentira, salió del despacho y subió la escalera hacia su dormitorio, donde abrió la ventana lateral que daba a las ventanas cerradas de la casa de al lado. Deslizó un pañuelo blanco por el alfeizar de manera que se viera desde la calle y luego volvió a cerrar la ventana.

Solo le quedaba ir a contarle una nueva mentira a su madre: le diría que, en cuanto amaneciera, partirían hacia Mentmore junto con la madre de Miranda.

CAPÍTULO 5

Puck decidió seguir a Dickie Carstairs. Para empezar, porque era el más alto de los dos y por tanto sería más fácil verlo de lejos, aunque en realidad ese motivo se lo dijo a Gaston solo por diversión. La verdadera razón por la que había decidido ir tras él era que no parecía ni la mitad de inteligente que su amigo, el barón Henry Sutton.

El honorable señor Richard Carstairs comenzó la noche del sábado tomando unos tragos con tres amigos en el club del que era socio, uno de los clubes menores de Bond Street. Desde allí se marchó solo hacia el teatro de Covent Garden, donde Puck aguantó una farsa de segunda a la que jamás habría asistido de otro modo y la actuación de tres cantantes, de los cuales solo uno tenía la habilidad mínima para no desafinar.

Fue durante el segundo intermedio cuando apareció el barón y se dirigió como por azar hasta la abarrotada cafetería del teatro, donde fingió encontrarse con Carstairs por casualidad.

Ambos actuaron sorprendidos al verse, se estrecharon la mano y luego se despidieron el uno del otro. Al alejarse, al señor Carstairs se le cayó la nota que le había dado el barón con máximo disimulo al estrecharle la mano. Antes de agacharse a recuperarla, miró a su alrededor con gesto frenético para comprobar si lo había visto alguien.

Mientras observaba la escena tomándose una copa de vino, Puck pensó que aquel pequeño espectáculo sí merecía el dinero que había gastado en la entrada.

En cuanto el timbre anunció que la obra iba a continuar, Puck se olvidó del barón y siguió a Carstairs para comprobar que, efectivamente, volvía a su palco.

Aunque, teniendo en cuenta todos los detalles, algo que Puck siempre hacía, seguramente Dickie no tardara en volver a salir, por eso Puck le hizo un gesto a su fiel Gaston, que de inmediato captó el mensaje y salió a avisar al cochero de que debía tener el carruaje preparado en la puerta para cuando su señor tuviese que salir.

Como era de esperar, cinco minutos más tarde se abrieron las cortinas del palco y apareció Dickie Carstairs, que volvió a delatarse a sí mismo mirando a un lado y a otro antes de dirigirse a la escalera y de allí al vestíbulo del primer piso y a la calle.

Puck empezaba a pensar que quizá lo de cavar los hoyos fuera incluso demasiado complicado para Carstairs.

El cochero de Puck, hermano menor de Gaston, al que también había salvado de un triste futuro como ladrón, enseguida comprendió la orden tácita de su señor. El carruaje, completamente negro y sin emblema, aunque muy elegante, siguió al coche azul con ruedas amarillas que cualquiera que se hubiese fijado en las cuadras del barón habría reconocido de inmediato.

—Querido Gaston, hay veces que las cosas me parecen demasiado fáciles —comentó mientras se acomodaba en los mullidos asientos y se tiraba de los puños de la camisa—. Aunque, si se te había pasado la idea de descansar en los laureles, debo recordarte que a mi hermano lo llaman Black Jack por algo y seguramente sepa ya que estamos de camino.

—Es reconfortante saber que tu hermanito no es del todo tonto —respondió una voz que conocía bien desde la oscuridad que envolvía el asiento de enfrente.

—Perdonadme, *monsieur* —se disculpó Gaston inmediatamente—. A mí también me ha pillado por sorpresa. Si pudierais bajar ya el cuchillo, amable hermano de mi *monsieur*.

Puck se echó a reír a carcajadas.

—¡Jack! ¿Tú también los estás siguiendo? No confías en tus propios compatriotas, ¿eh?

Jack se guardó el cuchillo en la bota antes de responder.

—Confío en que se den cuenta de que los siguen, si es eso lo que me preguntas. Admito que me ha sorprendido un poco descubrir que estabas siguiendo a Carstairs.

Puck se encogió de hombros con elegancia.

—Craso error. Estaba tan ocupado observando lo que tenía delante, que descuidé la retaguardia, lo cual podría resultar fatal, teniendo en cuenta que hay cierta persona que en estos momentos no siente ninguna simpatía hacia mí. Muy torpe por mi parte.

—Sois demasiado bueno, *monsieur* —protestó Gaston y suspiró con resignación—. Soy yo el que debería haberse dado cuenta de que alguien os seguía. Por tanto el error es mío.

—¡Qué bonito! Los dos intentando librar de la culpa al otro. Ese es el problema que tienen mis hermanitos. Tenéis un corazón demasiado blando y un corazón blando suele ir acompañado de una cabeza también blanda, lo que hace que sea más fácil machacaros.

Puck meneó la cabeza en la oscuridad.

—Deberías escribir para el teatro, Jack. Puede que no estés a la altura de Will Shakespeare, pero es posible que esas tonterías tuviesen éxito en algún teatro de pueblo.

Parecía que ahora le tocaba reírse a Jack, lo que sirvió para distender la tensión durante al menos unos segundos.

—No te voy a preguntar por qué sigues a Dickie porque

es evidente. Pero sí quiero saber qué es lo que quieres de mí. Ah, y no te preocupes por nuestro destino, el cochero de Henry tiene órdenes de ir despacio para que el tuyo no lo pierda de vista.

—Qué peso me quitas de encima —respondió Puck, aunque en realidad había otras cosas que le preocupaban más que el destino al que se dirigían—. Nuestros padres están bien de salud, al menos lo estaban la última vez que los vi antes de venir a la ciudad. Te lo digo porque sin duda ibas a preguntarme por ellos.

—¿Ah, sí? No, no pensaba hacerlo.

—¿De verdad? Entonces supongo que no sabrás que nuestro padre quiere hablar con nosotros tres y pretende que nos reunamos todos en su casa.

—¿Con los tres a la vez? Me parece que se va a llevar una buena decepción.

—Especialmente si está allí nuestra madre —Puck lamentaba que no hubiera más luz en el interior del coche para poder ver la expresión de su hermano, aunque no solía revelar demasiado—. Siempre me ha costado creer que le tengas miedo. Pero es cierto que el año pasado tuviste mucho cuidado de no encontrarte con ella cuando enterramos a Abigail.

—Enterramos a la marquesa de Blackthorn, hermana de nuestra madre. Yo acudí a presentar mis respetos a Abby, que era lo que debía hacer.

—Bien es cierto que lo hiciste. En mitad de la noche, sin que nadie excepto los sirvientes se enterara de tu presencia hasta que ya te habías marchado. Mamá estuvo a punto de sufrir una apoplejía cuando vio el detalle que habías dejado —dicho eso, Puck levantó la mano como para borrar sus propias palabras—. Pero no hablemos ahora de eso. Para lo que quería verte esta noche en un principio era para informarte de los deseos de nuestro padre. Tiene mucho interés en vernos a los tres en Blackthorn.

—Supongo que para decir solo una vez eso que cree tener que decirnos.

—Sí. Sea lo que sea, iba a decírselo a Beau el año pasado, según el propio Beau, pero luego cambió de opinión cuando Abby... cuando la marquesa murió. Me gustaría poder decirle a nuestro padre que estás dispuesto a ir y quizá incluso proponerle una fecha para la reunión. Seguramente sería preferible celebrarla a una hora que no sea en mitad de la noche. Nuestro padre se hace mayor, Jack, y por lo visto necesita decirnos lo que sea cuanto antes. Aunque no creo que mamá lo apruebe.

—Seguro que no —confirmó Jack con tensión—. Puedes decirle al marqués que pensaré en ello, pero no en estos momentos, me temo. Tengo otros asuntos que van a tenerme ocupado algún tiempo.

—Una pregunta, Jack. ¿A cuál de los dos odias más, a nuestro padre o a nuestra madre?

Gaston se encogió en su asiento como si quisiera desaparecer.

—Veo que al cachorrito le han salido los colmillos —respondió irónicamente al tiempo que echaba mano de una cinta del carruaje al dar una curva, lo que dejó ver un brazo fuerte y una mano de dedos largos en la que lucía un anillo de oro con un ónix negro engarzado.

—Hace mucho tiempo que el cachorrito ya no es ningún cachorro, Jack. Te recuerdo que solo soy dos años más joven que tú. Te propongo un pacto. Yo no volveré a subestimarte si tú prometes no subestimarme a mí.

—Después de ver cómo conseguiste que Henry y Dickie te presentaran en sociedad... Por cierto, ten cuidado con Will Browning, no es ningún tonto y podría incluso convertirse en un buen aliado si lo necesitaras. Pero bueno, sí, está bien. Ahora dime, ¿por qué otro motivo querías verme? Has dicho que comunicarme los deseos de nuestro padre era para lo que querías verme en un principio.

—Veo que estás en todo —Puck estaba encantado de dejar el tema de sus padres y pasar a otra cosa. No se subestimaba a sí mismo, pero habría sido injusto con la pobre Miranda si no hubiese tratado de contar con toda la ayuda que fuese posible—. Anoche mismo raptaron a la prima de alguien que conozco. No ha sido difícil imaginar los motivos, a pesar de las pocas pistas de las que dispongo.

—¿Y cómo se llaman esas dos personas a las que has mencionado?

—Eso es asunto mío —dijo con suavidad—. Lo que debes saber es que la desaparecida es rubia, de constitución menuda y parece ser que bastante guapa. Inocente, por lo visto, y de buena familia. Ha bastado una investigación muy somera para descubrir que no es la primera joven de las mismas características que ha desaparecido en Londres en las últimas semanas. Como es lógico, no puedo responder por la inocencia de las otras, pero sí de la de esta en cuestión. He prometido a la persona a la que estoy ayudando que haría todo lo que estuviese en mi mano para que su prima regresase sana y salva junto a su familia.

—Es muy encomiable por tu parte. ¿Y te has parado a pensar por qué habrán desaparecido, por utilizar el término que has empleado tú, esas jóvenes? Y, lo que es más importante, ¿cómo piensas hacer volver a esa joven en cuestión?

Puck estuvo a punto de complacer a su hermano contándole cosas que no había pensado revelar por el momento, y quizá nunca, pero entonces recordó unas cuantas cosas sobre Jack.

Su hermano era su propio jefe, pero a veces compartía su talento con la Corona, que era lo que había estado haciendo el año anterior en Gateshead cuando Beau y Puck lo habían visto acompañado del barón, de Dickie y del infortunado Noah, que probablemente ya estaría muerto.

Aunque era comprensible que a la Corona no le preocupase

la desaparición de unas cuantas jóvenes de clase baja, probablemente no vería con buenos ojos que sus ciudadanos, especialmente las mujeres, fueran alejadas de su tierra con total impunidad para venderlas en otros países como si fueran una mercancía.

Jack estaba en Londres. Eso no significaba que llevara allí mucho tiempo o fuera a la ciudad con frecuencia.

Estaba allí para llevar a cabo un nuevo encargo, según lo que decía la nota que había encontrado Wadsworth en la cinta del sombrero de Dickie Carstairs.

Así que, en lugar de revelarle sus planes, sobre todo los detalles más extraños, Puck se arriesgó a decir:

—Si no te importa, Jack, creo que prefiero que me digas qué piensas hacer tú para encontrar a esas mujeres y poner fin a esas atroces desapariciones. Si me gusta lo que me cuentas, puede que permita que tus inútiles amigos y tú os unáis a mí.

Gaston volvió a ponerse recto y sonrió de tal forma que pudieron verle los dientes a pesar de la oscuridad.

—¿Cachorro, *monsieur* Black Jack? ¡De eso nada!


Regina había dejado todos los detalles a Puck, que le había dicho que se los comunicaría en cuanto los supiera él, pues aún no había tenido tiempo para idear más que los trazos generales del plan.

Le había pedido que confiara en él y, como no tenía otra opción y además él parecía estar muy seguro de sí mismo, lo había hecho.

También le había dicho que no se preocupara, pero había sido una pérdida de tiempo porque se había pasado toda la noche en vela por las preocupaciones, y todavía seguía preocupada.

—Mamá, por favor, olvidaos de eso —le dijo a su madre mientras la veía contar las maletas que llevarían consigo en el carruaje—. Hanks se ha encargado de todo.

Pero lady Leticia continuó con la supervisión. Se movía despacio, con cuidado, pensando seguramente que así todo el mundo creería que estaba sobria, pero los sirvientes conocían demasiado bien a su señora.

¡Pobre mamá! Había sido una mujer tan bella. Ahora siempre parecía cansada, derrotada, y tenía los ojos tan tristes y vacíos. Aún le quedaban dos años para cumplir los cuarenta, pero la juventud la había abandonado prematuramente junto con la fuerza de espíritu que quizá había tenido en otro tiempo.

—Lo entiendo, querida, pero no veo mi maleta especial. No puedo ir a ninguna parte sin ella. Es... un regalo de mi querida y difunta madre.

Lo cierto era que esa maleta la habían comprado doce años antes en una tienda de Bond Street y su interior estaba preparado para trasportar media docena de botellas de vino y varias copas. Regina se reprochó a sí misma haber creído, aunque fuera por un momento, que su madre no se daría cuenta de que la maleta no estaba entre el equipaje.

—¿Hanks? —dijo, mirando a la doncella, que inmediatamente asintió y se dirigió escaleras arriba para ir en busca de la maleta en cuestión.

Regina había acordado con la doncella que, en cuanto intuyeran que su madre iba a poner problemas, le darían la maleta; tenían que evitar a toda costa que su padre la oyera y saliera al vestíbulo a preguntar qué ocurría, porque entonces correrían el riesgo de que cambiara de opinión y no autorizara el viaje.

—No comprendo por qué no puede acompañarnos Fellows. ¿Por qué tenemos que compartir una sola doncella? Ya sabes que tu padre no quiere que demos imagen de tacañería. Se puso como loco conmigo cuando le dije que no necesitabas más de una docena de vestidos para tu presentación en sociedad, que solo teníamos que cambiar los lazos y un par de cosas más de vez en cuando. No, él quiere que siempre demos imagen de opulencia.

Regina contuvo un suspiro de tristeza. Su madre se pasaba la vida intentando no hacer nada que pudiera molestar a su esposo. Él jamás le había pegado, como tampoco castigaba físicamente a la propia Regina, lo que le hacía pensar que lo que utilizaba para controlarla a ella era la misma amenaza que empleaba para asegurarse la obediencia de su mujer, que vivía aterrada y necesitaba buscar consuelo en el vino.

Regina sabía que era pecado odiar, pero al menos podía decir que su padre no le gustaba absolutamente nada, ni tampoco su abuelo, que había tenido a bien vender a su hija para saldar sus deudas de juego. De hecho, de los dos, seguramente despreciara más a su abuelo porque había nacido en una familia de clase alta, era todo un conde y debería haber estado por encima de esa clase de cosas. Después de todo, Reginald Hackett era hijo de la abuela Hackett y no se podía esperar mucho más de él.

Le puso la mano en el hombro a su madre.

—Vamos a Mentmore, mamá. Allí nadie se fijará en esas cosas. Fellows tiene que quedarse a limpiar vuestro dormitorio y el mío en nuestra ausencia. ¿Recordáis que fue eso lo que acordamos?

En realidad la misión de Fellows consistía en encontrar y deshacerse de todas la reservas de alcohol que lady Leticia se encargaba de esconder por toda la casa, desde el desván al sótano. Era una tarea que la mantendría ocupada hasta su regreso porque la señora de la casa conocía un sinfín de trucos para camuflar el alcohol. Ni siquiera los frascos de perfume estaban libres de culpa.

—No, no lo recuerdo —admitió lady Leticia con tristeza—. Pero si tú lo dices, supongo que será así. Está bien volver a Mentmore. A tu padre no suele parecerle bien que vaya.

—Y la tía Claire viene con nosotras, así que os hará compañía —le recordó Regina mientras les abrían las puertas que conducían a la calle, donde las esperaban dos criados con unos paraguas abiertos para protegerlas de la lluvia con la que había amanecido el día. El carruaje con el emblema de Mentmore estaba ya preparado—. Mirad, mamá, la tía ya está en el coche.

—Claire siempre es muy amable. A ella también la vendieron, ya sabes. Su abuelo era sastre en Queen Street, era bastante rico y tenía fama de hacer muy buenos sombreros, aunque yo nunca los vi, pero debían de ser excelentes. Al menos lo bastante buenos para que su padre pudiese casarla con un vizconde. Lástima que fuera Seth. Esos sombreros deberían haber servido para algo más.

—Hablad bajo, mamá ——le pidió Regina, aunque estaba segura de que los sirvientes ya la habían oído—. Aquí está Hanks con vuestra maleta. Ahora ya podemos irnos.

Mientras uno de los sirvientes ayudaba a su madre a subir al carruaje, Regina aprovechó para mirar disimuladamente a la plaza. Estaban a punto de subir al carruaje de la familia, que las trasladaría a Mentmore. Ese era el plan que le había contado Puck el día anterior, pero Regina seguía albergando la esperanza de verlo por allí, para poder estar segura de que había podido idear todos los detalles.

Finalmente miró el equipaje que iba atado al techo del carruaje y cubierto por lonas, y sonrió de verdad por primera vez desde que se había levantado de la cama.

Desde el asiento del cochero, detrás de los caballos, Robin Goodfellow Blackthorn, con el largo cabello rubio suelto bajo el sombrero y con un abrigo con el emblema de Mentmore, inclinó la cabeza hacia ella y le guiñó un ojo.

Puck, de nuevo vestido con su ropa después de haberse duchado para quitarse el frío de toda la lluvia que le había caído encima, se recostó cómodamente en una de las butacas de la sala de estar de Grosvenor Square y aguzó el oído a la espera de sentir los pasos sobre el suelo de mármol blanco y negro del vestíbulo.

La espera se le hizo interminable, pero por fin vio recompensada su paciencia. Dejó la copa de vino y se puso en pie para recibir a Regina con una enorme sonrisa en los labios. Ella miraba a su alrededor, observando el sencillo esplendor de la mansión Blackthorn.

Parecía cansada después de un par de horas que no debían de haber sido nada fáciles para ella. Puck suponía que había sido complicado, al menos hasta que pudiera explicar a las preocupadas damas que no las habían raptado como a Miranda.

Le pidió con un gesto que no dijera nada y cerró las puertas de la sala para conseguir un poco más de intimidad antes de tenderle ambas manos. Ella las aceptó y permitió que la llevara hasta el sofá.

—¿Están bien? —le preguntó Puck, ya sentado frente a ella y buscando en su rostro algo que le dijera qué tal estaba funcionando el plan hasta el momento.

—Creo que mamá aún no lo comprende del todo bien —le dijo Regina y suspiró—. Hanks le ha traído la maleta de viaje, aunque me habría gustado no tener que recurrir a ella. Ahora está durmiendo. La tía Claire, sin embargo, me ha sorprendido al abrazarme llena de júbilo porque en realidad no quería alejarse de Londres, por si Miranda aparecía y volvía a casa. Aún no me creo que lo hayamos hecho. Eres genial.

—Espero que lo pongas en mi lápida cuando me cuelguen por secuestro y algún que otro delito más.

Enseguida se arrepintió de haber dicho eso porque Regina abrió los ojos de par en par y le apretó las manos con todas sus fuerzas.

—Nadie va a enterarse —le aseguró ella—. Nos hemos marchado en el carruaje de Mentmore y todo el mundo piensa que a estas horas habremos abandonado la ciudad y vamos camino a la propiedad de mi abuelo —inclinó la cabeza a un lado—. Por cierto, ¿cómo te las has arreglado?

Puck aún no podía creerse que Regina estuviese allí, bajo su techo. Tenían carabinas, por supuesto, quizá más de las necesarias, así que quizá debiera besarla antes de que alguna de ellas se diera cuenta de que no estaba en el piso superior y bajara a buscarla. El problema era que había hecho esa estúpida promesa de ser un caballero.

—¿Es importante?

—Claro que es importante. Deberías sentirte orgulloso de haberlo conseguido y ansioso de impresionarme con el relato de la aventura. Porque ha sido una aventura, ¿verdad?

Puck sonrió.

—Puede que una pequeñita. Como recordarás, el cochero de tu tío no volvió después de la otra noche, así que solo tuve que presentarme junto con un par de hombres más como nuevos empleados de tu tío y decir que nos había dado órdenes de trasladar a la señora y a sus parientes a un lugar llamado Mentmore. Diez minutos después pidieron que el coche estuviese preparado a primera hora de mañana y a nadie se le ocurrió poner en duda lo que yo había contado.

—Una vez más, genial. ¡Eres genial!

—Ya que insistes, lo reconozco. Hemos tapado el coche con unas lonas y estará escondido en mi cuadra hasta vuestro regreso a Londres dentro de una semana.

—Entonces podemos buscar a Miranda sin tener que preocuparnos de que se entere mi padre —Regina parpadeó para ahuyentar las lágrimas—. Mi tía está destrozada y yo me siento muy culpable. No sabes cuánto lamento no haber insistido esa noche para que el carruaje se diera media vuelta...

—Entonces probablemente no nos habríamos conocido —señaló Puck al ver que estaba a punto de echarse a llorar—. Desde luego no nos habríamos besado y eso habría sido una tragedia —añadió inclinándose hacia ella.

Le rozó la boca ligeramente con los labios, las manos de ambos entrelazadas. Vio cómo sus ojos se cerraban y de su boca escapaba un pequeño suspiro. Tocó su lengua y sintió un gemido en su garganta.

«Despacio, Robin Goodfellow», se advirtió a sí mismo. «Ahora no hay máscaras entre nosotros. No está la luz de la luna».

Apenas estaban tocándose, solo la boca y las manos, y sin embargo Robin podía sentir el calor de su cuerpo, un calor que lo hizo arder a él también. En su imaginación estaban ya arriba, la tenía en su cama, con el cabello extendido sobre la almohada y tendiéndole los brazos para tirar de él.

Las cosas que podrían hacer juntos. Regina era auténtico fuego, su cuerpo estaba hecho para el placer, para darlo y para sentirlo. Incluso ahora, que aún no había despertado a dicho placer, respondía a su proximidad con un conocimiento innato que parecía susurrarle al oído la mismísima Eva. Sin duda sería una amante apasionada, deseosa y atrevida; una amante que lo daría y lo pediría todo. Juntos podrían hacer arder el mundo entero.

Le levantó las faldas del vestido de muselina y coló la mano bajo la tela, hasta rozarle el muslo con la punta de los dedos. Entonces se detuvo, titubeando.

«No. Aún no. Te lo prometiste a ti mismo en un ataque de idiotez».

Ella se movió en el asiento, pero luego relajó los músculos y abrió ligeramente las piernas.

«Dios».

La seda de su ropa interior resultaba áspera en comparación con su piel y con el tesoro que se escondía debajo. Era como fuego líquido, peligroso e imposible de eludir porque parte de ese fuego lo transmitían sus propios dedos, que también ardían de deseo.

Continuó besándola, diciéndole sin palabras todo lo que le haría si estuvieran en cualquier otro lugar. Ella lo sabía. Debía de saberlo porque respondía a su ardor con entusiasmo. Entonces apartó la boca de la de él, escondió la cara en el hueco de su hombro y se entregó al éxtasis.

Puck intentó disimular los esfuerzos que tenía que hacer para respirar y la fuerza de voluntad que necesitaba para controlar su pasión.

Le levantó la cara suavemente y la miró a aquellos maravillosos ojos azules. Estaba recuperando la calma, pero lentamente; aún se podía ver el deseo en su mirada. Y, que Dios la bendijera, ni el más mínimo rastro de arrepentimiento.

—*Million de pardons, mais aucunes excuses* —un millón de perdones, pero ninguna excusa.

—No es necesario ni lo uno, ni lo otro —respondió ella con calma—. He intentado olvidar lo que me dijiste el viernes durante el baile de máscaras. Cuando creías que era algo que luego creíste que no era. Pero... creo que en realidad tenías razón la primera vez. Solo con acordarme de tus palabras, siento un extraño calor por todo el cuerpo. No he podido dejar de pensar en lo que me dijiste en los jardines. En francés, como ahora.

Puck recordó también aquellas palabras sugerentes y lascivas dirigidas a la que había creído, por error, que era una mujer de mundo, a la que no podría escandalizar.

—Nunca debería haber dicho esas cosas.

—Yo podría decir que no debería haberlas escuchado o haber permitido que me besaras... o que me acariciaras. Tenía el alfiler del sombrero en la mano desde que salimos a los jardines. Tú no sabías quién era y no tenías motivos para pensar que fuera otra cosa que lo que pensabas que era. Yo era la única que sabía quién era, o creía saberlo. Me haces sentir muy bien y no me avergüenza decirte que me gusta lo que me haces sentir. Haces que me sienta viva, Puck. La verdad es que a mí también me gustaría echarle la culpa a la abuela Hackett por haber sido tan directa y tener tan poca vergüenza, pero sería muy egoísta por mi parte.

Puck se puso en pie, tenía la impresión de que era mejor poner un poco de distancia entre los dos porque, aunque quizá su mente ya hubiese vuelto a pensar con normalidad, su cuerpo aún tenía otros planes. Y esos planes eran tan evidentes, que optó por colocarse detrás del respaldo de una silla que lo tapara de cintura para abajo.

—Me parece que quiero saber algo más de la abuela Hackett.

Regina sonrió con cierta tristeza.

—A otros niños solían asustarlos diciéndoles que había monstruos escondidos bajo su cama o que alguien vendría a llevárselos si se portaban mal o no se comían las verduras, a mí me amenazaban con la abuela Hackett. Y aún siguen haciéndolo —concluyó con un suspiro.

—¿Tan horrible era?

Regina se encogió de hombros.

—No la conocí. Pero todo lo que a mi madre no le gusta de mí se lo achaca a ella. A veces me da lástima que muriera poco antes de nacer yo y no haber podido conocerla. Mi madre dice que se hurgaba los dientes en la mesa, que tenía mucho pecho y que no dejaba de hablar, además lo hacía muy alto, sin importarle quién hubiera delante. Por lo visto también tuvo numerosos amantes, antes y después del difunto Joseph Hackett. En resumen, se comportaba de una manera absolutamente imperdonable.

—Desde luego. ¿Hay algo más?

—Mucho más. No sé si será cierto, pero una vez mi madre estaba bastante inquieta por algo y me contó que la abuela Mentmore había descubierto a la abuela Hackett y al abuelo Mentmore en el invernadero... dándose un gusto. Parece ser que la abuela Mentmore les tiró encima un cubo lleno de agua que había por allí, y esa es la razón por la que tiene al menos un collar de diamantes de verdad.

Puck se echó a reír.

—Es curioso, a mí también me pareció divertido, aunque nunca se lo he dicho a mamá —admitió, pero la comicidad desapareció enseguida de sus ojos—. ¿Puck?

Él también se puso serio automáticamente. Su intención había sido distraerla y que ambos dejaran de pensar en... la intensidad de los últimos momentos.

—¿Sí?

—La tía Claire está muy furiosa con mi tío Seth porque ha hecho lo que le dijo mi padre y ha enviado a los Runners a Gretna Green. Mi tía le suplicó que no lo hiciera, pero como es mi padre el que paga a los Runners, mi tío cree que tiene la obligación de seguir sus consejos.

Puck tomó buena nota de dicha información, pues le serviría para tener controlado a Seth si necesitaba hacerlo.

—Tu tía no cree que Miranda se haya fugado con alguien para casarse —dedujo.

—No —respondió Regina—. Ayer cuando fui a visitarla para decirle que nos íbamos de viaje, le conté toda la verdad, incluso lo del baile de máscaras. Le mostré las cuentas del antifaz de Miranda que encontramos en el suelo. Las reconoció de inmediato porque, según me contó, mi tío Seth había usado ese antifaz hacía muchos años, cuando iban a bailes de esa clase. Me dijo que en aquella época eran mucho más correctos —Regina lo miró como si estuviera rogándole que fuera comprensivo—. Pensé que se quedaría destrozada cuando supiera lo que habíamos hecho Miranda y yo, pero me pareció que quizá fuera más proclive a cooperar cuando el coche se detuviera aquí, en lugar de proseguir hasta Mentmore.

—Espero que podamos acabar con sus temores devolviéndole a su hija sana y salva.

—Ya la has ayudado mucho porque ahora siente que al menos ella está haciendo algo por estar aquí. Quiere que te pongas en contacto con su abuelo, que vive en Queen Street, porque está convencida de que podría serte de ayuda. Sin embargo me dijo que su padre no serviría de nada.

—Está loco como un sombrerero, ¿verdad? —le preguntó Puck, sin poder contenerse. Había oído que los productos químicos que se utilizaban para hacer los sombreros habían convertido a más de un sombrerero en un completo lunático.

Regina asintió.

—Es curioso que haya tantos, ¿no te parece? Está loco y encerrado en no sé qué institución. En cualquier caso, la tía Claire ha prometido que nos ayudaría con mi madre si se pusiese difícil, lo que me dará aún más libertad para poder ayudarte. Porque no era mentira, ¿verdad? ¿Aún tienes intención de dejarme ayudarte?

—Sí, aunque debo reconocer que la razón principal de que te deje meterte en todo esto es que no quiero que lo hagas por tu cuenta.

Regina asintió de nuevo con más ímpetu, para mostrar que estaba de acuerdo con aquel razonamiento.

—Lo que no comprendo es por qué se ha empeñado mi padre en mandar a los Runners al norte. La primera noche me dejó muy claro que estaba seguro de que Miranda había sido raptada por unos desconocidos que le harían cosas horribles y sin embargo ahora se empeña en decir que se ha fugado con un hombre. Dice que es para que mis tíos no se asusten, pero, ¿qué sentido tiene que ahora todo el mundo la busque donde no va a estar?

Puck volvió al sofá y se sentó otra vez junto a ella.

—Puede que piense que será peor para ellos si la encuentran... y que será peor también para ti, por sus planes para casarte.

—Muerta, mancillada o ambas cosas —recordó Regina—. ¿Qué vamos a hacer?

Por un momento consideró la idea de hablarle de Jack, pero decidió que era mejor no hacerlo. Sobre todo porque Jack desconocía la existencia de Regina. Además, Jack no solía compartir con nadie la información de la que disponía. Ya se verían si era necesario o si alguno encontraba algo. Uno buscaba una cosa y otro, otra, pero puede que entre los dos consiguieran algo.

—No somos los únicos que estamos buscando a Miranda; hay alguien que va en busca de los hombres que se la llevaron a ella y a las otras chicas. Pero nosotros sabemos dónde y cuándo se la llevaron y eso podría proporcionarnos más información de la que tienen los demás. ¿Estarías dispuesta a volver a la escena del secuestro, Regina?

—¿En serio? ¿Ahora? —se puso en pie de un salto, respondiendo a su pregunta sin necesidad de decir que sí—. ¿Cómo vamos a hacerlo? Quiero decir, ¿debería disfrazarme de algún modo para que nadie pueda reconocerme?

Él también se puso en pie.

—Por desgracia, Londres no es Venecia, pero incluso allí ha caído en desuso la costumbre de ir por ahí con máscara. Creo que bastará con que te pongas el sombrero que llevabas ayer y que mantengas la cabeza bajada, por lo menos hasta que tengamos otra cosa.

—¿Otra cosa? Permíteme que te pregunte a qué te refieres.

—Tendrás que preguntárselo a mi ayudante, Gaston. Ahora mismo está viendo a un fabricante de disfraces de Covent Garden.

Regina esbozó una de esas maravillosas sonrisas suyas, pero se desvaneció rápidamente.

—¡No! ¡No puedo disfrutar de todo esto! ¿Vamos a salir por la puerta de atrás?

—Buena idea —dijo y le ofreció el brazo para que lo agarrara—. ¿Te has acordado de traer el retrato que me dijiste que tenías de tu prima?

—¿El del medallón? Sí, lo tengo arriba. Espérame aquí.

—Te esperaría en cualquier parte —respondió él con una inclinación de cabeza que Regina le recompensó con una suave risilla antes de levantarse las faldas y salir corriendo escaleras arriba.

Volvió pocos minutos después, con el rostro casi tapado bajo el ala del sombrero y juntos se subieron a un coche completamente negro que los llevaría al lugar en el que se había celebrado el baile de máscaras de lady Fortesque.

# CAPÍTULO 6

Regina abrió la cortina lo suficiente para poder ver el edificio decadente frente al que acababan de detenerse. Frunció el ceño.

—Madre mía. No me di cuenta de que fuera un lugar tan... ordinario. Parece un almacén o algo así. Y no está precisamente en el mejor barrio de la ciudad, ¿verdad?

—Muchas cosas parecen mejores en la oscuridad —le dijo Puck mientras les abrían la puerta y bajaban la escalerilla del carruaje—. Acuérdate de no levantar mucho la cara y quizá no fuera mala idea taparte un poco con un pañuelo.

Regina aceptó la sugerencia y poco después estaba de pie en la calle, con el corazón acelerado por la emoción y también por el recuerdo del miedo que había pasado en aquel lugar. Apartó el pañuelo para decir algo, pero se lo volvió a colocar enseguida, en cuanto notó un hedor como a pescado putrefacto.

—Esto tampoco lo recordaba.

Puck se echó a reír y le señaló un edificio situado al otro lado de la calle. Había varias mesas en la calle, llenas de pescado.

—Los jardines en los que estuvimos están en el otro extremo del edificio. Bueno —la agarró de la mano—, vamos allá.

—Sí, vamos allá —repitió ella, caminando ya hacia los escalones que conducían a la entrada principal del edificio—. ¿Qué vamos a hacer? No habrá nadie que estuviera aquí el viernes por la noche, ¿no?

—Los empleados que ejercieron de camareros en el baile trabajan para el dueño del edificio, que, según he podido saber, cumple muchas otras funciones; casa de apuestas... y cualquier otro tipo de «casa» que se te ocurra, no quiero aburrirte enumerándolas todas. La otra noche, uno de esos empleados, un tal Davy Tripp, fue especialmente amable. Me he enterado de que, además de trabajar aquí, los empleados también duermen entre las cuatro paredes de este encantador edificio. Ya puedes decírmelo otra vez, soy genial, ¿verdad?

—En realidad estaba pensando que eres un engreído —le dijo Regina mientras llamaba a la puerta con un bastón en el que Regina no había reparado hasta ese momento—. ¿Es un bastón-espada? Nunca los he visto, pero he oído hablar de ellos.

—Lo es, sí —admitió Puck—. Pero vas a tener que permitirme que te haga en otro momento la demostración de sus cualidades porque no creo que a los caballeros que hay ahí dentro les gustara la idea.

Regina se encogió de hombros.

—Por lo menos dime si lo manejas bien.

—Esperemos que no tengamos que comprobarlo en los próximos minutos —y entonces se abrió la puerta y se colocó ligeramente delante de ella—. Hola, buen hombre. Vengo a ver a Davy Tripp, si fuerais tan amable.

Regina se asomó por encima del hombro de Puck para poder ver a un tipo enorme que llenaba prácticamente todo el hueco de la puerta. Sus manos eran grandes como jamones de cerdo, llevaba un pescado cubierto de escamas de pescado y daba la impresión de que su rostro hubiera servido como yunque en repetidas ocasiones. En su cabeza no había más de tres pelos y sus rasgos parecían la combinación de partes de distintas personas. Si fuera de las que describían monstruos imaginarios a sus hijos, solo tendría que recordar el aspecto del hombre que tenía delante en esos momentos.

Entonces lo oyó hablar y estuvo a punto de echarse a reír porque tenía una voz débil y tremendamente aguda, mucho más que la suya.

—¿Habéis dicho Davy? Acaba de venir a buscarlo otro caballero que le ha prometido mucho dinero, y no tenía que hacer nada más que hablar con él. Ese Davy no sabe nada. ¿También vos queréis hablar con él? Menuda suerte tiene. Yo también puedo hablar. Puedo decir lo que queráis oír, incluso cantaros una canción. Si me mostráis algunas monedas.

Puck agarró a Regina de la mano.

—¡Vamos! —dijo después de tirar una moneda escaleras abajo, lo que surtió el mismo efecto que si le hubiese tirado un hueso a un perro.

Aquel hombre corpulento de voz fina pasó de largo junto a ellos y se lanzó en busca de la moneda. Puck y Regina aprovecharon para entrar al edificio y dirigirse a toda velocidad hacia las puertas por las que Regina recordaba vagamente haber pasado con Puck solo dos noches antes.

—¿Qué ocurre? —le preguntó mientras trataba de seguirle el paso—. ¿Puck?

—No hay tiempo. Sigue corriendo. ¡Más rápido! ¡Sígueme! —le soltó la mano y se adelantó a toda prisa.

En su mano apareció de pronto un objeto brillante de aspecto letal. La docena de hombres que habían visto al pasar por el vestíbulo lo observaban sin prestar la menor atención a la mujer que había quedado sola en medio de la enorme sala.

Entonces, como si hubiesen recibido una orden, todos ellos echaron a correr detrás de Puck.

Cuando por fin llegó a la puerta, sintió una mano que la agarraba y tuvo que retorcerse para zafarse de dicha mano y llegar a los jardines.

—¡Puck!

Estaba arrodillado junto a alguien que estaba tumbado boca abajo en el camino.

—Más vale tres horas pronto que un minuto tarde —dijo al tiempo que se ponía en pie y volvía a enfundar la espada en su escondite.

Regina miró al joven, que la miró también con los ojos abiertos de par en par y la respiración acelerada, como si hubiese sido él el que acabara de cruzar corriendo un edificio enorme y con unos zapatos que no eran exactamente los más cómodos que tenía.

—¿Qué? —preguntó, distraída—. ¿Qué has dicho?

—Nada, era solo una frase de Shakespeare, de *Las alegres casadas de Windsor*, pero no importa. Perdóname por haber salido corriendo de esa manera, Regina. Estás bien, ¿verdad, Davy? Solo un poco desconcertado con tanta atención. Permíteme que te ayude a levantarte. Ese hombre tan malo ya se ha ido.

—¿Qué hombre? —preguntó Regina, llevándose las manos al pecho—. Dios mío. ¿Había un hombre malo? ¿Has... luchado con él?

—¿Te habría gustado que lo hiciera? Si es así, adornaré un poco más la respuesta.

Regina le lanzó una mirada airada, pero Puck parecía contento. ¿Cómo se atrevía a estar contento?

—Robin Goodfellow, a mí todo esto no me parece nada divertido.

—Probablemente Davy esté de acuerdo contigo, ¿no es así, Davy?

El muchacho, que era poco más que un niño, asintió varias veces.

—Bueno, ahora a Davy le gustaría venir con nosotros, ¿verdad?

El joven volvió a asentir y miró a la espada que se había

transformado de nuevo en un bastón de aspecto inofensivo. Intentó salir corriendo, pero Puck fue más rápido que él.

—No te aconsejo que lo hagas. Piénsalo un segundo, Davy. Ese tipo no parecía haber acabado contigo, ¿tú qué crees?

Davy se llevó una mano mugrienta al pómulo, que empezaba a adquirir un tono morado.

—Sí, supongo que me iré con ustedes.

—¿Te ha pegado, ese hombre te ha pegado?

—Ahora no, Regina. Debe de haber al menos doce personas interesadas en lo que hablamos, eso son veinticuatro oídos más de los que necesitamos.

—Sí, deberíamos ir a otro lugar —convino Regina, acordándose del público que los escuchaba.

—Una idea espléndida —dijo Puck en tono exagerado.

Regina sintió ganas de darle una bofetada, pero aceptó el brazo que él le ofrecía y volvieron a entrar al edificio seguidos de Davy. Se tomaron su tiempo en cruzar las dependencias que había antes de llegar a la puerta. Puck le había susurrado que debían parecer seguros y eso era algo que no conseguirían corriendo despavoridos hacia el carruaje. A tal efecto, movía la espada de vez en cuando, por si alguien se había olvidado de su existencia.

En cierto momento se puso la espada-bastón debajo del brazo y usó la mano que le quedaba libre para sacudirse el polvo imaginario de la solapa de la chaqueta. Cualquiera habría pensado que no le preocupaban lo más mínimo los hombres que los seguían, pero Regina sospechaba que sabía la distancia exacta a la que se encontraban dichos hombres y que ellos sabían que lo sabía.

Puck se lo confirmó con sus palabras:

—No mires hacia atrás, preciosa. Serías una estatua de sal preciosa, pero prefiero que sigas como estás.

—Claro. Entonces hablaremos como si estuviéramos dando un paseo por el parque, ¿de acuerdo? Yo empiezo. ¿Cómo lo sabías? —le preguntó.

—¿Cómo sabía qué?

—No te pongas obtuso —le dijo, pero en voz baja porque en la sala que la otra noche había estado repleta de palmeras, sofás y biombos, ahora retumbaba hasta el menor ruido—. ¿Cómo sabías que Davy estaba en apuros?

Antes de alcanzar por fin la calle, Puck saludó al hombretón de la puerta llevándose la mano al sombrero y, una vez fuera, ayudó a Regina a subir al coche.

—No lo sabía. Solo había dos opciones, una de ellas inevitable en cierto momento y la otra, quizá más desagradable para nuestro amigo aquí presente, así que decidí que, si pensaba lo peor, podría ser mejor para Davy. Ah no. No, no, no, querido Davy. Me alegro enormemente de volver a verte después de conocerte la otra noche, pero creo que tú y tu curiosa fragancia estaréis mejor afuera, junto a mi cochero. Es muy buen hombre. Anders te ayudará a subir.

El joven se dejó acompañar por el lacayo.

Regina esperó a que Puck estuviese sentado a su lado y el coche se pusiera en movimiento para hacer la siguiente pregunta.

—Has dicho que tenías dos opciones. Una inevitable y la otra más desagradable para Davy.

—¿Qué? No, me temo que has oído mal.

Le puso la mano en el brazo y apretó con todas sus fuerzas.

—Puck, por lo que más quieras, ahora mismo debería estar desmayada por culpa de los nervios y sin embargo aquí sigo, así que no intentes engañarme con evasivas.

Puck bajó la mirada hasta su mano y luego clavó la vista en sus ojos.

—Pensaba que simplemente hablaríamos con mi amigo Davy y que él podría echar un vistazo al retrato que has traído. No debería haberte traído conmigo. Debería haberte llevado a Grosvenor Square para protegerte de ti misma. Sí, tendría que haberte atado a la cama y no haberte dejado salir hasta que tu prima apareciera sana y salva.

—¿Por lo que ha pasado ahí dentro?

—No, porque hay mucha humedad y no quiero que te resfríes.

Regina apartó la mano y miró al frente.

—Si no quieres responder a una pregunta perfectamente lógica, no lo hagas, pero no hace falta que te pongas sarcástico.

—¿Sarcástico? ¿Yo? ¿Vas a decirme que te has divertido ahí dentro?

Regina se dio cuenta de que le temblaba el labio inferior y se odió a sí misma por ser tan débil.

—Estaba muerta de miedo. No sabía lo que estaba pasando. ¡Y sigo sin saberlo!

Puck le echó el brazo alrededor de los hombros y la atrajo hacia así.

—Está bien. Te diré la verdad. Me pareció extraño que un caballero fuese a buscar a Davy Tripp y más aún que el muchacho recibiese dos visitas en un mismo día. ¿Estás de acuerdo?

—Sí —respondió Regina, encantada de que estuviera acariciándole el brazo mientras hablaba.

Era zurdo. No creía haber conocido a ningún otro zurdo antes. La acariciaba como si llevara haciéndolo toda la vida, como si fuera lo más natural del mundo. Y a ella también le parecía natural que él la tocara. Era increíble. Hacía solo dos días ni siquiera lo conocía.

—Bien. Por tanto, como nosotros íbamos en busca de información, era lógico pensar que el otro caballero buscase lo mismo.

—También estoy de acuerdo en eso —dijo, acurrucándose contra él.

—Así me gustan las mujeres, siempre dándome la razón.

¡Ay! ¿Te han dicho alguna vez que tienes los codos muy puntiagudos?

—También tengo un alfiler de sombrero. Podrías explicarte con más rapidez, por favor, creo que podré seguirte.

—Seguramente ya me hayas adelantado. Está bien. Las dos opciones que tenía: la primera era que se tratase de alguien algo menos amistoso que nosotros, alguien que quisiera hablar con Davy o quizá asegurarse de que el bueno de Davy no volvía a hablar con nadie más.

—He visto el moretón que tenía en la cara. Alguien le ha pegado.

—Ese alguien se disponía a clavarle un cuchillo en el vientre cuando yo llegué. Conseguí impedirlo con la espada.

—¡Vaya! —exclamó Regina, que de pronto no se sentía tan cómoda.

—Sí. Por desgracia, el señor Tripp estaba tan agradecido por la interrupción, que me echó los brazos alrededor de las piernas y no pude evitar que el agresor saliera huyendo. El moretón que tenía en la cara se lo hice yo de una patada cuando intentaba que me soltara. No ha sido un espectáculo muy agradable, así que me alegro de que no hayas sido testigo de mi supuesto heroísmo.

—¿Primero lo salvas y luego le das una patada? —volvía a temblarle el labio, pero esa vez lo que trataba de contener no era el llanto, sino la risa—. Madre mía, Puck.

—Sí, sé que no ha sido mi mejor actuación. Antes de que me lo preguntes, la segunda opción era que fuera a salvar a Davy de mi hermano Jack.

Regina meneó la cabeza.

—No entiendo.

—No te preocupes, nadie entiende a Jack —dijo Puck en el momento en que el carruaje se detenía frente a la puerta de atrás de su mansión—. Vuelve a taparte la cara con el pañuelo, vamos a entrar por la cocina.

Regina obedeció y, ya dentro de la casa, se adelantó mientras él se quedaba dando instrucciones al servicio en relación a Davy Tripp. Se reunió con ella en la sala de estar pocos minutos después y fue directamente a servirse una copa de vino.

—Wadsworth está preparando una limonada y va a traer también unas galletas, o unos pasteles.

Pero Regina tenía la mirada puesta en la copa de vino. Se había llevado un buen susto y no creía que bastase una simple limonada para calmarle los nervios, pero entonces recordó el licor con sabor a limón que había tomado la noche del baile y decidió que no quería que el alcohol se convirtiese en su mejor compañía, como le había ocurrido a su madre.

—Gracias.

—Gracias a ti —respondió él, sentándose a su lado, tras lo cual le agarró una mano y se la llevó a los labios—. Has sido muy valiente.

—No tenía otra alternativa —admitió y vio que él le sonreía como si acabara de decir algo maravilloso—. Cuéntame algo más de tu hermano Jack. Creo que conozco a otro hermano tuyo, Beau, se fugó con lady Chelsea Mills-Beckman la Temporada pasada.

—¿De verdad? Oyéndoselo contar a él, más bien parece que ella fuera la impulsora del plan. Yo no participé prácticamente en nada y, si lo hice, fue a regañadientes. Pero te sugiero que creas esta última versión mejor que la otra.

—¿Ella lo secuestró? ¿Es eso lo que estás diciendo? No te creo.

—Yo tampoco. Más que secuestrar, yo emplearía la palabra «coaccionar». Por cierto, si tú quisieras coaccionarme para que hiciera alguna travesura, creo que te resultaría fácil convencerme. Ahora que lo pienso, creo que ya lo has hecho.

—No creerás que vas a distraerme. Háblame de tu hermano Jack.

—Black Jack —matizó antes de tomar un sorbo de vino

para después dejar la copa en la mesita que tenían delante—. Supongo que debería contarte toda la historia mientras que los criados le presentan a Davy a dos nuevos amigos, el agua y el jabón.

—¿Has ordenado que le den un baño?

—Es posible que lo tengamos cerca durante un tiempo, así que he ordenado que lo fumiguen. Bueno, si has oído hablar de Beau y del escándalo que provocaron Chelsea y él la Temporada pasada, sabrás que Jack, Beau y yo somos hijos del marqués de Blackthorn, pero no de su difunta esposa, la marquesa.

—Una manera muy delicada de decirlo —Regina lo observó detenidamente, buscando en su rostro algún rastro de rabia o de vergüenza. No halló ninguna de las dos cosas.

—Gracias. Tengo bastante práctica —hizo una pausa mientras Wadsworth dejaba la bandeja con lo refrigerios—. Gracias, Wadsworth. ¿Qué tal va la fumigación?

—Ha intentado huir un par de veces, pero por fin está en la bañera. A la cocinera no le ha hecho mucha gracia ver al joven cruzar la cocina como Dios lo trajo al mundo. Perdonadme, señorita.

Regina bajó la mirada y se concentró en las galletas.

—No hay nada tan malo como para que no pueda encontrarse algún disfrute en ello —comentó Puck y, en cuanto salió Wadsworth, la miró a los ojos y le preguntó—. ¿A ti te gusta la vida, Regina? A mí me encanta.

Una vez más, Regina tuvo la impresión de que algo se le derretía por dentro.

—Cada vez me gusta más, la verdad. Pero estabas hablándome de tu familia.

—Es cierto. Ya sabes lo de Beau. Chelsea y él ahora viven en Blackthorn con nuestro padre, cuando no están viajando por ahí, solucionando problemas en alguna de las numerosas propiedades de mi padre. Sería un magnífico marqués. Él es el mayor de los tres y le gusta ser útil. A pesar del escándalo que supuso su boda con Chelsea, no es nada aventurero. Eso me lleva a Black Jack.

—¿Él sí es aventurero? —dedujo Regina, mientras se preguntaba cómo se describiría Puck a sí mismo.

—A nosotros nos lo parece, sí. Es una persona fuera de la común. Me parece que guarda cierto rencor —Puck tomó otro sorbo de vino, lo que daba a entender, al menos para Regina, que no estaba tan cómodo hablando de su familia como quería hacerle creer—. Verás, nuestro padre nunca se casó con nuestra madre, pero sí con la hermana de nuestra madre.

Regina parpadeó varias veces.

—¿Cómo?

Puck apuró el vino que le quedaba y se puso en pie para empezar a caminar por la estancia.

—Como crecimos con ello, todo eso nos parece lógico hasta que tenemos que explicárselo a alguien. Mi madre y mi padre se conocieron y enamoraron, pero mi madre quería ser actriz. Y de hecho lo es; mi padre es el que financia su pequeña compañía desde hace años. Ella ansía actuar en los teatros de Londres, pero lo más cerca que ha estado durante décadas ha sido en un pequeño teatro de Bath. Sin embargo no se rinde. Hay veces que creo que las mejores actuaciones que ha hecho han sido fuera del escenario, luego me acuerdo de lo cínico que es Jack y que es un rasgo que a mí no me gusta particularmente.

—¿Entonces no se casaron porque ella se hizo actriz? Supongo que comprendo las dudas de tu padre.

Puck se echó a reír.

—Fue ella la que lo rechazó. Pero al final llegaron a un acuerdo. Ella siempre lo amaría y él a ella también... todo muy emotivo, pero no se casaría con ella sino con su hermana. Abigail era muy hermosa, pero era una niña en todos los sentidos. Mi madre nos explicó que su padre quería encerrarla en algún lugar y que lo habría hecho en cuanto ella no estuviera allí para protegerla. Mi madre no habría podido marcharse a cumplir su sueño, a no ser que supiera que Abigail tenía alguien que la protegiera.

—¿Y tu padre estuvo de acuerdo? Obviamente debió de estarlo si se casó con ella. ¿Y a Abigail no le importó que su hermana fuera la amante de su marido?

—Abigail ni siquiera lo habría comprendido —aseguró Puck con voz suave y algo distraída—. Regina, ella era un ángel; dulce e inocente. Nunca estuvo bien. Recuerdo que siempre tenía las manos muy frías y la punta de los dedos medio moradas. Mi madre decía que su corazón no era fuerte. Una mañana, el año pasado, no volvió a despertarse.

Regina deseaba acercarse a él, pero, a pesar de lo que habían compartido en esa misma sala unas horas antes, mantuvo la distancia porque tenía la sensación de que Puck no estaba contándole todo eso porque buscase compasión, sino para explicarle algo sobre sus hermanos, y quizá sobre sí mismo.

—Es muy triste, pero me sigue resultando increíble. Si tus padres se hubiesen casado, la hermana de tu madre podría haberse ido a vivir con ellos y también habría estado protegida. Seguro que casarse con el hombre al que amaba era más importante que convertirse en actriz.

—Lo dices porque no conoces a Adelaide —le dijo Puck con una tenue sonrisa que no llegaba a suavizar sus palabras—. Creo que cuando está con nosotros, mi madre está solo medio viva, incluso mientras finge ser... Dios, a veces creo que ni siquiera sabe quién finge ser. El caso es que siempre mantiene su palabra y, cuando se va, siempre vuelve, y siempre vuelve a marcharse. Ahora ya no pasa demasiado tiempo en Blackthorn. Había veces que se quedaba durante meses, pero nosotros aún éramos jóvenes. Sé que yo nací en aquella casa. Pero enseguida acababa poniéndose inquieta y queriendo marcharse. Ninguno de nosotros, ni su amante ni sus hijos, éramos suficientes para hacerla feliz. Lo intentábamos, todos lo intentábamos, a veces desesperadamente, pero siempre se iba. Nunca bastábamos para retenerla, ni entonces, ni ahora. A veces me pregunto...

—¿Qué es lo que te preguntas? —intervino Regina al ver que se quedaba callado, mirando al vacío.

Puck meneó la cabeza.

—Otra vez ese cinismo. Me pregunto si alguna vez ha querido a alguien. Me planteo si no sería que simplemente necesitaba dinero para financiar la compañía. Me pregunto si no convencería a mi padre para que se casara con Abigail de manera que no pudiera casarse con otra y ella no perdiera a su mecenas. Y me pregunto si mis hermanos y yo no seríamos más que errores.

Entonces sí que se acercó a él y puso las manos sobre las suyas. Ella sabía por qué había nacido; su padre siempre se lo había dicho claramente. Sabía que su madre la quería, pero se avergonzaba de la sangre que corría por sus venas. Y sabía lo doloroso que era.

—Lo siento, Puck. Lo siento mucho.

Él se llevó las manos de Regina a los labios y le besó los nudillos.

—No lo sientas. Tengo un padre y una madre, tuve a Abigail y a mis hermanos. He recibido educación y recientemente también una propiedad que estaré encantado de considerar mi hogar, además de esta mansión aquí, en la ciudad. He vivido en París, he viajado por el mundo y nunca me ha faltado dinero. Ni el mundo, ni la sociedad decide si soy o no feliz. La decisión es únicamente mía.

Regina se acercó y le dio un suave beso en la boca.

—Nunca he conocido a nadie como tú.

—Eso espero —dijo, tratando sin duda de relajar un poco la conversación—. Con un Puck es suficiente en cualquier escenario. Pero, volvamos al misterioso Black Jack. El caso es que Beau y yo hemos aceptado o simplemente ha dejado de importarnos lo que ocurrió hace años y las decisiones que nos han convertido en lo que somos —bajó la voz antes de añadir en tono de confidencia—: bastardos, quiero decir.

Regina sonrió a su pesar.

—Bien, veo que sonríes. Hemos aprendido a movernos en terreno difícil. Pero Jack, ojalá supiera qué tiene en la cabeza, pero no puedo. Solo sé que hace años que no habla con nuestros padres. Rechaza cualquier asignación de mi padre, pero parece que no le falta dinero. No sabemos dónde vive, no sabemos a qué se dedica, sin embargo tiene la molesta costumbre de enterarse de alguna manera de todo lo que hacemos nosotros, mientras que nosotros no sabemos nada de él.

—Excepto que está en Londres —dijo Regina, que no lo había olvidado—. Puesto que creías que podía ser él el que había ido a hablar con Davy Tripp.

—Es verdad, eso no te lo contado. Nuestra madre ha llegado a la conclusión de que su hijo es una especie de salteador, mi padre, sin embargo, está convencido de que vive del juego. Pero el año pasado, Beau y yo descubrimos por casualidad que Jack trabaja para la Corona en la clandestinidad. No es que Jack lo admitiera, como comprenderás, pero resulta que nos encontramos con él en medio de una misión. Dios sabe qué habrá hecho por su rey y por su país. Solo sé que, si lo enviaran a buscarme, ahora mismo estaría arriba, escondido debajo de la cama.

—Pero no te está buscando. ¿Está buscando a Miranda?

—No. Busca a los hombres que están secuestrando a jóvenes inglesas para venderlas como si fueran ganado. Tu prima es solo una más entre dos docenas de rubias pálidas que han desaparecido en Londres en los últimos dos meses.

—¿Tantas? —Regina apenas podía creerlo—. No comprendo por qué la gente no se ha levantado. ¿Dónde están los llantos y la rabia? ¿Por qué no ha aparecido nada en los periódicos sobre un crimen tan terrible?

—Ya te lo dije, Regina. Desaparecen un par de dependientas de tiendas, una doncella que sale por la tarde y no vuelve más. Puede que haya una docena menos de prostitutas recorriendo las calles alrededor de Covent Garden. Desaparece una actriz, o quizá se une a una compañía ambulante y se olvida de avisar de que se marcha. En palabras del propio Jack, cuando alguien se dio cuenta y se empezó a investigar, el número ascendía ya a esas dos docenas, pero podría haber una docena más de desapariciones que nadie ha notado aún.

—Pero ahora se han llevado a la hija de un conde. ¿Cómo sabía eso tu hermano?

—No lo sabía hasta que se lo dije yo. La primera desaparición de una dama que supieron fue la de la señorita Edna Featherstone, hija de un importante comerciante de vino de Londres, que le contó la triste historia a uno de sus mejores clientes, que resultó ser el contacto de Jack con el gobierno. Y no, antes de que me lo preguntes, Jack no me dijo cómo se llamaba ese hombre, ni para qué departamento del gobierno trabaja, y le tengo mucho cariño a mi nariz para preguntárselo. Fue investigando la desaparición de la señorita Featherstone cuando una cosa los llevó a otra y luego a otra y fueron relacionando todas las desapariciones.

—¿Y esa señorita Featherstone es menuda, pálida y con el cabello rubio?

—Sí. Al menos lo era, porque no la han encontrado. Claro que no hicieron venir a Jack a Londres hasta unos días antes de que tú y yo nos conociéramos, cuando desapareció la ahijada del duque de Norfolk, única hija de uno de los amigos íntimos de su Alteza Real. Pero eso, señorita Hackett, es una información que vos y yo nos llevaremos a la tumba, unas tumbas que no deseamos ver hasta dentro de muchos años, ¿no es cierto?

Regina asintió, incapaz de hablar.

—Igual que tu prima, se supone que está en el campo, aquejada de alguna dolencia sin importancia, y volverá a Londres en cuanto se haya recuperado. Que Dios la ayude. Que Dios las ayude a todas ellas.

CAPÍTULO 7

Sentado en su despacho, Puck frunció el ceño al mirar la lista que había elaborado mientras esperaba a que le llevaran a Davy Tripp.

Regina había subido a ver qué tal estaba su madre y a darse un baño porque decía que aún sentía en la ropa el olor a almacén del edificio. A Puck le pasaba lo mismo, pero había decidido retrasar el baño hasta después de la entrevista ante la posibilidad de que un solo baño no hubiese servido para eliminar la peste del cuerpo de Davy.

—Pero eso no es lo único que apesta —murmuró para sí, con la mirada aún puesta en la lista.

Le había contado a Jack lo de la desaparición de Miranda, pero no le había dicho dónde la habían secuestrado, pues no había querido darle más información de la que su hermano le estaba dando a él. Se había dado cuenta de ello mientras corría por el enorme edificio como un conejillo perseguido por una docena de perros. No le habría extrañado que Jack hubiese mandado que lo siguiesen, pero entonces habrían llegado tras él, no antes.

Además, Jack no sabía nada sobre Davy Tripp, el criado con el que había hablado Puck durante el baile, por lo que, si había ordenado que lo siguieran, esa persona no habría sabido que tenía que preguntar por el muchacho.

—Y, una vez más, no habría llegado allí antes que Regina y yo. Dos motivos para tachar a Jack de la lista.

Cosa que hizo después de mojar la pluma en el tintero una vez más. También tachó al cochero de Mentmore y la palabra «lacayos». Al igual que el nombre de Doris Ann.

Entonces, ¿quién más sabía dónde habían raptado a Miranda?

Volvió a mirar la lista.

*Regina. Estaba allí.*
*Lady Claire. Se lo había dicho Regina.*
*El vizconde Ranscome. Seguro que se lo había dicho lady Claire.*
*Reginald Hackett. Estaba allí.*

Tachó los primeros tres nombres. Todos ellos tenían algo en común: no conocían a Davy Tripp, ni sabían nada de él. A Regina no le había dicho nada sobre aquel muchacho hasta que habían llegado al edificio y los padres de Miranda no podían saberlo.

Subrayó el último nombre. Tres veces. Volvió a mojar la pluma para hacer una nueva lista.

*Él estaba allí.*
*Pudo verme hablando con Davy Tripp cuando volví al baile después de dejar a Regina en su casa.*
*Envió a los Runners al norte.*

Debajo de la última línea, escribió una palabra más: *¿Por qué?*

La subrayó cuatro veces.

—¿Señor? —Wadsworth entró en la habitación—. Lo hemos dejado lo mejor que hemos podido, señor —una vez dicho eso, el sargento convertido en mayordomo dejó paso a Davy Tripp.

El muchacho no tenía mucho mejor aspecto que antes de darse el baño y cambiarse de ropa, pero al menos ahora su llegada no iba precedida por aquel fuerte olor. Estaba demacrado y probablemente tendría hambre. Era bastante bajo y quizá mayor de lo que sugería su aspecto. De hecho, necesitaba un afeitado.

—Vaya —murmuró mirando a su alrededor—. Menudo sitio.

—Sí, para eso se han esforzado tanto en la decoración de la casa durante años las damas de la familia —respondió Puck con ironía—. Puedes irte, Wadsworth.

—¿Estáis seguro, señor? Conozco a los de su clase. Lo único que no ha intentado meterse en el bolsillo desde que ha llegado ha sido el jabón.

Puck sonrió al ver el gesto de exasperación del mayordomo.

—Podríamos atarlo a la silla o apuntarle con una pistola. ¿No teníamos por ahí un potro de tortura, Wadsworth?

El mayordomo se sonrojó.

—Lo que queréis decir es que podréis manejarlo sin ayuda, ¿verdad, señor?

—Me parece que sí. Pero podéis quedaros esperando junto a la puerta por si empiezo a pedir ayuda a gritos. Gracias.

—Sí, señor —dijo Wadsworth, pero antes de irse, le dio un manotazo a Davy Tripp—. Cuidado con lo que haces —le advirtió antes de salir por la puerta y cerrarla tras de sí.

El muchacho se frotó la cara y miró a Puck con frustración.

—¿Por qué me pega todo el mundo? Yo no he hecho nada.

—Te pido disculpas por golpearte la cara con mi bota.

—No me refiero a vos, señor. Vos me salvasteis, hablo de ese que se acaba de ir y de los tres que han intentado ahogarme.

Puck tosió para no reírse.

—Eso es bañarse, Davy.

—Llamadlo como queráis. Yo no pienso volver a hacerlo —se acercó a una de las mesas y agarró una figurita de Afrodita, le pasó el dedo por el pecho de mármol y, con una sonrisa en los labios, volvió a dejarla en su sitio—. ¿Por qué quería pegarme ese tipo? Yo no he hecho nada.

Puck le hizo un gesto al muchacho... al joven para que ocupara la silla que había frente a la mesa.

—¿Qué edad tienes, Davy?

—¿Yo? —frunció el ceño como si se encontrara ante un difícil problema—. No lo sé. Mi madre me puso a trabajar limpiando chimeneas cuando tenía cinco o seis años y no la he vuelto a ver desde entonces. Ella lo sabría. Cuando crecí demasiado para trabajar en eso, me echaron a la calle. He estado unos cuantos años aquí y allí, y otros dos trabajando donde me encontrasteis. No puedo volver allí, ¿no? Supongo que tendré que volver a la calle. Ya no me queda ninguna moneda de las que me disteis la otra noche, así que vienen tiempos difíciles para mí. No quiero decir nada más, señor, a ver si voy a meter la pata y ordena que vuelvan a ahogarme.

—No, por ahora no, pero si sigues trabajando para mí, me temo que insistiré en que visites la bañera de vez en cuando. Verás, Tripp, necesito que me ayudes. ¿Estás dispuesto a hacerlo?

—Llamadme Davy, señor —dijo y se rascó la cabeza de un modo que hizo pensar a Puck que había bichos capaces de contener la respiración debajo del agua durante bastante tiempo—. Depende de a qué os refiráis cuando decís «de vez en cuando».

—Gracias, Hanks.

La doncella había encontrado otro pañuelo en alguna parte y se lo había dado a Leticia Hackett.

—Sí... gracias, Hanks —repitió lady Leticia secándose los

ojos antes de sonarse la nariz—. No puedo creer que hayas accedido a formar parte de semejante intriga, Claire —le dijo entonces a su cuñada por enésima vez, pero resultó ser la peor de todas ellas—. Pero claro, no eres más que la hija de un sastre, así que quizá deba disculparte, y estás preocupada por tu hija. Pero, ¿cómo te atreves a exponer a mi hija a tamaño escándalo?

—Mamá, por favor —dijo Regina, también por enésima vez—. Ya os he dicho que tengo tanta culpa como Miranda de todo lo que pasó. Podría haber dicho que no, debería haber ordenado al cochero que se diera media vuelta. Pero no lo hice porque el plan me pareció muy emocionante. Ponernos antifaces, bailar con los caballeros sin que nadie supiera quiénes éramos. ¿Es que nunca fuiste a un baile de máscaras cuando eras jo... durante la Temporada?

Lady Leticia se puso muy recta en la silla.

—Por supuesto que no. Había oído hablar de ellos a mi madre, pero me dijo que habían dejado de ser acontecimientos adecuados para una dama por las cosas que ocurrían en ellos. He oído algunas historias y ninguna de ellas es apta para tus oídos, jovencita. Mi hija en un baile de máscaras. Podrían haberte secuestrado también a ti. Tú eres mucho más guapa que Miranda. ¿Cómo es posible que la eligieran a ella? ¡Dios mío! ¿Pero qué estoy diciendo? —volvió a refugiarse en el pañuelo una vez más.

Regina miró a su tía y suspiró. Llevaban así más de una hora, desde que lady Leticia se había despertado de una siesta provocada por el vino. Repetían las mismas cosas una y otra vez. Primero lo del baile y luego el que estuviera prisionera en casa de un bastardo horrible que las había secuestrado. ¡Prisionera en el corazón del barrio de Mayfair! ¡Era inconcebible!

—Puede que le haga bien una copita de vino —le sugirió lady Claire a Regina después de apartarla un poco mientras Hanks atendía a lady Leticia y le ofrecía otro pañuelo más.

—¡No! —exclamó Regina, sorprendida por su propia vehemencia—. Quiero decir que no creo que debamos propiciar ese tipo de consuelo. ¿No os parece?

—Aún no ha mencionado a tu padre —señaló lady Claire—. Cuando se pare a pensar en lo que hará Reginald si se entera de lo que hemos hecho, puede que no haya suficiente vino en todo Londres para conseguir calmarla.

Regina sintió que se le llenaban los ojos de lágrimas.

—No me arrepiento de lo que hemos hecho —aseguró—. No teníamos otra opción si queríamos ayudar a Miranda y estar aquí con ella cuando aparezca. Porque va a aparecer, tía, eso os lo prometo. Puck... el señor Blackthorn, quiero decir, dice que vamos por el buen camino para encontrarla.

Lady Claire respiró hondo y asintió; sin duda tratando con todas sus fuerzas de mantener la compostura.

—No me importa lo que le haya pasado o lo que haya hecho. Es mi hija y juro por Dios que eso es lo único que sabrá el mundo entero. Tu tío... —se llevó un puño a los labios—. Tu tío ya está haciendo los preparativos para casar a Miranda con el hijo del hacendado de Mentmore. Es un muchacho muy simple, pobre, pero Seth dice que es mejor así para que no se dé cuenta de que le han entregado una mercancía... defectuosa. Creo... creo que Seth preferiría que estuviese muerta. Pero no puede ser. ¡No puede haber muerto!

Regina le tendió los brazos y su tía se refugió en el pecho de su sobrina para dejarse llevar por el dolor que sentía. La llevó hasta una silla y estuvo a su lado mientras lloraba.

Cuando sonó la campana que avisaba de la cena, ni su madre ni su tía estaba en condiciones de bajar. Regina no sabía si debía dejarlas solas estando tan frágiles como estaban, cada una por sus motivos particulares. Pero tenía que ver a Puck y hablar con él.

Mientras se bañaba, había pensado en todo lo que había ocurrido a lo largo del día. Había pensado en lo contenta que se había puesto al verlo sentado en el puesto del cochero, ataviado con la librea de Mentmore. Lo había imaginado empuñando la espada para defender a Davy Tripp del cuchillo de aquel asesino.

Había recordado cómo la había besado y acariciado... y cómo había respondido ella. Mientras se pasaba la esponja por la piel, su cuerpo había empezado a derretirse.

Iban a encontrar a Miranda. Tenía que anteponer eso a todo lo demás. Iba a salvar a su prima con la ayuda de Puck, que parecía tan decidido a hacerlo como ella.

Se quedarían allí, escondidos en la maravillosa mansión de Grosvenor Square, a menos de dos kilómetros de donde se encontraba su padre, convencido de que su esposa y su hija estaban de camino a Mentmore.

Además no estaban solos, su tía y su madre harían de carabinas.

Era todo muy extraño y, al mismo tiempo, también bastante racional.

A finales de semana, o incluso antes si encontraban a Miranda, su madre, su tía y ella volverían a subirse al carruaje de Mentmore y regresarían a sus respectivas residencias de Londres.

Y eso habría sido todo. Una aventura, un rescate, una buena obra y un error subsanado.

Después no podría volver a Puck nunca más. Ni podría volver a hablar con él. No volvería a ver esa sonrisa que aparecía lentamente en su rostro y le iluminaba hasta los ojos. No volvería a sentir sus caricias. Ni sus besos.

Una semana. Siete días o menos para descubrir lo que se sentía cuando un hombre como Robin Goodfellow Blackthorn le hacía el amor. Porque no tenía la menor duda de que ningún hombre que su padre eligiera para ella podría hacerle sentir lo que Puck había despertado en ella aquella noche en los jardines de aquel horrible edificio.

Entonces no había notado el olor a pescado porque él había estado allí. No había visto la miseria que se escondía tras las palmeras y los tapices porque él la había mirado y ya no había podido ver nada más. No había reparado en toda aquella sordidez e inmoralidad porque no había sentido nada inmoral ni sórdido cuando él la había besado y le había susurrado aquellas cosas al oído.

Se había sentido tan viva. Viva. Igual que antes en la sala de estar. No se había sentido mala, ni traviesa, ni siquiera había sentido curiosidad. Simplemente se había sentido viva.

—O —murmuró entre dientes cuando su tía volvió junto a su cuñada—, como dijo la tonta de mi prima, sin que yo lo entendiera entonces.... dispuesta.

Tuvo que moverse en la silla al sentir un repentino calor y una curiosa humedad en esa parte de su cuerpo que se escondía entre los muslos y que hasta entonces había carecido por completo de interés para ella. Apretó las piernas y centró toda su atención en la sensación antes de volver a moverse. Casi podía sentir los dedos de Puck, acariciándola y provocando todo tipo de maravillosas sensaciones que la invadían el cuerpo entero y hacían que sintiera el deseo de abrirse más y más para él, para que pudiera tocarla como quisiera y hacer lo que quisiera con ella.

Tal y como le había dicho aquella noche en los jardines, aunque aquellas palabras resultaban aún más provocadoras en francés.

«Vente conmigo y pasaremos la noche entera gozando el uno del otro. Nos quitaremos las máscaras y, con ellas, nos despojaremos de cualquier inhibición. Aún no me conoces, pero muy pronto yo conoceré cada rincón de tu cuerpo, lo saborearé y descubriré tus secretos más íntimos y femeninos. Te llevaré a lugares donde nunca has estado, te tocaré como nunca te han tocado hasta que llores de placer».

Podría casarse con el hombre que eligiera su padre y pasar

el resto de su vida con él sin volver a escuchar palabras como aquellas. Pero ya las había escuchado y no podía quitárselas de la cabeza.

Y tampoco quería hacerlo.

De pronto se puso en pie, trató de volver a respirar con normalidad y fue a servirse un vaso de agua.

No estaba bien pensar tanto en sí misma mientras Miranda lo pasaba mal. No estaba nada bien.

«¿A ti te gusta la vida, Regina? A mí me encanta».

Regina sabía que no podía responder que sí a esa pregunta. No habría podido hacerlo hacía tan solo un año, o una semana. Pero esa semana que empezaba no iba a pensar en el futuro, ni en los planes que tenía para ella su padre. Durante esos siete días iba a gustarle la vida, iba a disfrutar al máximo de ella.

¡Y al infierno con las consecuencias!

—¿Regina? ¡Regina! Por el amor de Dios, hija mía, ¿es que no oyes que te está llamando tu madre?

—Perdona, tía Claire, lo siento mucho —se disculpó mientras cruzaba los dedos para que su rostro no revelara los pensamientos tan lascivos que habían invadido su mente durante unos minutos. Fue a sentarse a los pies de su madre, le tomó una mano entre las suyas y la miró—. ¿Mamá? Ya no lloráis.

No solo no lloraba, sino que de pronto parecía más joven, se fijó Regina, sorprendida. Parecía feliz.

—Tu padre no se enterará, ¿verdad? Eso es lo que has dicho. No sabe nada. Por primera vez desde hace veinte horribles años, no siento su presencia aplastándome. No tengo que encogerme al oír sus pasos en el pasillo. No tengo que escuchar sus vulgaridades. No tengo que ver lo feo que es por dentro y por fuera. No tendré que oírle decir lo estúpida que soy y que me encerrará en cuanto tú te cases —lady Leticia cerró los puños con fuerza—. ¿Por qué lloraba? No pienso perder más tiempo llorando. Aunque sea por poco tiempo, ¡soy libre!

—Mamá —dijo Regina con la voz quebrada antes de recostar la cabeza en el regazo de su madre y dejar salir sus propias lágrimas.

—Entonces, señor Blackthorn —comenzó a decir lady Leticia mientras los criados les servían el segundo plato de la cena que estaban disfrutando en el comedor más íntimo de los dos que tenía la mansión de Grosvenor Square—, mi hija me ha contado que habéis vivido algún tiempo en París desde que liberamos el país de ese déspota de Bonaparte. ¿Es bonito aquello?

—Milady, París es una ciudad preciosa. Ahora me doy cuenta de que solo le faltaba vuestra presencia y la de lady Mentmore para alcanzar la perfección. Pero permitidme que os cuente algunas de sus maravillas.

Regina ahuyentó las lágrimas por enésima vez desde que su madre le había confesado la magnitud del miedo que sentía hacia su padre y hacia el futuro que le esperaba en cuanto su padre la hubiese vendido al título más importante que pudiese encontrar.

Había seguido de muy buen humor desde entonces. Había pedido que le prepararan un baño y luego se había esmerado en arreglarse, incluso había alabado el buen hacer de la doncella que la había peinado, y había elegido un vestido amarillo de Regina en lugar de ponerse alguno de los suyos, por tener todos ellos un estilo triste y poco favorecedor.

Claro que iba a bajar a cenar y por supuesto que charlaría con el señor Blackthorn; al fin y al cabo, era su anfitrión. Por supuesto que disfrutaría de la cena, estaba muerta de hambre.

—Buenas tardes, señor Blackthorn, es muy amable por vuestra parte habernos invitado a vuestra casa —había dicho nada más entrar al comedor—. Qué habitación tan encantadora. Es todo precioso, realmente precioso. No, no, nada de vino, señor Blackthorn. ¿Tenéis limonada?

Ahora lady Leticia era todo oídos y seguía con fascinación las anécdotas que Puck le contaba sobre París, sonriendo cuando su anfitrión compartía con ella algún jugoso chismorreo sobre la alta sociedad parisina.

¡Cualquiera habría pensado que su madre estaba coqueteando!

La tía Claire miró a Regina un par de veces con gesto burlón y luego se encogió de hombros con absoluta confusión para después murmurar: «Es muy amable».

Y lo era. Puck era increíblemente amable. No, era mucho más que eso. Era magnífico. Tenía un aspecto impecable, con el cabello recogido en la nuca con un pequeño lazo negro, el sencillo encaje de los puños de la camisa que asomaban por debajo de la chaqueta. Pero lo mejor de todo era que, desde el mismo instante en que habían entrado las tres damas, se había mostrado atento, ingenioso, educado y dulce.

Se había disculpado con lady Leticia por haberla llevado hasta allí sin su consentimiento y haberlas metido en toda aquella locura. Le había asegurado a lady Claire que iba a hacer todo lo que estuviese en su mano para conseguir que su hija volviera a estar muy pronto con su madre y llegara a ella asustada, sí, pero ilesa.

Lady Claire lo creía. No había más que ver la manera en que le había agarrado la mano y se la había llevado a los labios, haciendo que Puck se sonrojara como un muchacho avergonzado. Al verlo, Regina había sentido ganas de abrazarlo.

Así, y a pesar de la situación en la que se encontraban, Puck había conseguido convertir la cena en una pequeña fiesta. Incluso lady Claire había sonreído una o dos veces y había participado en la conversación contando una historia que había oído al vizconde sobre una actriz francesa que había conseguido fascinar con sus encantos al mismísimo Wellington. Lady Claire deseaba visitar París, pero su esposo no tenía el menor interés en nada que fuese francés, excepto el coñac.

Regina se había fijado en que a Puck se le había helado la

sonrisa en la cara mientras oía hablar a lady Claire sobre esa «actriz intrigante», pero se había recuperado antes de que nadie más lo notase y había sabido llevar la conversación hacia otros derroteros.

Mientras Puck cortejaba a las damas, porque no había otra manera de describir la magia que estaba llevando a cabo sin el menor esfuerzo aparente, Regina no se sintió abandonada en ningún momento. Cada vez que la miraba, cosa que hacía a menudo, lo hacía siempre con una sonrisa que parecía reservar solo para ella. Era un verdadero mago, un hipnotizador, y Regina estaba deseando dejarse cautivar por su magia.

Era un muchacho y un hombre a la vez. Veía las bondades del mundo a pesar de estar rodeado de maldad. Debajo de esa fachada encantadora, había inteligencia, un finísimo sentido del humor, compasión, una increíble disposición a arriesgarse y una evidente sed de aventuras.

«¿A ti te gusta la vida, Regina? A mí me encanta».

«Te llevaré a lugares donde nunca has estado, te tocaré como nunca te han tocado hasta que llores de placer».

—¿La señorita no desea tomar postre?

Regina levantó la mirada hacia el mayordomo y se dio cuenta entonces de que ni siquiera había probado la tarta de fresas, bizcocho y nata que tenía delante, a pesar del delicioso aspecto que tenía.

—No. No tengo duda de que estará delicioso, pero me parece que no puedo tomar ni un bocado más. Gracias, Wadsworth.

El mayordomo hizo un gesto con su impoluto guante blanco y apareció un lacayo que retiró el plato mientras él podía atender a lady Leticia y ayudarla a levantarse de la silla. El anfitrión se había puesto en pie, lo que quería decir que había llegado el momento de que las damas se retirasen y Puck disfrutara del coñac y de un puro.

Ayudó a lady Claire a levantarse de la silla y les prometió reunirse con todas ellas en pocos minutos en la sala de estar.

—Me temo que yo ya me he excedido, señor Blackthorn —se excusó lady Leticia—. Lady Claire y yo vamos a retirarnos por hoy, aunque espero que nos traigan el té y unas pastas cuando llegue el momento. Señor Blackthorn, sois un anfitrión ejemplar y quiero daros las gracias por vuestra amabilidad.

Puck se inclinó ante ella y luego hizo lo mismo ante lady Claire antes de acercarse a Regina y, llevándose la mano a los labios, le susurró para que nadie más pudiera oírlo:

—Baja en cuanto puedas. Vas a necesitar la capa.

Regina miró rápidamente a su madre y pudo comprobar que charlaba animadamente con su cuñada.

—¿Has descubierto algo?

—Es posible. No te metería en esto si...

—No me lo hubieses prometido —terminó de decir ella—. ¿Y si la encontraras? Me necesitarías para calmarla. Tengo que estar ahí cuando aparezca.

Puck iba a decir algo más, pero lady Leticia llamó a su hija, que la siguió de inmediato. Solo se volvió una vez antes de salir del comedor y vio a Puck observándola con una sonrisa traviesa y dulce en los labios.

Le resultó muy difícil alejarse de él, pero recordó que debía comportarse. Al menos por el momento.

## CAPÍTULO 8

Había estado en una ciudad portuaria del Mediterráneo digna de caer en el olvido, su barco había llegado allí empujado por una tormenta. Con apenas dieciocho años, se había lanzado al mundo igual que los hijos legítimos eran enviados a completar su educación conociendo cualquier otro lugar del mundo que no estuviese sumido en una guerra o estuviese fuera de su alcance por algún otro motivo.

No creía que la idea de su padre al mandarlo a hacer un gran viaje de formación incluyera aquel agujero pestilente en el que hacía más calor que en el infierno. De haber sido mayor y más sensato, seguramente Puck se habría quedado en la posada del pueblo mientras el barco con destino a Jerusalén se sometía a las reparaciones necesarias. Pero como se creía inmortal o invencible, o lo que fuera que se creían los jóvenes, se había separado de su tutor en los muelles de Dover y había emprendido su propio viaje, impaciente por ver mundo y disfrutar de la vida, una vida que parecía bullir en aquel lugar.

Con el valor y la ingenuidad de un joven con fortuna, Puck había dejado a su ayuda de cámara haciéndole la colada y se había dirigido al centro de la ciudad, a un lugar que el posadero había denominado bazar.

Cada vez hacía más calor y el hedor casi se podía palpar, la gente se amontonaba en las calles y de todos los puestos y tiendas le gritaban instándole a acercarse, a ver, a comprar. Las gallinas se apiñaban en jaulas, los loros parloteaban desde sus perchas y los cuerpos de otros animales que Puck apenas conseguía identificar colgaban de ganchos.

Disfrutó comprándole un anillo de oro a Abigail porque tenía forma de flor y estuvo encantado de pasar un rato regateando para adquirir un collar para Adelaide elaborado con metales de tres colores distintos con un diseño parecido a la cota de malla. Se fijó en una alfombra pensando que sería del gusto de su padre, pero rechazó la idea de comprarla porque sería muy pesada y tendría que cargar con ella hasta la posada. Lo que sí se compró fue un cuchillo con la empuñadura decorada y otros dos del mismo estilo para sus hermanos.

Caminó y caminó por aquellas callejuelas donde los edificios parecían tocarse a medida que se elevaban hacia el cielo y no tardó demasiado en darse cuenta de que estaba completamente desorientado y que ya no sabía cómo llegar a la posada por aquel laberinto de calles.

Al llegar por fin a una plaza más amplia, se subió a un muro de piedra y miró a lo lejos. Sonrió para sí al distinguir el azul del mar; lo único que tenía que hacer era bajar por aquellas calles hasta llegar a los muelles, que era donde se encontraba su posada.

A medida que dejaba atrás el bazar, iba habiendo menos gente en la calle, el barullo de voces en varios idiomas se fue suavizando y él iba avanzando con éxito hacia el puerto, hasta que se encontró de nuevo frente a un numeroso grupo de hombres que observaban algo que estaba ocurriendo junto a uno de los edificios más grandes y ornamentados de la ciudad. Agarrando bien los paquetes, con una sonrisa en los labios y una mano sobre el monedero que llevaba en el bolsillo, Puck se abrió camino entre la multitud para ver por fin qué era lo que provocaba tanto interés... y por primera vez en su corta vida, sintió ese primitivo deseo de matar que parecía formar parte de la naturaleza humana.

Sobre un improvisado escenario, había un monstruo con barba vestido con una colorida túnica. Mostraba los dientes mientras ponía sus enormes manos sobre los pechos de una joven de piel clara, completamente desnuda y encogida de miedo que no podía dejar de llorar.

Alrededor de Puck, los hombres gritaban, se reían y levantaban sus monederos bien cargados.

—¡Hijo de perra! ¡Apártate de ella! ¡Te ordeno que la sueltes! —Puck dio un paso al frente con la intención de subirse al escenario y rescatar a la joven, pero un tipo corpulento lo agarró de los brazos y le impidió avanzar.

No hablaban el mismo idioma, pero el hombre se hizo entender.

—Si eres listo, te irás de aquí. Nuestro amigo intenta vender una mercancía defectuosa y no lo tiene fácil. Si aún fuera virgen, no estaría ahí. Esas están reservadas para los mejores clientes, pero a esta solo le queda el burdel. Es una pena porque es bastante guapa, pero si ya no es doncella, solo vale la mitad. Mira, se la ha quedado Ahmed. No durará mucho en su pequeño Edén. He oído que hacen cosas que no le gustaría oír a un buen cristiano como tú.

Puck observó la escena con impotencia y vio cómo la chica, todavía sollozando, era entregada al tal Ahmed. La oyó invocar a Dios en alemán y suplicar que alguien la salvara.

Apenas había abandonado el escenario cuando la sustituyeron cuatro hombres negros de distintas edades, encadenados de pies y manos.

—No ha ido tan mal la compra. Que tengas buen día —le dijo el hombre a Puck antes de soltarlo y desaparecer entre la muchedumbre.

—¡Espera! —Puck tuvo que dar varios empujones para conseguir alcanzarlo—. Ese lugar que habéis mencionado, el burdel de ese tal Ahmed, ¿podéis llevarme hasta allí? Os pagaré.

El hombre sonrió y escupió a los pies de Puck.

—Eres uno de esos, ¿verdad?

—¡No! Quiero decir, sí, sí. Soy uno de esos. Llevadme a ese burdel.

Pero entonces se oyó un grito y varias maldiciones.

Todo el mundo se acercó a ver qué había ocurrido. Puck volvió a abrirse paso a empujones hasta poder ver. Había soltado los paquetes, olvidándose inmediatamente de ellos.

La muchacha que había visto unos minutos antes en el escenario estaba en el suelo en un charco de su propia sangre. Parecía que había conseguido quitarle el cuchillo al hombre que la había comprado y se lo había clavado a sí misma.

Ahora, según le dijo a Puck su nuevo amigo, solo serviría para hacer abono.

Puck compró el cadáver, ante la sorpresa de Ahmed y organizó un entierro en condiciones en un pequeño cementerio cristiano situado a las afueras de la ciudad.

Y después se dedicó a hacer algunas averiguaciones. ¿Qué había ocurrido? ¿Cómo había acabado una joven alemana en aquel triste escenario? Puck había oído hablar de la esclavitud de manera abstracta; conocía la costumbre y los argumentos de aquellos que la defendían, aunque hacía ya tiempo que Inglaterra había puesto fin a la importación de esclavos y había convertido el transporte de esclavos en un delito castigado con la muerte.

Sabía que seguía practicándose en algunas partes del mundo donde no llegaba la ley o no se cumplía porque no era tan importante como los beneficios económicos que reportaba el comercio de esclavos. Se había enterado de que los seres humanos que se compraban y vendían podían proceder de cualquier rincón del mundo y no solo de África, como él había creído, aunque, según le habían dicho, los blancos no eran tan valiosos como esclavos como lo eran los negros. No eran tan buenos trabajadores y solían morir antes, pero había todo un mercado especializado en mujeres vírgenes. Cuanto más clara tuvieran la piel, más solicitadas estaban.

Un par de días más tarde habían acabado las reparaciones del barco y Puck partió rumbo a Jerusalén. Visitó las islas griegas, paseó por aquellas tierras milenarias, leyó los poemas épicos, pero donde realmente había completado su educación había sido en el puerto de una ciudad digna de caer en el olvido.

Con el paso del tiempo había ido arrinconando aquel recuerdo en su mente. Apenas era un muchacho y había hecho todo lo que había podido.

Ahora era un hombre y el destino lo había llevado adonde parecía ser necesario; a salvar a la prima de Regina y a las otras jóvenes desaparecidas, pero también a resolver por fin la rabia y la impotencia que había sentido aquel lejano día en aquel puerto igualmente lejano. Así era la vida, al menos así la veía él, llena de segundas oportunidades. Se trataba de aprender lo máximo posible de ellas.

Puck llevaba un rato girando el globo terráqueo, sabiendo que aquella ciudad portuaria no aparecía en ningún mapa y tampoco en aquel globo. ¿Cuánto lugares como ese existían en el mundo? ¿Cuántas almas habían pasado por dichos lugares y seguirían pasando camino a un infierno de esclavitud y degradación? ¿Hasta cuándo seguirían prevaleciendo los beneficios sobre la moral?

No se debía consentir que volviera a comerciarse con personas en Londres. Inglaterra no debía consentirlo mientras sermoneaba al resto del mundo. De ningún modo se podía consentir que se llevaran a sus mujeres. Jack le había dicho que había recibido órdenes de encontrar a los que llevaban a cabo dicho comercio ilícito y eliminarlos «del cualquier manera que fuera posible». Y sin que lo sucedido llegara a oídos del pueblo. La Corona no podía permitir semejante vergüenza.

A Puck le parecía bien que así fuera y estaba dispuesto a darle a su hermano toda la información de la que disponía, a hacer todo lo que estuviera en su mano para poner fin a la compraventa de seres humanos.

Pero no lo haría hasta que la prima de Regina estuviese a salvo en su casa y hubiese recuperado su antigua vida con la reputación intacta. Hasta que pudiese enfrentarse cara a cara con los culpables de tan abyecto delito y les hubiese hecho pagar por ello, algo que no había podido hacer años atrás. Para eso eran las segundas oportunidades. El problema era que hacía ya dos noches de la desaparición de Miranda. ¿Sería demasiado tarde?

—¿Puck?

Se esforzó en salir de su ensimismamiento y levantar la mirada. Regina estaba de pie en la puerta, con una capa gris oscura sobre el brazo. Se había quitado todas las joyas y se había soltado el pelo, de manera que solo llevaba un pequeño recogido a la altura de la nuca. Se había puesto un vestido negro de aspecto modesto que probablemente no era suyo.

Estaba tan hermosa a pesar del gesto de preocupación que trataba de disimular. Puck sabía que estaba sucumbiendo a ella de una manera completamente nueva para él. Era una mujer tan valiente, incluso cuando estaba asustada. Había deseado su belleza y su cuerpo exuberante desde el principio, pero ahora adoraba su mente, su coraje y su empeño en salvar a su prima, aunque para ello tuviera que arriesgarlo todo. Nunca había conocido a nadie como ella y dudaba mucho que lo hiciera algún día.

Puck inclinó la cabeza en su honor.

—¿Con quién tengo el placer de hablar? —preguntó y consiguió lo que esperaba, que era hacerla sonreír—. ¡Un momento! Yo conozco esa sonrisa. Pertenece a la señorita Hackett. Qué maravillosa sorpresa.

—Haces que todo se convierta en un juego —le regañó, pero Puck tenía la impresión de que realmente no lo sentía así—. Es el mejor vestido de Hanks y la capa también es suya. Y estas —dijo estirando una pierna para mostrarle la bota—, son de una de las doncellas. Si tenemos que echar a correr otra vez, iré mucho más cómoda. Dime, ¿adónde vamos?

—Desde luego a Carleton House, no, aunque estás encantadora con ese atuendo —siguió bromeando, haciendo referencia a la residencia del Príncipe Regente—. De todas maneras, no vas a salir del carruaje. Tú y yo y nuestro estimado Davy Tripp vamos a dar un paseo por la zona de Covent Garden con la esperanza de encontrar a alguien llamado La Reina, aunque dudo mucho de que ese sea el nombre que le pusieron al nacer. ¿Vamos?

Regina aceptó el brazo que él le ofrecía.

—Es un nombre muy extraño para un hombre, desde luego.

—También hace un trabajo extraño —le dijo Puck, preguntándose qué tipo de explicación debía darle y enseguida optó por la verdad. La vida entera era parte de la educación de una persona—. Según Davy, La Reina trabaja para uno de los hombres que... controla mujeres de la calle.

Regina meneó la cabeza mientras pasaban por la cocina, camino hacia la puerta de atrás.

—No, me temo que no entiendo.

—¿Quieres que te lo explique sin rodeos?

Regina lo miró antes de subirse al carruaje.

—Me parece que va a ser la única manera de que lo comprenda.

—Las mujeres de la calle son aquellas que no tienen la suerte de contar con un caballero que las proteja y se ven obligadas a... ofrecer sus servicios en la calle. Se llevan a sus clientes a algún callejón para hacer su trabajo y a menudo tienen que compartir las ganancias con hombres que cuidan de ellas a cambio de ese dinero.

—Ah —dijo Regina, sorprendiendo a Puck—. Quieres decir que tienen un chulo. Un proxeneta.

—Tú no deberías conocer esas palabras. Ninguna de esas dos palabras.

Regina se miró las manos, que tenía entrelazadas sobre el regazo.

—Mi padre tiene una copia del *Diccionario clásico de la lengua vulgar* de Francis Grose en su despacho. Encargó todos esos libros de una vez, pero dudo mucho que haya abierto ninguno de ellos. Según tengo entendido, el señor Grose era anticuario, pero se vio obligado a publicar lo que pudiera. Yo pensé que sería un libro educativo —echó una rápida mirada a Puck—. Y sin duda lo fue.

—¿Lo leíste entero? ¿No lo dejaste en cuanto te diste cuenta de lo que era? Peor aún, da la impresión de que algunas partes te las sabes de memoria.

—No recibo tantas invitaciones como Miranda. Tenía tiempo.

—Y ganas —bromeó Puck, seguro de que, si el interior del coche no hubiese estado tan oscuro, la habría visto ruborizarse.

—Yo le echo la culpa a la abuela Hackett. Te ruego que lo hagas tú también. Cuéntame algo más sobre ese hombre, La Reina. No me escandalizo tan fácilmente como debería, Puck.

—Sin embargo parece que yo sí —respondió él, sonriendo—. Está bien, te contaré todo lo que me dijo Davy. Ya sabes que han desaparecido otras mujeres, algunas de ellas raptadas directamente en la calle.

—Sí, ya me dijiste. Dependientas, doncellas.

—Y prostitutas. La Reina trabaja para un chulo de un barrio muy cerca de donde se celebró el baile de máscaras de infausta memoria. Según nuestro nuevo amigo, es un tipo corpulento, pero muy hábil con el cuchillo, cuando se ve obligado a usarlo. Con el fin de proteger a las mujeres del chulo, ese hombre se hace pasar por una mujer de la calle, donde pasa horas de pie en alguna esquina por si alguna de las chicas tiene problemas con algún cliente. A simple vista, La Reina no supone ningún tipo de amenaza, mientras que la presencia de un hombre espantaría a los clientes. Como comprenderás, todos tienen que seguir ganando dinero, por peligroso que pueda resultar.

—Es muy ingenioso. Debe de resultar convincente como mujer, ¿no?

—Podrás juzgarlo por ti misma si lo encontramos. Su aspecto es lo bastante atractivo como para hacer que varios hombres intentaran llevárselo el viernes por la noche cuando iba caminando solo por la calle, cosa más lógica en un hombre que en una mujer. Todos ellos lo dejaron marchar cuando se dieron cuenta del error y descubrieron su talento con el cuchillo.

Regina abrió los ojos de par en par.

—¿El viernes por la noche? ¿La misma noche que se llevaron a Miranda? Es maravilloso... Estoy segura de que el señor La Reina no opina lo mismo, pero es una suerte para nosotros. Supongo que esperas que pueda decirnos algo más sobre los que secuestraron a Miranda, ¿verdad?

—Ese es el objetivo de nuestra pequeña excursión, sí —confirmó Puck, encantado de que Regina lo hubiese comprendido tan rápido y también de que le hubiera puesto las manos en el brazo y lo estuviera mirando como si acabara de regalarle la luna—. Si quieres, puedes besarme —añadió, poniéndose, quizá, demasiado romántico.

—Vaya, te veo muy pagado de ti mismo. Pensaba reservar la recompensa para cuando encontráramos a La Reina —le dijo en tono pícaro—. Pero si insistes...

Le puso una mano en la mejilla.

—Insisto.

Regina aún estaba sonriendo cuando puso la boca sobre la de él, cosa que él aprovechó de inmediato, estrechándola en sus brazos y besándola apasionadamente.

No era tímida y estaba claro que era una estudiante muy aplicada porque ese beso no tenía nada que ver con el primero que se habían dado. Resultaba más excitante porque, además del cuerpo, ahora sabía también algo sobre la mujer. Era mucho más que una cara hermosa o el objeto de sus deseos carnales. Era cuerpo, corazón, mente, sentido del humor y muchas más cosas.

Al demonio con las ambiciones de su padre. Al demonio con la sociedad y con toda la hipocresía del mundo. No sabía cómo iba a conseguir lo imposible, pero encontraría la manera de hacerlo. Estaban hechos para estar juntos, el destino había elegido por ellos.

Finalmente dejó de besarla, pero solo para apretarla contra sí y susurrarle al oído:

—Estoy loco por ti, creo que ya lo sabes. Completamente loco.

—Lo sé —susurró ella, frotándose la cara contra la de él.

Puck estuvo a punto de echarse a reír. La agarró de los hombros y la apartó lo justo para poder mirarla a la cara.

—¿Cómo has dicho? ¿Así que lo sabes? Eres muy descarada.

Fue ella la que se echó a reír de un modo que le alegró el corazón.

—Puck, acabas de besarme con bastante pasión, creo. Te has tomado ciertas libertades y me has dado a mí otras tantas que deberías haberme negado, libertades que podrían ocasionarte problemas que ningún hombre se tomaría a la ligera. Muchos temerían a mi padre. Te arrancaría el corazón si se enterara de la mitad de lo que hemos hecho tú y yo desde que nos conocimos, como por ejemplo que has secuestrado a su esposa. Teniendo en cuenta todo eso, prefiero que estés loco por mí, que solo loco. Si no es así, no me lo digas, por favor, porque estoy aquí dentro sola contigo.

La miró a los ojos durante un largo rato, apretando los labios hasta que empezaron a temblarle los hombros y no pudo hacer otra cosa que echarse a reír. Regina tuvo la elegancia de dejarle reír por lo menos un minuto antes de pedirle que parara.

—Perdona —le dijo él, aún riéndose—. De verdad, ahora estoy hablando en serio.

—No es cierto —replicó sin dudar—. No hablas en serio ni cuando crees que lo estás haciendo. No solo ves el lado cómico en todo, también ves cualquier motivo para la esperanza. Es una de tus cualidades más encantadoras. Si no fuera por eso, ahora mismo estaría muerta de miedo. Escucha, me parece que Davy está gritando algo.

Inmediatamente, Puck abrió la compuerta que servía para comunicarse con el cochero.

—¿Ves a nuestro hombre, Tripp?

—Sí, señor, lo veo. Esta noche va vestido de rosa.

—Para el coche y baja.

—Ahora mismo, señor —dijo Davy y luego levantó la voz—. ¡Oye, tú! Señor, La Reina, aquí hay un caballero que quiere hablar contigo. ¡Oye, para!

Puck agarró la espada que había dejado en el suelo y se dirigió a Regina.

—Quédate aquí. Lo digo en serio. Yo te traeré a La Reina para que puedas hablar con él.

Regina asintió, mordiéndose el labio inferior.

Le agarró el rostro con ambas manos y le dio un rápido beso en la boca antes de salir del coche y echar a correr detrás de Davy Tripp y de una figura rosa que corría con las faldas levantadas, bajo las que se ocultaban unas piernas peludas y unas rodillas huesudas.

El señor Queen giró bruscamente para meterse en un callejón y, al tratar de seguirlo, Davy resbaló y cayó al suelo.

—¡Arriba, señor Tripp! No es el momento de hacer el tonto —le gritó Puck mientras daba la curva con más cuidado y se concentró en correr más rápido de lo que había corrido nunca, al menos desde aquella noche en Toulouse, cuando había estado a punto de chocar con un gendarme justo cuando bajaba por una tubería desde la ventana del dormitorio de la hija del alcalde.

Con su habitual buena fortuna, la luz de la luna le ayudó a esquivar montones de basura, varios gatos callejeros apareándose junto a una pared y dos personas haciendo lo mismo contra un muro de tablones de madera. Por fin consiguió agarrar a La Reina de la falda cuando se disponía a saltar una valla.

—¡Alto ahí! Solo quiero hablar con vos y os pagaré por ello. Pero no lo haré si volvéis a intentar patearme la cabeza, señorita.

—¡Soltadme!

Puck lo agarró de un tobillo y tiró con todas sus fuerzas. La Reina cayó al suelo y, tras él, la valla. Puck perdió el equilibrio, pero no soltó a su presa, así que le cayeron encima tanto La Reina como varios tablones de madera.

Lo agarró con los brazos y las piernas y, arriesgándose a sufrir alguna lesión importante, lo hizo rodar por el suelo hasta dejarlo tumbado boca abajo.

—No se os ocurra intentar agarrar el cuchillo —le advirtió, tratando aún de recuperar el aliento—. No soy violento, pero habéis herido de muerte a mi pobre traje y ahora mismo no estoy nada contento, así que no me pongáis a prueba si no queréis que deje de ser tan amable.

—¡No... no puedo respirar!

—¿De verdad? —Puck fingió sorpresa, pero aflojó un poco—. Supongo que si vais a responder a mis preguntas, necesitaréis respirar. Pero si no es así, no creo que necesitéis hacerlo —se acercó a su oído y le apretó la garganta con el brazo—... nunca más.

La Reina o el señor Queen, o como se llamara aquel tipo, empezó a moverse, intentando quitarse de encima a Puck, pero pronto se dio cuenta de que todos sus esfuerzos serían en vano.

—¿Qué es lo que queréis saber?

Puck lo soltó de inmediato y se puso en pie de un salto, sin perder un segundo antes de desenfundar la espada que había tirado al suelo. Cuando La Reina consiguió... colocarse el corpiño y ponerse en pie, se encontró con la punta de la espada en el cuello.

—El cuchillo —dijo Puck y le hizo un gesto a Davy, que acababa de aparecer en el callejón, para que se acercara—, tiradlo ahí para que mi socio pueda recogerlo. Ese eres tú, Tripp.

El arma no tardó en caer al suelo.

—¿Por qué habéis salido huyendo, señor Queen? Os dije que este caballero solo quería hablar.

—Un consejo, Tripp. Cuando quieras hablar con alguien que quizá no quiera hablar, no lo llames de lejos. Es mejor que te acerques por la espalda, le des un golpecito en el hombro y luego lo agarres con fuerza. ¿Crees que te acordarás?

Davy asintió con ímpetu.

—Para que no salga huyendo.

—Exacto. Ahora volvamos al carruaje. Después de vos, señora.

—No soy una señora —farfulló La Reina—. Espera a que volvamos a encontrarnos, Davy Tripp.

Davy debía de estar borracho de poder, o de sentirse muy seguro porque Puck aún tenía inmovilizado a La Reina con la espada, porque se puso a bailotear y lanzarle besos.

—Me parece que vas a tener que pasar algún tiempo en el campo, Tripp, quizá el resto de tu vida —dijo Puck, disfrutando de la situación más de lo que habría creído que podría hacerlo con la espalda completamente empapada de líquidos que prefería no identificar—. Y ahora, si fueras tan amable de recoger mi sombrero, podrás quedártelo porque no creo que vaya a volver a utilizarlo.

Davy fue corriendo a recuperar el sombrero y volvió con un bulto empapado, arrugado y sucio en la cabeza, que no le tapaba la cara gracias a las enormes orejas del joven.

La pareja se había marchado, pero los gatos seguían allí, disfrutando y sin dejarse perturbar por la presencia de Puck y su pequeño séquito. Al acercarse al coche, vio el rostro de Regina asomado por una de las ventanitas y le hizo un gesto con la mano.

La puerta se abrió de inmediato. Parecía feliz de verlo. Quizá no se alegrara tanto cuando lo oliera.

De todas formas, había sido una noche muy productiva. Y aún no había terminado.

CAPÍTULO 9

Regina subió las piernas al asiento de la butaca de cuero en la que estaba sentada y se colocó la bata para que le cubriera los tobillos. Tenía un aspecto completamente recatado, gracias a la bata, no a sus propios deseos. Los botones le llegaban casi hasta la barbilla y las mangas le tapaban incluso las manos.

Llevaba el pelo suelto, una comodidad que no había apreciado cuando era más joven y deseaba que llegara el momento de ser lo bastante mayor como para recogerse el pelo.

Era extraño. A veces una creía que no podría vivir sin algo y, cuando por fin se conseguía ese algo, el deseo perdía valor y llegaba a parecer absurdo.

En cualquier caso, el señor Queen o La Reina no se escandalizaría por su aspecto si volvía con Puck. Por otra parte, no creía que aquella ropa sirviese para animar a Puck. Era una lástima, pero quizá fuera mejor así, sobre todo si había descubierto algo importante en sus salidas nocturnas.

El reloj dio la medianoche y Regina se preguntó una vez más qué estaría pasando.

El extraño grupo había vuelto a Grosvenor Square. Ella sola dentro del carruaje y los demás afuera, junto al cochero. Puck le había asegurado que acabaría agradeciéndole que lo hubiera decidido así y, a pesar de la distancia que había mantenido al bajar, Regina había tenido que darle la razón.

Había perdido el lazo del pelo y con el cabello suelto, parecía más joven y desenfadado, y más guapo, si eso era posible. Ya no llevaba sombrero, se lo había puesto Davy Tripp, y el pobre muchacho tenía un aspecto bastante ridículo. Puck se había roto la pernera de los pantalones, pero estaba sencillamente feliz, a pesar de seguir apuntando a La Reina con su espada.

Sinceramente, ya fueran jóvenes u hombres hechos y derechos, nada mejor para dibujar una sonrisa en sus rostros que el poder revolcarse por el barro. Como cerdos con ropa, aunque la pocilga de la residencia de los Hackett olía bien comparada con aquellos tres.

Aburrida de la postura que había adoptado en la butaca, especialmente sin que nadie pudiera verla, Regina se acercó a echar un vistazo a los títulos de los libros que llenaban las estanterías. Todos ellos parecían haber recibido buen uso, pero hubo uno en concreto que le llamó especialmente la atención porque tenía el lomo roto. O lo había leído mucha gente o estaba mal encuadernado, o quizá algún lector se había interesado más por el contenido que por su aspecto. Lo agarró con cuidado, volvió a la butaca y encendió las velas.

*La Eneida*. Ah, el poema épico de Virgilio en el que se narraba la guerra de Troya. Regina conocía la historia. Había leído *La Ilíada* de Homero, pero allí solo se narraban tres días de una guerra que había durado diez años y en la que habían intervenido los dioses griegos del Olimpo.

Era en *La Eneida* en la que se relataba la historia del Caballo de Troya. Regina seguía sin comprender por qué habría nadie de aceptar un regalo del ejército al que acababa de derrotar. Seguramente aquellos hombres habían tomado la decisión estando ebrios de poder. Cualquier mujer habría visto aquel regalo y se habría preguntado el porqué y luego se habría deshecho de ello cuanto antes.

Volvió a colocar el libro y sonrió al oír ruido al otro lado de la puerta.

—Al menos ahora no es el olor lo que anuncia tu llegada —dijo con una sonrisa de bienvenida que se borró automáticamente de su rostro en cuanto se dio la vuelta del todo—. ¿Quién sois?

El hombre no se movió de donde estaba, como si ese tipo de cortesía fuera a reconfortarla de algún modo. Hizo una reverencia demasiado elegante como para ser un ladrón y, además, no iba vestido como tal, a menos que esta Temporada los ladrones lucieran trajes de impecable confección.

Tenía el cabello oscuro y la piel morena como si pasara mucho tiempo al aire libre y probablemente era el hombre más aterradoramente guapo que había visto. Tenía una belleza casi irreal, estropeada tan solo por unos ojos inquietantes. Daba la impresión de que conocía bien la casa por el modo en que se dirigió a la mesa de las bebidas y se sirvió una copa de vino.

Cuando Regina estaba a punto de ponerse a gritar de miedo o de frustración, el recién llegado se volvió hacia ella, levantó su copa hacia ella como si fuera a brindar y se la bebió en dos largos tragos antes de responder a su pregunta.

—Yo podría haberos hecho la misma pregunta, señorita Hackett, de no haber sabido ya de vuestra presencia en lo que es, al menos en parte, mi residencia. Deduzco que mi réprobo hermano está ocupado en otros asuntos. Complicando las cosas, no hay duda. ¿O debería decir, complicando aún más las cosas? Porque ya se ha metido en un buen lío trayéndoos aquí a vuestros parientes y a vos. Tengo entendido que el secuestro está penado con la horca.

Regina deseaba mostrarse ofendida por los comentarios de aquel hombre, pero se mordió la lengua. Seguramente los hermanos mayores pensaban que los pequeños no crecían nunca.

—No nos ha secuestrado, señor Blackthorn. Estamos aquí en calidad de invitadas. Sois John Blackthorn, ¿no es así? Black Jack. Porque, si me permitís decirlo, hacéis justicia a vuestro nombre de una manera bastante obvia.

La sonrisa que apareció en sus labios transformó la cruel belleza de su rostro en algo mucho más atrayente.

—Al contrario, señorita Hackett, en realidad no pretendía hacer referencia alguna a mi nombre. Es posible que la situación me resulte divertida porque no es la primera vez que uno de mis hermanos esconde aquí a una mujer. Puede que sea de ahí de donde sacó la idea Puck. En cualquier caso, os pido disculpas por mi comportamiento y os ruego que os sentéis, por favor. Y ahora os lo preguntaré de mejor manera, ¿está mi hermano en casa?

Regina volvió a sentarse en la butaca con las piernas sobre el asiento y aprovechó el tiempo que tardó en colocarse la bata para formular la respuesta.

—Debe de haber salido —dijo por fin—. ¿Queréis que le diga que habéis estado aquí y deseabais verlo?

—Gracias por esa correcta invitación a marcharme, pero no, creo que esperaré —tomó asiento en la butaca que había enfrente de la de ella y cruzó una pierna sobre la otra con elegancia—. Esperaremos juntos.

—Como queráis, señor Blackthorn —respondió Regina, que esperaba haber hecho lo correcto, o al menos lo más correcto, teniendo en cuenta las peculiares circunstancias—. Pero no lleguéis a conclusiones erróneas y penséis que vamos a charlar sobre nimiedades porque no tengo tiempo para ese tipo de cumplidos. ¿Habéis hecho algún avance en la investigación sobre las desapariciones? ¿Habéis venido a compartir vuestro éxito, o esperabais que Puck compartiera el suyo con vos?

—Tenéis un verdadero talento para el insulto, señorita Hackett. Os felicito. Pero, respondiendo a vuestra pregunta, habría avanzado bastante más si mi querido hermano confiase en mí lo suficiente para darme la información de la que dispone. Son solo pequeños detalles, como por ejemplo el lugar exacto donde se celebró el baile de máscaras en el que se llevaron a vuestra prima en contra de su voluntad. Como os digo, son solo nimiedades.

—¿No os la ha dicho vuestro hermano? —preguntó Regina con fingida sorpresa—. ¿Es que no se fía de vos?

—Seguro que sí. Estoy convencido de que confía en mí tanto como yo en él —los ojos verde esmeralda de Jack se afilaron bajo unas cejas en forma de alas—. Llevo dos días desperdiciando a uno de mis mejores hombres en seguir a mi querido Robin Goodfellow, para asegurarme de que no tropieza con algún problema del que no pueda salir. Pero solo he descubierto que ahora parece dedicarse a perseguir mujeres desventuradas por callejones oscuros. Como comprenderéis, ha conseguido despertar mi curiosidad. No sabréis nada al respecto, ¿verdad, señorita Hackett?

Regina curvó ligeramente los labios, pero no llegó a sonreír.

—Lo único que podría deciros, señor Blackthorn, es que uno de vuestros mejores hombres necesita anteojos.

—Ahora sí que me habéis sorprendido. Permitidme que corrija mis palabras y diga que solo es uno de mis hombres, no necesariamente de los mejores. En realidad lo que me ha hecho venir ha sido el hecho de que Puck lo saludara desde el carruaje esta misma noche y que mi hombre fuera tan tonto como para contármelo.

—¿Puck vio a vuestro hombre y lo saludó?

—Le tiró un beso, para ser más exactos. Mi hermano tiene cierta tendencia a utilizar gestos demasiado teatrales, me temo.

—Habláis con conocimiento de causa, supongo, porque al describirlo es casi como si os mirarais en un espejo.

La sonrisa de Jack empezaba a crisparle los nervios a Regina porque se parecía mucho a la de Puck y no quería sentir la menor simpatía por un hombre al que ni siquiera conocía.

—¿Os parece que seamos amigos, Regina? Puede que Puck se muestre más comunicativo si ve que vos y yo nos llevamos bien, cosa que solo podría beneficiar a vuestra prima. Se nos acaba el tiempo. Desde que hablé con mi hermano han desaparecido otras dos jóvenes. Creo que alguien está preparando un viaje por mar y está reuniendo el cargamento que quiere transportar de manera acelerada y no demasiado selectiva, como si no llegara a tiempo a la fecha de entrega. Si no nos damos prisa, perderemos para siempre a vuestra prima.

A Regina le dio un vuelco el corazón al oír aquello.

—¿De cuánto tiempo creéis que disponemos? ¿Sabéis qué es lo que necesita esa persona para tener el cargamento completo? No, no hace falta que respondáis. ¿Cómo ibais a saberlo? ¿Cómo podría saberlo nadie? Ninguna persona civilizada entendería que haya alguien tan vil como para vender a otro ser humano.

—Solo comprendiéndolo tenemos posibilidad de capturarlo. Buscamos a alguien sin escrúpulos, naturalmente. Alguien que no valora nada ni a nadie, excepto el dinero o el beneficio que pueda obtener de los demás —Jack volvió a sonreír—. ¿No conoceréis a nadie así por casualidad? Eso facilitaría mucho nuestra búsqueda.

—No —respondió Regina en voz baja porque de pronto se le había formado un nudo en la garganta—. No conozco a nadie así.

Levantó la mirada al oír unos pasos que se acercaban a la puerta del despacho y respiró con profundo alivio al ver aparecer a Puck, estirándose los puños de la camisa. Era increíble. Sin duda sabía ya que su hermano estaba allí.

No obstante, su sorprendida reacción resultó bastante convincente. Era como si los dos hermanos estuviesen inmersos en un juego; ambos conocían las reglas y disfrutaban de cada movimiento.

—Jack, qué detalle que vengas de visita, aunque sea a horas tan intempestivas —dijo antes de inclinarse ante Regina y hacerle un guiño—. Estás preciosa con ese estilo desarreglado y al mismo tiempo recatado. ¿No ha conseguido ahuyentaros? Jack, veo que estás perdiendo facultades. Tenía entendido que las mujeres y los niños corrían espantados al verte. Que hasta los hombres más fuertes se acobardan en cuanto los miras, etcétera.

—¡Qué cachorro tan insolente! —respondió Jack, pero con sentido del humor. Un segundo después, el juego había terminado—. Dime, ¿qué has averiguado gracias a La Reina?

Puck miró a Regina enarcando una ceja como si estuviera preguntándole qué le había contado.

Ella meneó la cabeza.

—Esta noche te han seguido.

—Es cierto, pero no solo esta noche. Dickie Carstairs lleva tanto tiempo tras mis pasos que estoy considerando seriamente la idea de adoptarlo. Pero no esperaba que descubriese el nombre de la dama, puesto que apenas es capaz de volver a casa solo. Bien por Dickie.

Regina bajó la mirada y se mordió el labio para no sonreír. Debería sentirse avergonzada de estar allí, vestida de un modo tan inapropiado. No debería estar disfrutando del enfrentamiento verbal entre los dos hermanos, que, a pesar de todo, no podían ocultar lo mucho que se querían el uno al otro. Pero su prima seguía desaparecida y en peligro, así que no saldría de aquella habitación ni aunque la arrastraran de los pelos. ¡No podría estar en ninguna otra parte!

—Tu hermano acaba de decirme que han desaparecido otras dos jóvenes —dijo, tratando de centrar un poco la conversación como una maestra que retomara la atención de sus pupilos por mucho que hubiese un pajarillo cantando en la ventana—. También me ha dicho que no le dijiste dónde tuvo lugar el baile de máscaras. Creo que debes decirle, a él y a mí, todo lo que has averiguado hablando con La Reina.

Puck miró a su hermano.

—¿Dos más? ¿Cuántas van ya? Dios sabe que habrá más.

—Van por lo menos más de dos docenas, incluyendo a vuestra prima, Regina. Habrían sido suficientes si no fuera porque más de la mitad son prostitutas, como las dos últimas, y las prostitutas no alcanzan a tener el precio que... Disculpadme. Lo que trato de decir es que, si yo tuviera una hija joven, hermosa y rubia, no le quitaría la vista de encima.

—¿La Corona sigue sin permitir que se alerte a la población? Les has dicho lo que piensas, ¿y aun así no han cambiado de opinión esos idiotas?

—No, y las razones son evidentes. ¿Por qué si no crees que me han encargado la misión a mí, a una persona que suele hacerles el trabajo sucio y que prácticamente no existe? Pero, antes de que me culpes de nada, recuerda que tampoco tú me has ayudado mucho en la investigación. Lo cierto es que la trata de blancas existe desde que existen los hombres sin escrúpulos y... ciertos apetitos. Si no hubiese desaparecido la ahijada de cierta personalidad, yo aún estaría en Escocia, resolviendo otros desaguisados.

—Y nunca se habrían enterado de la desaparición de Miranda —añadió Regina, mostrando su acuerdo con Jack—. ¿Cuántas otras jóvenes crees que habrán hecho un viaje durante la Temporada para curarse de alguna enfermedad sin importancia, y luego se supo que habían sucumbido a dicha dolencia?

—Me vienen a la cabeza dos en los últimos tres años, pero no soy el más indicado para responder porque apenas paso tiempo en Londres —dijo Jack, mirando a Puck—. Bueno, cuéntanos qué te ha dicho esa dama.

Puck se sirvió una copa de vino y fue a colocarse junto a la chimenea.

—La Reina o, mejor dicho, el señor Queen...

Jack levantó una mano.

—Un momento. Es evidente que la capacidad de observación de Dickie es, como bien habéis dicho, Regina, bastante limitada. ¿La dama es un hombre?

—Así es. Un hombre que se viste de mujer para proteger a las meretrices de su jefe. No somos los únicos conscientes de que están desapareciendo mujeres de las calles de Londres. Ahí fuera hay todo un ejército silencioso que intenta dar a caza a los secuestradores de una manera u otra. Creo que no es necesario que diga nada más. Excepto que, aunque parezca increíble, al señor Queen no le falta atractivo como mujer; de hecho tuvo la mala fortuna de que lo confundieran con una joven rubia y menuda mientras caminaba por las calles y a punto estuvo de ser secuestrado, parece lógico pensar que fueran las mismas personas que se llevaron a Miranda del baile de máscaras la noche del viernes. Todo sucedió la misma noche y en el mismo barrio... seguramente no sea una coincidencia.

—Estoy de acuerdo —asintió Jack—. Prosigue.

Puck miró a Regina, que también asintió de inmediato.

—Cuéntanoslo todo, por favor.

—Muy bien. El señor Queen recibió un golpe en la cabeza, pero no quedó del todo inconsciente, puede que fuera gracias a la peluca. Lo metieron en un carruaje negro con las ventanas tapadas con unas maderas, con lo que el interior estaba completamente a oscuras y, por tanto, no pudo identificar a la otra persona que había dentro. Sabía que había alguien más porque cayó sobre ella, pero ella sí estaba inconsciente y ni siquiera protestó cuando le cayó encima. Queen decidió no gritar ni dar golpes, sino limitarse a esperar una oportunidad. Sabía bien lo que había ocurrido porque el coche olía a láudano. Como ya he dicho, estaba muy oscuro por lo que no sirvió de nada mostrarle el retrato de Miranda.

Regina se mordió el labio inferior para contener lo que se habría convertido en un sollozo.

—El carruaje se detuvo al llegar al puerto, momento en el que el señor Queen recibió a los secuestradores con su cuchillo en cuanto abrieron la puerta, cayó al suelo y, en sus propias palabras, «salí corriendo tan rápido como pude».

—El que lucha y huye... —dijo Jack, citando el proverbio.

—Sí y, antes de que lo preguntes, no, el señor Queen no recuerda dónde se detuvieron exactamente, pero dice que no estuvieron más de un cuarto de hora en el coche, así que debe de ser en los muelles de Londres. Además el señor Queen recuerda que había un fuerte olor a tabaco, lo que también hace pensar que estuvieran en los muelles, cerca del nuevo almacén de tabaco. Pero lo que más recuerda es que tuvo que correr muy a prisa para salvarse, lo que sin duda tenía que hacer un hombre vestido de mujer al encontrarse en un barrio extraño. Dios sabe lo que me habría costado a mí explicarme de haberme encontrado en semejante situación.

—¿Dónde está ahora el tal señor Queen?

—Al igual que con nuestro amigo Dickie, decidí no adoptarlo. Seguro que dentro de una o dos semanas podrás encontrarlo en su trabajo de siempre, por si quieres apretarle las tuercas, pero creo que nos ha dicho todo lo que sabía —Puck se volvió hacia Regina con una mirada de compasión—. Son pequeños avances, cielo.

—Lo sé. Estaba pensando... lo asustada que debía de estar Miranda. Un minuto estaba en el baile de máscaras y al siguiente, Dios sabe dónde se la llevaron. Y la obligaron a beber láudano. Porque es eso lo que hicieron, ¿verdad? La drogaron y luego la metieron en el coche como si fuera un saco de patatas. Y ese hombre, el señor Queen, no hizo nada para ayudarla. La dejó allí abandonada.

—Sí, y lo lamenta profundamente —aseguró Puck.

—¿Y tú cuestionas mis métodos? —le preguntó Jack—. Muy bien, hermano. Pero, ¿sabes lo grandes que son los muelles de Londres? Hay multitud de almacenes, hangares y barcos que llegan allí a diario. Tardaría un mes en encontrar lo que buscamos aunque llevara todo un ejército.

—Tienes razón. Pero sin duda es mejor que tener que registrar todo el río Támesis. Habría un sinfín de posibilidades.

Jack asintió.

—Me encargaré de que haya algunos Runners y quizá alguien más en los muelles, pendientes de cualquier movimiento extraño. Dios, es tan obvio y tan inútil. Tenemos que atacar este asunto desde otro ángulo.

Regina miró a uno y a otro hermano. ¿Seguían mordiéndose la lengua, sin decirse todo lo que sabían? ¿Igual que estaba haciéndolo ella?

—Siempre está el Caballo de Troya —se aventuró a decir por fin.

Los dos se volvieron a mirarla; Jack con una sonrisa irónica en los labios y Puck con cierta confusión.

—Lo siento, Regina —le dijo Puck con comprensión—. ¿Quieres que nos demos por vencidos y les regalemos un caballo de madera? Podemos envolverlo y ponerle un lazo al cuello, o mejor pegarle una nota en el costado: «Vosotros ganáis, reconocemos vuestra victoria y, para demostrarlo, aquí tenéis un hermoso caballito».

—¿Eso es una muestra del famoso encanto de Robin Goodfellow? Me sorprende que hayas conseguido sobrevivir tantos años —comentó Jack, mirando a Regina como si le pareciese dispuesta a atacar a Puck en cualquier momento—. Perdonadlo, Regina. Lleva tanto tiempo haciéndose el tonto y lo hace tan bien, que a veces lo hace sin darse cuenta. No os referís a un Caballo de Troya de verdad, ¿no?

—No, gracias. Ya lo sabías, ¿verdad, Puck?

—Sí y la respuesta es no.

—Pero...

—He dicho que no. Jack, sabes lo que pretende, ¿verdad?

—Creo que sí, pero pensaba que tú no. Treinta hombres dentro de un caballo de madera que el enemigo mete en su terreno y, cuando todo está tranquilo, salen del caballo y les abren las puertas al resto de su ejército.

—La respuesta sigue siendo no. Un no rotundo y contundente.

Pero Regina no estaba dispuesta a dejarse convencer tan fácilmente.

—Piénsalo, Puck. Tú mismo lo has dicho. O Jack, no sé. Los muelles de Londres son inmensos. He estado muchas veces con mi padre y los he visto. Nunca podremos encontrarla. Pero si les hacemos un regalo a los secuestradores...

—Tú no eres un regalo, Regina —Puck levantó la mano para que no lo interrumpiera—. ¿Acaso crees que no sé qué estás diciendo? Pretendes que te dejemos en la calle y esperemos a que esos hijos de... esos sinvergüenzas te agarren para poder seguirlos adonde quieran encerrarte, después esperarías a que estuviesen dormidos o borrachos y podrías de alguna manera abrirnos la puerta para que entráramos.

—Más o menos —lo cierto era que sonaba bastante descabellado oyéndoselo contar a él. Desde luego quedaban muchos detalles por ultimar.

Puck mencionó uno de ellos enseguida.

—Para empezar, no eres rubia.

Al menos tenía una respuesta que darle.

—Tampoco lo es el señor Queen. Él ni siquiera es una mujer y aun así los engañó. Seguro que eres capaz de encontrarme una peluca rubia mejor que la suya.

Jack se acercó a la mesa de la bebidas y se sirvió otra copa de vino. Seguramente trataba de ser discreto, o quizá disfrutaba viendo la frustración de Puck.

—Eres demasiado alta.

—También es cierto. Pero Jack ha dicho que parece que empiezan a estar desesperados y han empezado a secuestrar prostitutas y cualquier otra mujer a toda velocidad. Se están preparando para marcharse, Puck, y cuando se vayan, habremos perdido a Miranda para siempre. Has avanzado muchísimo, pero no es suficiente.

La mirada que Puck le lanzó a Jack podría haber derretido un iceberg y el hecho de que Jack se limitara a sonreír y a encogerse de hombros no fue de mucha ayuda.

Regina trató de continuar.

—Ya sabemos dónde están...

—Has dicho que has estado en los muelles de Londres, así que te darás cuenta de que es poco más de lo que sabíamos antes... que estaban en Londres.

Regina no se dejó desanimar.

—Pero piénsalo, Puck. Podríamos utilizar la historia que les contamos a mis tíos el viernes por la noche: el cochero se equivoca de camino, hay algún accidente y allí estaría yo, una dama de buena cuna, sola en medio de la noche y prácticamente desprotegida.

—Hay que reconocer que no es mala idea —comentó Jack, sentándose de nuevo.

Puck parecía dispuesto a estrangular a su hermano.

Jack meneó la cabeza.

—Por amor de Dios, hombre, cálmate. No digo que lo hiciera Regina, pero podría hacerlo otro. ¿El señor Queen no está disponible?

—Está indispuesto —respondió Puck al tiempo que miraba a Regina de reojo—. Se debió de romper alguna costilla al saltar del carruaje. Y tiene los dos ojos morados.

Regina meneó la cabeza.

—Parecía estar bien cuando yo lo vi. Le pegaste, ¿verdad? Bien hecho, a mí también me habría gustado hacerlo por haber dejado abandonada a Miranda. Además, iba armado. Podría haberla salvado.

—Conozco a una mujer... —dijo entonces Jack, poniéndose en pie una vez más—. Yo... tuve algo con ella. Es posible que estuviese dispuesta a correr el riesgo a cambio de una buena cantidad.

Pero Regina volvió a menear la cabeza.

—No podemos pedirle a nadie que corra semejante peligro. Yo tengo la culpa de que Miranda se encuentre en la situación en la que se encuentra. Me dejé llevar por la curiosidad y estuve de acuerdo en acompañarla al baile. Mi pobre prima es una inconsciente, pero yo debería haber tenido más sentido común —lanzó una mirada de súplica a Puck—. Por favor. Es posible que no sirva de nada, pero no podemos saberlo si no lo intentamos. Tú estarías cerca en todo momento. Solo tendrías que seguirnos cuando me... ya sabes. Cuando me agarren.

En cuanto Regina hubo terminado de hablar, Jack se acercó a su hermano y le dio una palmadita en el hombro.

—Volveré mañana a las diez y volveremos a hablar de todo esto. Entretanto, voy a echar un vistazo a los muelles. Puede que tengamos suerte y no haga falta correr ningún riesgo. Regina... —le hizo una elegante reverencia—, ha sido un verdadero placer. Buenas noches.

—Buenas noches, Jack —respondió ella antes de que saliera de la habitación, pero lamentando que se marchara porque la furia de Puck se podía palpar—. No nos ha dicho nada —comentó en cuanto estuvo a solas con Puck—. Nosotros le hemos contado bastantes cosas, pero él no ha dicho nada. ¿Crees que realmente no sabe nada más?

—Nos ha dicho que han secuestrado a dos chicas más. ¿Te ha parecido que se sorprendía cuando mencioné los muelles de Londres? Con Jack siempre es difícil adivinar qué sabe y qué no.

—Lo que desde luego sabe es que no disponemos de mucho tiempo. ¿Por qué no le dijiste dónde fue el baile de máscaras?

—No lo sé, supongo que por costumbre —admitió, sonriendo—. O porque él nunca muestra sus cartas, o quizá me pareció absurdo que los dos siguiéramos el mismo camino. Bueno, al menos ya no tendré que soportar a Dickie Carstairs siguiéndome los pasos, porque es tan sutil como un elefante en una cacharrería —le tendió una mano que ella agarró sin titubear—. No te he dicho lo guapa que estás con ese camisón. Virginal como una monja y sin embargo no puedo pensar en otra cosa que en desabrochar todos y cada uno de esos botones.

Regina sintió que se le aflojaba el cuerpo, pero trató de luchar contra ello.

—No intentes distraerme, Puck. Lo del Caballo de Troya ha sido idea mía y quiero participar. Sé que no dejarás que me pase nada malo.

—Esa confianza ciega podría acabar conmigo. Pero no, es imposible. Ya has oído lo que le pasó a La Reina; lo agarraron, lo golpearon en la cabeza y lo tiraron al coche. Y lo de Miranda fue aún peor porque le dieron láudano. ¿Esperas que me quede escondido mientras veo cómo te hacen algo así?

Regina suspiró con resignación.

—Tienes razón. Solo era una idea, te la he contado sin pensar bien en los detalles. Pero me ha dado la impresión de que Jack piensa que tiene cierto potencial.

—Jack disfruta viéndome incómodo. Si había venido para descubrir por qué estás aquí, ahora ya lo sabe. Me tienes en tus manos, pero no hasta el punto de permitir que te pongas en peligro de ese modo.

—Gracias. Reconozco que la idea me daba pavor. Pero no dejo de pensar en Miranda y en lo que debe de estar pasando. A veces creo que me voy a volver loca de tanto imaginarme que pueda creer que la hemos abandonado o que hayamos llegado a la conclusión de que se fue por propia voluntad. Me pregunto cómo se encuentra, qué estará pensando. Podría pensar que no hay nadie buscándola o que la hemos dado por muerta. Pensará en su madre, llorando por la pérdida de su hija... —Regina se tapó la cara con las manos—. No puedo dejar de darle vueltas, Puck. Tiene que haber algo que pueda hacer además de quedarme tranquilamente sentada en tu coche mientras tú persigues a alguien por un callejón. Tenemos que hacer algo.

Puck le tendió los brazos.

—Ven aquí —la abrazó y fue como llegar a casa. Le dio un beso en la frente—.Vamos a encontrarla, Regina. Esos tipos no son tontos, no le harán nada porque eso significaría reducir el beneficio que pueden obtener por ella.

—Pero y si... y si la han violado —dijo ella, apoyando la cabeza en su pecho—. ¿Lo dices en serio, o solo pretendes tranquilizarme?

—Lo digo completamente en serio —aseguró él.

Regina levantó la cabeza y lo miró como si le hubiera sorprendido la intensidad de su voz.

—¿Cómo lo sabes?

Él la miró con total sinceridad.

—Durante mi gran viaje de formación, escuché muchas historias sobre el comercio de esclavos y aprendí que las mujeres vírgenes tienen mucho más valor. Si la encontramos, podrá irse al campo a recuperarse de la experiencia y después volverá a la Londres como si nada hubiese pasado.

—¿Y quién... quién compra a esas pobres muchachas? ¿Qué clase de hombre podría hacer algo tan horrible? ¿Qué hacen, las encargan o algo así? ¿«Tráeme una joven blanca y rubia»... como el que encargara una camisa?

Puck sonrió con tristeza mientras le secaba las lágrimas.

—Sí, debe de ser algo así. Esos hombres no son seres humanos, no sienten compasión por los demás. Me temo que, para los compradores, tu prima es una mercancía muy valiosa y un juguete muy caro para el comprador. Lo siento mucho, preciosa, pero no hay otra manera menos delicada de decirlo.Vamos, es hora de irse a la cama. Mañana va a ser un día muy largo.

Regina asintió sin mirarlo a los ojos.

—Odio estar sola —admitió, incapaz de ocultar lo que sentía—. Se me hacen eternos los minutos, como me ha pasado hoy mientras esperaba que volvieras.Y no dejo de darle vueltas a la cabeza. Pienso cosas que no quiero pensar y me imagino cosas horribles, pero soy incapaz de controlarlo. ¿Te imaginas cómo debe de estar mi tía Claire, si yo estoy así?

Puck la agarró de la mano y la llevó hacia la escalera.

—¿Qué tal están tu madre y ella? Sé que es imposible hacer que se sientan del todo cómodas.

—Mi tía no deja de rezar, pasa de la esperanza a las lágrimas cada cinco minutos. Pero mi madre está bastante a gusto —reconoció Regina, esbozando una tenue sonrisa—. Hoy me ha dicho que estar aquí es como quedarse viuda, pero sin la tristeza que conlleva. No me había dado cuenta hasta ahora, pero no recuerdo un momento en el que mi padre no se empeñara en tener bien cerca a mi madre. Nunca ha permitido que fuéramos al campo sin él, si él tenía que quedarse en Londres por negocios. Hemos hecho bien en traernos solo a Hanks porque dice mi madre que su doncella, Fellows, es una de las espías de mi padre. No sé si será verdad, pero lo cierto es que me preocupa. Nunca me había parado a pensar en que mi madre siempre se las arregla para conseguir alcohol. ¿Crees que es posible que a mi padre le guste que beba y que sea él el que se asegura de que siempre tenga algo que beber?

Puck hizo un gesto a los dos lacayos que había en el vestíbulo para darles permiso para retirarse.

—¿Tú qué crees, Regina? Yo no lo conozco.

—Creo que yo tampoco —Regina se llevó una mano a los labios—. ¿Crees que soy una mala hija por detestar a mi padre? Estoy tan desesperada por encontrar una explicación que he llegado a plantearme si... No, es absurdo. Es imposible.

Puck le apretó la mano.

Habían llegado al primer piso y estaban parados en el pasillo.

—Lo único imposible ahora mismo, Regina, es que te deje sola esta noche.

Ella abrió la boca, intentó decir algo, cualquier cosa, pero no le salieron las palabras.

—Lo siento —se disculpó Puck—. Sé que estás sometida a

mucha presión y que sería un canalla si me aprovechara de la situación. Es comprensible que estés nerviosa y que se te pasen por la cabeza todo tipo de cosas. Supongo que no lo sabes, pero te sientes como un soldado antes de la batalla, te debates entre el miedo y la impaciencia. Confías en mí porque sabes que comprendo lo que sientes. Pero la gente hace muchas locuras en momentos como este; creen cosas que en otras circunstancias ni siquiera se pararían a considerar. Yo no soy el hombre adecuado para ti, simplemente soy el que tienes cerca en estos momentos.

Regina lo miró, tenía un nudo en la garganta. Era tan bueno y tan honesto. Mucho mejor de lo que se consideraba él mismo y de lo que lo creía el resto del mundo.

—No quiero estar sola, Puck —le dijo por fin—. No eres solo el hombre que tengo más cerca y lo sabes. Dime que lo sabes, por favor.

—Esto no puede salir bien, Regina. Lo único que voy a hacer es arruinarte el futuro.

—¿No crees que eso debo decidirlo yo? Solo quiero que hablemos un poco más. De todas maneras, no voy a ser capaz de dormir con los pensamientos que se me pasan por la cabeza. Lo que ocurra después... no tenemos que hablarlo ahora.

—No debería haber hecho lo que hice esta tarde. Me he aprovechado de tu vulnerabilidad.

Eso despertó ligeramente la rabia de Regina.

—Claro porque yo soy tonta. Solo hace falta mirarme y darme un par de besos para que permita cualquier cosa. Es evidente, señor Blackthorn, que vuestra obligación es protegerme de mí misma.

Puck no pudo evitar sonreír.

—Nuca me han gustado mucho las obligaciones.

Volvió a agarrarla de la mano para recorrer juntos el pasillo en penumbra y entraron en su dormitorio.

CAPÍTULO 10

Lo que Puck estaba pensando era una barbaridad por muchos motivos.

Tal y como le había dicho a ella, Regina estaba en un momento muy vulnerable. Era joven y estaba empezando a descubrir lo que era ser mujer. Su prima había desaparecido y probablemente iba a enfrentarse a un destino brutal. Era evidente que su madre no era una persona estable a la que Regina pudiese pedir consejo.

Estaba en casa de un hombre, bajo su mismo techo. En casa de un bastardo. No tenían ningún futuro y los dos lo sabían.

Lo único que podría darle Regina sería la frustración de no poder hacer realidad su deseo o un recuerdo que jamás lo abandonaría en todos los años de infelicidad que tuviese que vivir sin ella, con el corazón roto para siempre.

Dios, cuánto disfrutaría su madre con todo aquello, con tanto dramatismo. A Adelaide siempre le habían gustado más las tragedias de Shakespeare que sus comedias. Debía de haber muerto unas quinientas veces haciendo de Julieta sobre los escenarios. Aunque seguía siendo muy guapa, era lógico que el público pensara que su Julieta estaba algo avejentada.

La idea lo hizo sonreír y luego se reprendió a sí mismo. No podía evitarlo; por seria que fuese la situación, siempre encontraba algún pensamiento ridículo o cómico. Era una maldición.

Observó a Regina mientras encendía más velas. La luz de la luna llena se colaba por las ventanas, pues las cortinas seguían abiertas. ¿Habría olvidado cerrarlas la doncella, o acaso Regina acostumbraba a dormir con ellas abiertas? ¿Le gustaba ver las estrellas o despertarse con la luz del sol?

Sabía tan poco de ella. Se había fijado en que no se había comido la remolacha durante la cena. No le gustaba la remolacha. Quizá le gustara sentir en la cara el sol de la mañana.

Detestaba o temía a su padre. Quizá las dos cosas.

Su piel y su boca sabían a gloria.

Podrían marcharse a París. O a América. Él tenía el dinero suficiente para que no le faltara de nada. Podrían llevarse a su madre, si ella quería. A su madre, a su doncella e incluso a su perro, si lo tenía. Estaba dispuesto a cualquier cosa con tal de estar con ella.

Y eso que aún apenas la conocía.

¿Estaba loco, o enamorado?

¿Era posible que cualquiera de esas cosas, locura o amor, hubiese surgido dentro de él en solo unos días?

Regina fue a sentarse en la alfombra que había frente a la chimenea. La luz del fuego le iluminaba el cabello y proyectaba sombras en su rostro perfecto, en su delicada piel. Entonces lo miró y sonrió, con vergüenza, con nerviosismo y con tristeza.

Sí. La respuesta a su pregunta era sí. Podía surgir en solo unos días. Sin lógica ni razón.

—Hay muchas sillas en la casa —dijo antes de sentarse junto a ella—. Pero tienes razón, estaremos mejor aquí. Como niños traviesos que se sientan frente al fuego cuando deberían estar durmiendo. Has dicho que no podrías dormir. ¿Cuáles son esos pensamientos que no te dejan conciliar el sueño?

—Tu hermano me ha dicho algo antes de que tú llegaras

—comenzó a decir, clavando la mirada en el fuego—... Dice que la persona a la que buscamos es un hombre sin corazón, alguien que ve a los demás como simples instrumentos de los que sacar provecho. Un hombre sin escrúpulos ni moral, al que no le preocupa el sufrimiento de los demás y solo le interesa su propio beneficio.

—Estoy de acuerdo —dijo él—. Se necesita ser muy malo para hacer lo que hace ese hombre, o esos hombres, si incluimos también a los compradores.

—Y si esa persona... tuviera una empresa naviera —levantó la mirada hacia él con los ojos llenos de lágrimas.

Puck se quedó asombrado al ver que había llegado a la misma conclusión que él y no se molestó en fingir.

—¿Estás acusando a tu padre?

—¿Ahora comprendes por qué no puedo dormir por las noches? En cuanto Jack dijo eso, vi el rostro de mi padre con la misma claridad que si lo hubiera tenido delante. Era como si tu hermano acabara de describirlo.

—El hecho de que tenga barcos no lo convierte en sospechoso...

—Tiene un socio —añadió rápidamente y Jack pudo notar en su voz cierta desesperación por encontrar una esperanza—. Benjamin Harley. Yo solo lo he visto una vez, cuando mi padre me llevó a los muelles para enseñarme su última adquisición, un barco enorme que, según dijo, iba a ser la envidia de los accionistas de la Compañía de las Indias Orientales.

—¿Y qué te pareció el señor Harley? —Puck estaba haciendo todo lo posible por controlar sus reacciones.

Regina hundió los hombros.

—Un cero a la izquierda —admitió con tristeza—. Pero mucho más educado que mi padre. Es él el que habla con los clientes y lleva la contabilidad. Nadie excepto mi padre y él ve los libros de la empresa, o el cargamento de los barcos, ni conoce su destino. Mi padre siempre dice que es porque no se fía de nadie. Por los piratas, ya sabes. Siempre es muy cauteloso, por los piratas.

—Y quizá por algo más —añadió él, rumiando—. ¿Ese barco que tu padre te llevó a ver estaba amarrado en los muelles de Londres?

Regina asintió.

—Pero no recuerdo nada más. Fue hace bastante tiempo, apenas acababan de abrir los muelles. Había mucho ruido y mucha gente...

Puck le agarró las manos, estaban frías y temblorosas.

—Escúchame, Regina. Una cosa es tener un padre que quiera casarte con alguien importante y otra muy distinta creer que... se dedica a la trata de blancas.

—Lo sé. Me gustaría pensar que estoy equivocada, que simplemente he encontrado una respuesta fácil porque la necesitamos. No es agradable pensar que mi padre pueda ser tan horrible. Además, se trata de Miranda; él no permitiría que le ocurriera algo así. Sin embargo...

Puck se inclinó hacia ella.

—Dime.

—Fue él el que envió a los Runners al norte. Al principio me dijo que estaba seguro de que habían secuestrado a Miranda, incluso mencionó la trata de blancas, y me describió con toda crudeza lo que le sucedería. Pero después ordenó a mi tío que enviara a los Runners al norte y le aseguró que se había fugado para casarse con alguien. ¿Por qué iba a hacer algo así? Me dijo que era para ahorrarles el sufrimiento a mis tíos, pero ya entonces me sonó a mentira.

—Supongo que, si es cierto que tu padre tiene algo que ver en todo esto, habría encontrado la manera de liberar a Miranda en cuanto se dio cuenta de que se la habían llevado a ella. La verdad es que no me cabe en la cabeza que haya un hombre capaz de condenar a su propia sobrina a semejante horror.

—Esta es la segunda Temporada de Miranda y da la impresión de que va a necesitar una tercera. Mi padre es el que lo financia todo; la casa en la ciudad, los vestidos de Miranda, los caballos, incluso las deudas de juego en las que incurren mi tío y Justin cuando están en Londres. Todo. Muchas veces me ha dicho que le encantaría librarse de ellos y que tiene intención de hacerlo en cuanto consiga casarme con algún noble. Los dejará sin un penique, o al menos eso es lo que dice, porque entonces... ya no le serán de ninguna utilidad. Y mi madre... ella misma acaba de contarme que la ha amenazado con meterla en un manicomio en cuanto yo me case.

Puck empezaba a quedarse sin argumentos para no sospechar del padre de Regina como culpable de las desapariciones. La mayor evidencia era el modo en que trataba a su propia familia.

—¿Tu padre tiene un hangar en los muelles de Londres?

—Sí. Recuerdo perfectamente el emblema que tenía en la entrada. Hackett and Harley Company. El emblema tiene dos haches entrelazadas.

—¿Te sentirías mejor si yo me acercara mañana a echar un vistazo al lugar?

—Me siento como una hija terrible, pero sí, también me sentiría mejor si hicieras eso. Siempre y cuando pueda acompañarte.

—Te recuerdo que se supone que estás en el campo con tu madre y con tu tía. No puedes arriesgarte a que te vea nadie que pudiera reconocerte.

—Anoche me dejaste que fuera contigo —señaló con toda lógica.

—Pero estaba oscuro y no saliste del carruaje. ¿Y si tu padre estuviera en los muelles?

—No es a mí a la única a la que podría reconocer si está allí. También sabe de ti, Puck, y se preguntaría qué estabas haciendo allí.

—No me reconocerá —aseguró Puck sin pensar, y enseguida se arrepintió de haberlo dicho.

—¿Por qué estás tan seguro? Espera un momento... ¿No dijiste que tu ayuda de cámara había ido a ver a un fabricante de disfraces? ¿Vas a ponerte un disfraz? ¡Claro! ¿Y también hay uno para mí? ¡Mira cómo te sonrojas! ¡Sí que lo hay!

—Es el calor del fuego. Eso es lo que me ha derretido el cerebro y ha hecho que hablara sin pensar —añadió con resignación—. Está bien, Gaston también trajo unos cuantos disfraces para ti. Dios, la horca va a ser poco para mí. Ni siquiera Jack se atrevería a ir tan lejos.

—¿Entonces dejarás que vaya contigo? —le puso la mano en la rodilla—. Dilo, Puck. Di que me llevarás contigo.

Le agarró la mano y se la llevó a los labios.

—Quiero que sepas que comprendo cómo te sienes, Regina. He intentado imaginar lo que sentiría si secuestraran a uno de mis hermanos y sé que estaría dispuesto a todo con tal de encontrarlo. Y si alguien me lo impidiera, encontraría la manera de hacerlo de todos modos. Pero, maldita sea, Regina, yo soy un hombre y tú...

—¿Y yo, qué? ¿Estoy indefensa? ¿Soy un desastre? ¿Te voy a estorbar?

Sonrió y se agachó exageradamente como si ella fuese a pegarle.

—Puede que lo último, sí.

—Al menos eres sincero. No sé disparar, ni usar la espada y nunca he pegado a nadie, pero seguro que puedo serte útil en algo.

Puck volvió a sonreír.

—No, preciosa, no me río de ti. Me he acordado de algo que le ocurrió el año pasado a mi hermano Beau con Chelsea. Ella también quería ayudar en... en cierta situación. De pronto he comprendido por qué mi hermano estaba tan empeñado en no dejar que lo hiciera. Aunque al final resultó que mi cuñada lo hizo muy bien.

—¿Tuvo que disparar, luchar o pegar a alguien?

—No, pero el hecho de que mi hermano estuviese tan fascinado con los encantos de Chelsea como para permitir algo así no quiere decir que yo... Maldita sea, no tengo escapatoria, ¿verdad?

—No sé a qué te refieres —mintió Regina con fingida inocencia, pero la delató la alegría que había en sus ojos.

—Si te dejo venir, ¿prometes hacer todo lo que yo te ordene sin protestar, ni hacer preguntas?

Asintió de inmediato.

—¿Crees que podrás dormir?

Sus ojos eran el reflejo de su alma y Puck vio en ellos la decepción, la confusión y, que Dios los ayudara, el deseo.

Alargó la mano y se la puso en la mejilla.

—Lo sé, preciosa. Yo siento lo mismo. Una tristeza tan profunda como el océano, un vacío que me muero por llenar y que jamás había sentido. Pero es posible que sean las circunstancias, Regina. Que todo lo ocurrido en los últimos días nos haya hecho sentir ese deseo, esa sensación de que entre nosotros podría haber algo mágico.

—¿Y está mal sentir eso? —preguntó ella en un susurro.

—Sí —dijo él, acercándose—. Está muy mal. Muy, muy mal...

Estrelló la boca contra la de ella al tiempo que la estrechaba en sus brazos y la tumbaba sobre la alfombra.

La besó apasionadamente mientras empezaba a desabrochar uno a uno los botones de aquella bata blanca y virginal.

Virginal. Había maneras de hacerla suya sin que dejara de ser virgen. Podría seguir intacta para el hombre con el que se casaría algún día. Esa noche iba a enseñarle una de esas maneras.

Pero había más.

Le bajó la bata por los hombros y bajo ella apareció una fina enagua que fue fácil retirar para poder tocar su seno. Lo tomó en la mano y acarició el pezón con la yema de los dedos, bebiéndose de inmediato el gemido de placer que salió de su boca.

Era perfecta.

Fue como si floreciera con sus caricias, como si su cuerpo se abriera a él, invitándolo a ir más allá.

La sentó encima de su regazo y le levantó la bata, de modo que las dos prendas le quedaron enrolladas en la cintura. Sentía el peso de su cuerpo sobre su masculinidad, donde había tanta tensión que le dolía. Deseaba tanto estar dentro de ella, sumergirse hasta lo más profundo y sentir su calor, su humedad.

Pero no podía ser.

Regina se agarró a él con fuerza cuando él se metió el pezón en la boca y comenzó a acariciarlo con la lengua mientras bajaba una mano por su vientre, entre las piernas. Ella era un instrumento de placer, un placer que deleitaba a ambos.

Tenía la respiración acelerada, su cuerpo estaba mojado y se abría a él fácilmente. Iba a llevarla hasta lo más alto, aunque eso le hiciera perder la cabeza porque apenas podía aguantar más.

«Vamos. Así, preciosa, ábrete para mí. Disfruta. Quiero que te olvides del resto del mundo. Olvídate de todo, solo tienes que sentir».

Pero entonces ella lo apartó y se alejó de él. Se quedó sentada en el suelo, apretando las rodillas contra el pecho y mirándolo con... furia.

—¿Qué ocurre, Regina?

—¿Qué ocurre? —repitió con voz temblorosa—. ¿Es que crees que soy tonta? No, no me respondas. Sé que no crees que sea tonta. A lo mejor piensas que soy una egoísta. Mírate, dispuesto a convertirte en una especie de mártir. ¿Qué pretendes, darme lo que te he pedido con tanto descaro y ya está?

Todo para mí y nada para ti. Quieres protegerme —se secó las lágrimas con el revés de la mano—. ¿Tienes idea de cómo me hace sentir eso?

A punto estuvo de decir, «¿bien?», pero, aunque los anales de la historia estuvieran plagados de las tonterías que decían los hombres tratando de ayudar, hasta él sabía que esa no era la respuesta correcta.

No tuvo que decir nada porque ella misma respondió a su propia pregunta.

—Hace que me sienta sucia y egoísta. ¿Es eso lo que querías que sintiera, Puck?

—Por el amor de Dios, no —respondió mientras se ponía en pie y le tendía las manos para ayudarla a levantarse también—. Soy un idiota y lo siento, Regina. Será mejor que me vaya.

La vio menear la cabeza con desesperación.

—Ojalá pudiera pedirle consejo a la abuela Hackett. No imaginaba que fuera tan difícil perder la virginidad. ¿Todos los hombres sois tan estúpidos, o es solo cosa tuya, Robin Goodfellow? Has dejado claro que me deseas, ¿es así? ¿O es que has estado coqueteando conmigo solo para ser amable?

A él también le habría gustado poder pedir consejo a alguien porque de pronto estaba completamente perdido y sabía que cualquier cosa que dijera estaría mal.

—Regina...

—«Vente conmigo y pasaremos la noche entera gozando el uno del otro. Nos quitaremos las máscaras y, con ellas, nos despojaremos de cualquier inhibición. Aún no me conoces, pero muy pronto yo conoceré cada rincón de tu cuerpo, lo saborearé y descubriré tus secretos más íntimos y femeninos. Te llevaré a lugares donde nunca has estado, te tocaré...».

—Madre de Dios —Puck la interrumpió, escandalizado, y la agarró por los hombros—. Sonaba mucho más romántico en francés, ¿verdad? ¿Te has aprendido de memoria todas esas barbaridades?

—¿Barbaridades? —intentó volver a apartarse de él, pero esa vez no se lo permitió.

—Por supuesto. Todo eso se lo dije a una mujer pensando que era... una mujer de mundo y no... Maldita sea, Regina, eres virgen.

Ella se quedó inmóvil y dejó de forcejear.

—Ah. ¿Entonces qué es lo que les dices a las que somos vírgenes?

Iba a volverlo loco.

—No lo sé. Nunca me he acostado con una virgen. Sinceramente, es algo que me aterra. Ya está, ya lo he dicho. ¿Estás satisfecha?

La vio parpadear dos veces y luego... luego sonrió.

—¿Eso quiere decir que te estoy pidiendo... porque te lo estoy pidiendo, Puck, dejémoslo claro, que desflores a una virgen por primera vez en tu vida? ¿Así que, en cierto sentido, también es tu primera vez?

Puck miró a un lado y a otro.

—¿Qué haces? —le preguntó ella.

—Buscar mi dignidad. Tiene que estar por aquí, en alguna parte.

—Ay, Puck —dijo al tiempo que le echaba los brazos alrededor del cuello—. Lo siento mucho. Debe de estar con la mía.

Puck se echó a reír y, mirándola a los ojos, la levantó en brazos y la llevó a la cama.

—A ver qué podemos hacer antes de que encuentren el camino de vuelta.

Esa vez no dejó las cosas a medias, le quitó la ropa del todo y se olvidó de sus buenas intenciones. Se acariciaron, suspiraron y rieron. Sus besos lo volvieron loco de pasión y sus caricias inexpertas adquirieron práctica y seguridad en instantes.

El mundo entero habría querido estar en su lugar en ese momento de saber lo maravillosa que era Regina Hackett.

Una mujer de los pies a la cabeza. Un cuerpo que besó y exploró a fondo mientras ella disfrutaba e investigaba también.

La oyó gemir de placer y suspirar con verdadero éxtasis. Seguía los mandatos de su cuerpo y se entregaba a la intimidad sin dudarlo, aprendiendo y disfrutando de aquella libertad tan nueva para ella. Era un viaje de descubrimiento que estaba aprovechando al máximo.

Pero él también estaba aprendiendo. Él, que creía haberlo experimentado todo en el campo de las relaciones íntimas, descubrió algo completamente nuevo. Porque aquello era mucho más que simple placer físico.

Lo que estaba sintiendo era mucho más intenso. Hasta la caricia más delicada era importante. Nunca se había considerado un amante egoísta, pero jamás había sido tan esencial para él dar placer además de recibirlo. Se le alegraba el corazón cada vez que la oía gemir y se emocionaba al ver que levantaba las caderas para abrirse a él y dejarle conocer todos sus secretos. Y cuando por fin estuvo dentro de ella y rompió la barrera que les impedía convertirse en un solo ser, fue como si todo su cuerpo estallara en mil pedazos.

—Lo siento, lo siento —le dijo cuando notó que se quedaba rígida y que le clavaba las uñas en la espalda—. Pero te prometo que ahora empieza a mejorar.

—Demuéstramelo —le pidió ella—. Sé que hay más... Ah. Sí, Puck, sí, es...

Había empezado a moverse lentamente dentro de ella mientras contaba en italiano para no perder el control. Pero Regina no tardó en pedirle más, en tirar de él con desesperación y en levantar las caderas cada vez que se retiraba.

Tenía que mirarla a la cara. Quería ver sus ojos. Lo necesitaba tanto como el aire que respiraba. Apoyó las manos en los almohadones y estiró los codos para mirarla.

Pero ella se agarró a sus hombros y levantó el cuerpo para seguirlo.

Puck volvió a moverse, pero esa vez lo hizo con la mirada clavada en sus ojos, donde se reflejaba el placer que estaba sintiendo. Se zambulló una y otra vez hasta que la vio alcanzar esa explosión de alegría y de éxtasis que hacía que mereciera la pena vivir.

Y entonces Puck hizo algo que no había hecho nunca antes. Se retiró y se dejó llevar por su propio placer fuera de ella en un clímax tan intenso que por un momento creyó que iba a morir.

CAPÍTULO 11

Regina miró a su doncella en el reflejo del espejo.
—¿Nada?

Hanks hundió otra horquilla en la melena que había recogido con fuerza para después colocar la peluca negra que esperaba ya encima del tocador.

—Ni una gota, señorita, desde que llegamos aquí. Parece mentira. Solo le tiemblan las manos cuando habla de tener que volver. La pobre criatura. Se me rompe el corazón de verla así.

Resultaba muy duro oír que alguien se refiriese a su madre como «la pobre criatura», especialmente si se trataba de una criada, que se suponía debería envidiar su mejor posición social. Pero lo cierto era que, en muchos sentidos, Leticia Hackett era digna de lástima.

—Debería pasar a verla antes de irme, pero, ¿cómo podría explicarle esto? —preguntó Regina, llevándose las manos al vestido.

—De todas maneras está durmiendo —le dijo Hanks—. Estos días está durmiendo mucho. Sin embargo la pobre condesa no creo que haya pegado ojo desde que llegamos.

Regina asintió y luego hizo una mueca al sentir el pinchazo de una nueva horquilla.

—Hablé con ella esta mañana y le dije que creemos que estamos haciendo progresos. Espero que sea así. Me inquieta que se muestre tan agradecida porque en realidad no hemos hecho nada.

—Sí, señorita. Se supone que no deberíais saberlo, pero el señor Puck también habló con lady Claire esta mañana y prácticamente le prometió que lady Miranda volvería muy pronto a casa, sana y salva.

Se debió de quedar sin varios pelos al volverse bruscamente hacia atrás.

—¿Que hizo qué? ¿Cómo ha podido hacer eso?

Hanks era una mujer práctica y de poca imaginación. Se limitó a encogerse de hombros y a decir:

—Supongo que abrió la boca y dijo las palabras, señorita. Consiguió hacerla muy feliz.

—Lo que ha sido es darle falsas esperanzas —matizó Regina, indignada.

Pero la doncella volvió a encogerse de hombros.

—Entonces seguir llorando sería tener falsos temores. Aunque no sepamos nada, ¿no será mejor tener esperanza que miedo? Ya tendrá tiempo de decidirse por una de las dos cosas cuando sepamos algo. Al menos esta mañana la señora se tomó todo el desayuno, y eso no es tan malo, señorita.

Regina reculó un poco.

—No, supongo que no. ¿Cuántas horquillas más vas a clavarme, Hanks? Tengo la sensación de llevar cientos y cientos de ellas.

—Creo que ya es suficiente, señorita. Ahora tengo que averiguar cómo se pone esto —dijo, observando detenidamente la peluca—. Me parece que esto va hacia delante, ¿qué pensáis? Quedaos quieta para que pueda ponérosla.

Unos minutos y varios ajustes después, Regina estaba dispuesta para adoptar su papel de viuda de luto.

Iba vestida de negro de arriba abajo; con una falda algo

abultada para la moda del momento, con cintas negras aquí y allá y los botones de azabache. Los guantes eran unos mitones de encaje negro que le dejaban los dedos al aire. Las botas negras atadas a la rodilla no solo estaban viejas, además eran dos tallas más grandes de lo que habría necesitado. Llevaba un bolsito, también negro, y Hanks le dio una sombrilla negra con el mango de madera marrón.

—Apenas me reconozco a mí misma —concluyó Regina mientras se observaba en el espejo de cuerpo entero—. Y creo que tampoco me gustaría mucho acercarme a mí misma porque apesto a alcanfor.

—Es cierto, señorita. Es que la ropa de luto permanece mucho tiempo guardada. Aquí tenéis lo último que ha mandado el señor Puck —dijo justo antes de agarrarle la mano izquierda y ponerle un enorme anillo de oro con una esmeralda que era casi tan grande como sus nudillos.

Regina extendió la mano para admirar la joya, pero frunció el ceño.

—¿Por qué querrá que me ponga esto? Todo el mundo se fijará en ello y lo recordará. Yo desde luego lo haría.

—Me temo que vais a tener que preguntárselo al señor Puck —dijo la doncella mientras se dirigía ya hacia la puerta del dormitorio—. Os está esperando.

Regina se echó un último vistazo, agarró el pañuelo de encaje negro que Hanks le había dejado sobre el tocador y fue hasta la puerta. Pero antes de salir se detuvo a preguntarle:

—Te gusta, ¿verdad? El señor Puck, digo.

Hanks se ruborizó hasta el cuello.

—No soy tan vieja como para no reconocer la belleza —dijo suavemente—. Y siempre me dice «gracias, Hanks» cuando hago algo por él. Sabe cómo me llamo y me da las gracias.

—Y es guapo —repitió Regina, tratando de no sonreír.

—Más que la mayoría. Aunque quizá no lo esté tanto esta mañana.

Eso despertó la curiosidad de Regina, que bajó rápidamente a la sala de estar, donde lo encontró de espaldas, mirando algo que tenía en la mano.

Él también iba vestido de negro y el corte de su abrigo también era de hacía por lo menos una década, los pantalones eran demasiado holgados y las medias estaban algo amarillentas por el paso del tiempo. Vio la cinta negra en señal de duelo en su brazo izquierdo... y notó el olor a alcanfor.

—¿Estás seguro de que parecemos dos personas de duelo y no un par de cadáveres? —preguntó Regina y se quedó helada cuando lo vio darse la vuelta—. ¡Qué es eso!

Puck se llevó la mano a lo que tenía a un lado de la nariz.

—¿Esto? ¿No te gusta? ¿No crees que me da un toque de distinción?

Regina se acercó, aunque podía ver aquello de lejos sin el menor problema y lo examinó atentamente. Llevaba el pelo suelto y parecía más gris que rubio. Más de cerca, se dio cuenta de que se había echado algo en los cabellos. Tenía la piel más oscura, pero lo que más le llamó la atención fue aquella cosa.

—Es una verruga, ¿no? Ay, Puck, es horrible. Sencillamente horrible.

Él sonrió con auténtico placer. La verruga ni se movió.

—Sí, a ti te ha tocado lo mejor, el anillo. No lo pierdas, pequeña, porque ha costado por lo menos diez chelines.

Regina se miró la mano.

—¿No es de verdad?

—Es del mejor cristal que se pueda comprar con dinero —admitió—. Y es inolvidable.

Por fin lo comprendió.

—Igual que eso que tienes en la nariz.

—Exacto. La gente nos mirará y, si les preguntan por nosotros, recordarán que íbamos de luto, que tú llevabas una enorme esmeralda y que yo tenía una verruga tan grande como mi dedo pulgar. Y el ataúd, claro.

—¿También va a haber un ataúd? ¿Y quién habrá dentro?

—Nosotros, si no jugamos bien nuestras cartas. ¿Estás preparada para marcharnos? Estás preciosa con esa peluca, por cierto. El negro te sienta bien. Aunque creo que estarías maravillosa incluso sin pelo. Te besaría, pero no quiero arriesgarme a que se me caiga la verruga.

Regina meneó la cabeza, consciente de lo mucho que estaba disfrutando Puck.

—Esta mañana estaba muy nerviosa, sabes. Me preguntaba qué pasaría después de... de lo de anoche. Y ahora me pregunto por qué estaría preocupada. Haces que la vida resulte muy fácil, ¿lo sabías? Resulta imposible no participar en tus juegos.

—Este no es del todo mío, preciosa. La idea original se la debo a mi cuñada, Chelsea, que fue la primera que me hizo ver lo genial que era pasear la muerte por delante de la gente, porque su primer instinto es apartar la mirada. Algún día te contaré toda la historia.

—Estoy deseando escucharla. Ahora dime qué es lo que vamos a hacer exactamente, por favor. La verdad es que no había pensado que fuera a haber cadáver, solo nosotros dos de luto.

—Te lo contaré por el camino —dijo al tiempo que se guardaba en el bolsillo la nota que había estado leyendo—. El coche fúnebre nos espera en la puerta de atrás.

—¿El... Dios mío, Puck, a ti no te gustan las medias tintas, ¿verdad?

Le lanzó una mirada lasciva de lo más seductora, incluso con la verruga, o más bien a pesar de ella.

—Así es, señora. Así soy en todo.

Regina sintió que le ardían las mejillas mientras se dejaba llevar hacia la calle.

Pasaron junto a varios criados, todos ellos los miraron atónitos y se rieron, a la cocinera se le cayó la cuchara al suelo al verlos entrar en la cocina. Unos segundos después, Regina estaba sentada junto a Puck y al conductor del coche fúnebre, un hombre que guardaba cierto parecido con Gaston. Si Gaston hubiese tenido una barriga como un barril, claro, y una mata de pelo pelirrojo bajo el sombrero.

Regina miró el carruaje con atención.

—Me gusta el detalle de las plumas de avestruz —comentó observando el tocado de los dos caballos negros que tiraban del coche y los adornos que había en cada esquina del carruaje—. Y eso es un ataúd de verdad, ¿no es cierto? ¿Y... también hay un cadáver dentro?

Puck habló sin que su rostro adoptara expresión alguna.

—El de nuestro primo Yorick, sí.

Regina se echó a reír suavemente bajo el velo.

—¡Ay, pobre Yorick! Yo lo conocí bien.

—Me temo que no está del todo bien, pequeña. Es un error muy común. Las palabras exactas de nuestro amigo Hamlet no incluían ese «bien». ¡Ay, pobre Yorick! Yo lo conocí, Horacio ... Era un hombre sumamente gracioso y de la más fecunda imaginación. Me acuerdo que siendo yo niño me llevó miles de veces sobre sus hombros. Etcétera, etcétera. Gracias a mi madre, me sé de memoria muchos extractos de las obras de Shakespeare. Y no consigo olvidarlos.

Regina meneó la cabeza.

—Qué lástima —bromeó—. Pero dime por qué nos acompaña el primo Yorick.

—Muy sencillo. Vamos a enviarlo por barco a Minster-In-Sheppey para que lo entierren.

—¿Minster-In-Sheppey? Debe de ser un lugar precioso.

—Ni idea. Me pareció un nombre curioso. Se encuentra en la isla de Sheppey, por si te fallan los conocimientos de geografía. Allí está una de las iglesias más antiguas de Inglaterra y también un convento de monjas fundado hace más de mil años, aunque ya no está activo.

Regina lo miró, boquiabierta.

—Veo que no te has limitado a elegir un nombre a la ligera. ¿Por qué?

—Nunca se sabe cuándo pueden empezar a hacerle preguntas a uno. Una mentira convincente tiene que estar bien preparada —le dedicó una luminosa sonrisa—. Me miras como si me tuvieras un poco de miedo y estuvieras preguntándote qué clase de hombre soy.

—La verdad es que no. Eres un hombre muy inteligente, lo que me pregunto es por qué has necesitado ser tan inteligente.

Oyó la risita disimulada de Gaston.

—Eso ha sonado un poco siniestro, Gaston. ¿Tendrías la amabilidad de explicarlo?

—*Non, monsieur*, me parece que no. Prefiero mantener la boca cerrada para no correr el riesgo de que me corten la lengua, *¿oui?*

Regina miró a uno y a otro y luego al contrario.

—Os creéis muy divertidos los dos, ¿verdad?

—¿Oyes eso, Gaston? Las señorita Hackett es una persona seria. ¿No te dije que era magnífica?

—Repetidas veces, *monsieur*.

—¿Le has dicho eso? —preguntó Regina, encantada. Extraordinariamente encantada, para ser exacta.

—Claro. También le he dicho que eres inteligente, obediente y que se puede confiar en ti, y todo ello lo demostrarás mientras exploramos los muelles.

—Como un perro fiel —murmuró Regina, que de pronto ya no estaba tan encantada con el cumplido—. Muchas gracias.

—No hay de qué, señorita Claridge. Hoy serás la señorita Mariana Claridge, si alguien te pregunta. No creo que tengas que hablar con nadie, pero, una vez más, es mejor estar preparados. Sobre la obediencia; si no te importa, te dejaré en las capaces manos de Gaston mientras yo me informo sobre el traslado del primo Yorick, y no te apartarás el pañuelo de la cara, por debajo del velo. Pero siempre con los ojos bien abiertos y atenta a cualquier persona o cosa que te parezca extraña por algún motivo. ¿Podrás hacerlo?

—Creo que seré capaz, sí —dijo Regina, que cada vez sentía menos simpatía por Puck—. De lo que tengo mis dudas es de que alguno de los capitanes de mi padre esté dispuesto a subir a bordo un ataúd y a hacer una parada en la isla de Sheppey para dejarlo.

Puck seguía sonriendo y ya empezaba a resultarle molesto.

—¿No me crees capaz de convencer a alguno de sus capitanes? Me ha ofendido, señora. Es por la verruga, ¿verdad? Os espanta.

—Puck, por favor, habla en serio. Sé que intentas calmarme, pero no estaré tranquila hasta que Miranda esté en casa, así que dime en qué consiste tu plan.

Puck le agarró la mano y se la apretó suavemente.

—Está bien. Mi plan es explorar la zona y, con un poco de suerte, que me inviten a entrar a alguno de los edificios, preferiblemente el de las oficinas, y ver y oír todo lo que pueda. Eso, y hacerme con una llave si fuera posible, para poder volver en otro momento a inspeccionar el edificio tranquilamente. No lo hago mal, ¿no es cierto, Gaston?

—No lo hacéis tan bien como yo, *monsieur*, pero tampoco sois un inepto —admitió su ayuda de cámara.

—Vaya —dijo Regina, perpleja—. ¿Estoy rodeada de ladrones?

—De un ladrón reformado y de un alumno brillante, diría yo —explicó Puck mientras Gaston conducía el coche entre el denso tráfico de mercancías de las calles cercanas a los muelles.

Los tres se quedaron callados porque los gritos y el ruido generalizado del lugar habrían dificultado cualquier conversación, así que se limitaron a observar.

Los muelles de Londres eran como una ciudad independiente, igual de imponente que cuando Regina los había visitado de pequeña y todo le había parecido enorme.

Estaban lo bastante cerca como para ver los mástiles de los

barcos mercantes atados a los amarraderos del muelle o anclados en el río; había tantos que no le habría extrañado que un marinero pudiera ir de barco en barco más de un kilómetro sin mojarse los pies en ningún momento.

—Es imposible —comentó Regina mientras sentía que el alma se le caía a los pies.

—¿Qué? —le preguntó Puck acercándose a su oído.

—He dicho que es imposible. Aquí se podría esconder una manada de elefantes y no se enteraría nadie.

Podrían pasar varios años buscando a los secuestradores sin encontrar nada, a menos que su padre fuera el culpable. Regina pensó que era terrible tener que esperar que su padre fuera culpable de semejante horror.

—Encontrar una manada de elefantes no sería tan difícil, solo habría que seguir el rastro de excrementos.

Regina abandonó de golpe su ensimismamiento para mirar a Puck.

—¿Qué has dicho? —y sonrió, meneando la cabeza—. No vas a conseguir animarme, Robin Goodfellow. Nos hemos encomendado una tarea imposible.

—Todo gran viaje comienza con un primer paso —le recordó él justo antes de señalarle un enorme almacén de ladrillo que apareció en cuanto Gastón consiguió dar la vuelta a la esquina, en parte gracias a que todo el mundo abría paso al coche fúnebre—. El símbolo de este edificio tan apestoso son dos haches entrelazadas. ¿Lo ves?

Regina respiró hondo.

—Lo veo, sí.


Puck se bajó del coche fúnebre y echó a andar por el suelo adoquinado, mirando a un lado y otro bajo el ala del sombrero. Allí estaban los miembros más visibles de su pequeño ejército, preparados para actuar.

Allí estaba el fornido jefe de La Reina, interesándose por un carro lleno de cajones con carteles en español. George Porter había perdido a cinco de sus mejores mujeres por culpa de los secuestradores, por lo que no había dudado en ofrecer a Puck su ayuda y la de toda su gente. Excepto la de Queen, que seguía... convaleciente.

Puck contó tres hombres además del señor Porter, todos ellos haciendo como si no tuvieran el menor interés en lo que ocurría a su alrededor, aunque tenían esa mirada desconfiada y cautelosa de aquellos que se sirven de los puños y el ingenio para vivir. También había cuatro mujeres, prostitutas, ofreciendo sus servicios sin demasiada ambición mientras iban de un lado a otro de la calle, cualquiera de ellas tenía, como mínimo, un aspecto tan peligroso como el de los hombres.

Y luego estaban los sombrereros. Eran mucho menos imponentes, pero mucho más reconocibles por los impecables sombreros que lucían a pesar de que su ropa era modesta. El bisabuelo de Miranda debía de tener al menos noventa años y estaba sordo como una tapia. Puck había ido a visitarlo a su casa de Picadilly, una vivienda diminuta pero bien equipada; había tenido que contárselo todo a gritos a través de una trompetilla de latón, pero en cuanto había oído sus palabras, el hombre había reaccionado rápidamente.

Y por último, de pie junto a la entrada del estrecho callejón que separaba dos enormes edificios de ladrillo, estaba Dickie Carstairs con una camisa de marinero a rayas rojas y blancas y un ridículo sombrero de paja en la cabeza. Jack tenía un extraño sentido del humor.

Jack también estaba, Puck no tenía la menor duda, aunque tampoco la tenía de que no lo vería en ningún momento. Pero era reconfortante saber que no sería Dickie Carstairs el que lo defendiera si se torcía aquella pequeña aventura.

La idea le llenaba el corazón de ternura y se sintió orgulloso de su extravagante tropa.

—¡Chss! ¿A qué esperas?

Puck levantó la mirada hasta Regina, que ya tenía el pañuelo tapándole la cara, bajo el grueso velo negro.

—Se llama examinar el terreno, preciosa. Tengo entendido que es lo que hacen todos los buenos estrategas. Ahora compórtate.

—Pero —comenzó a decir, pero no continuó porque, que Dios la bendijera, era una muchacha obediente, y porque él ya se había alejado de ella.

Después de preguntar a varias personas, Puck llamó a la pequeña puerta que había en los enormes portones correderos del edificio de ladrillo. Dio un paso atrás y se levantó ligeramente el sombrero al oír que se acercaban a abrir. Pronto apareció un hombre con gesto ofendido.

—Vaya —comenzó a decir Puck con nerviosismo—, parece que os interrumpido, caballero. Mis más sinceras disculpas. Supongo que seréis Silas Lamott. Mi nombre es Aloysius Claridge. Me han dicho que es con vos con quien debo tratar del delicado asunto que me ha traído hasta aquí. ¿Sería posible que habláramos en un lugar más tranquilo, señor Lamott?

Silas Lamott miró de arriba abajo a Puck, tomando buena nota de la ropa de luto antes de echar la vista a su espalda y fijarse en el coche fúnebre que tanto llamaba la atención en medio de la actividad del muelle.

—¿Tenéis alguien ahí, o venís a buscarlo?

Puck agradeció el sentido del humor con una pequeña carcajada.

—Muy bueno, señor Lamott. Me temo que se trata de lo primero. Aunque pretendo... liberarme de ello —se volvió a mirar el coche y saludó con la mano a Regina, que repitió el gesto de manera titubeante—. Sin que mi hermana escuche nada, os lo ruego.

Lamott se encogió de hombros antes de darse media vuelta y hacer pasar a Puck, que lo siguió al interior de lo que a primera vista parecía una cueva oscura a pesar de los cinco pisos de altura. El lugar estaba lleno hasta el techo de cajones y objetos envueltos con las formas más extrañas. Las únicas ventanas que había estaban situadas casi en lo más alto de esos cinco pisos, alineadas justo debajo del techo, lo que permitía apilar la mercancía contra las paredes, y la única puerta a la calle era, aparentemente, por la que acababan de entrar.

Observando con más detalle, pudo comprobar que no todo el lugar estaba dedicado al almacenamiento. Había espacios laterales con sus propias puertas, como el despacho al que le llevó el señor Lamott, situado a la derecha de una escalera de al menos cien escalones que conducía a una estructura suspendida a más de diez metros de altura desde el suelo de ladrillo.

Puck se detuvo en seco y señaló hacia arriba.

—¡Por el amor de Dios, señor Lamott! ¿Qué es eso? ¿Una casa flotando en el aire? Qué curioso. No me digáis que habéis tenido que bajar todos esos escalones para acudir a abrirme la puerta. Reitero mis disculpas.

Lo que era realmente curioso era que todo el mundo respondiera a Puck, y el señor Lamott no fue una excepción. Puck siempre mostraba interés en lo que le contaban, ese era el truco. A la gente le gustaba hablar, especialmente si era de ellos mismos y de las dificultades a las que debían hacer frente.

Ni siquiera la verruga echó atrás al señor Lamott; de hecho, parecía fascinado por ella. Puck se la rozó ligeramente para asegurarse de que no se le estaba cayendo, pues allí hacía bastante calor y la verruga no era más que cera.

—No, no, tengo el despacho aquí abajo —para demostrárselo, sacó la misma llave con la que había abierto la puerta de la calle y abrió la del despacho—. Y no es una casa, señor Claridge. Eso de ahí arriba es para los propietarios. Son como pequeños dioses que nos observan para comprobar si trabajamos o si robamos. Aunque, según he oído, el dinero está ahí arriba.

Yo nunca he estado. No ha estado nadie, ahora que lo pienso. Además, el trabajo de verdad está aquí abajo.

Puck echó un vistazo al interior del diminuto despacho antes de entrar.

—Desde luego, ya lo veo —dijo, fijándose bien qué hacía el señor Lamott con las llaves.

Dejó el enorme llavero sobre un montón de documentos que había en la mesa. Muy cómodo. Pero no podía llevárselo todo porque se darían cuenta enseguida. Solo necesitaba la llave del despacho, que era la más larga y la única negra.

No era una misión sencilla, pero tampoco nada que pudiera acobardar a un alumno del gran Gaston. Gracias a las enseñanzas de su ayuda de cámara, Puck había aprendido a hacer desaparecer cosas más voluminosas que una simple llave; el ejemplo más ilustrativo era la correspondencia privada entre el *comtè* Maurice Angoulvant, que aún debía de estar preguntándose cómo habían podido desaparecer de su caja fuerte las cartas que había recibido de su amante para llegar envueltas como un regalo a manos de su esposa, que por cierto necesitaba que la perdonara de sus propios escarceos amorosos al margen del matrimonio. Sin duda había sido una solución mucho menos problemática que el que la dama confesara entre lágrimas su *affaire* con el *beau bâtard Anglais*. Al *comtè* no se le había ocurrido pensar que alguien pudiera haber leído su correspondencia con un anarquista austriaco antes de llevarse las cartas de su amante de la misma caja fuerte... no se le había ocurrido hasta que habían ido a arrestarlo.

Puck acercó la mano a las llaves, pero pasó de largo y agarró una pequeña talla de madera negra de factura bastante mediocre.

—¡Qué pieza tan extraordinaria, señor Lamott! ¿Es africana? ¿Habéis estado en el Continente Negro? Sí, claro que habéis estado. Debéis de haber visitado muchos puertos exóticos. ¡No sabéis cuánto envidia vuestras aventuras un pobre banquero como yo, siempre atrapado en la ciudad! Tenéis que contarme cómo conseguisteis tan magnífico objeto.

Silas Lamott se sonrojó como un niño mientras veía admirar la talla a sus visitante.

—Hace ya mucho tiempo de eso, señor Claridge, fue cuando aún capitaneaba uno de los barcos. Pero ya no paramos en puertos africanos desde que cambiaron las leyes.

—Ah, sí —dijo Puck mientras volvía a dejar la estatuilla en su lugar, tras lo cual retiró la mano con tal torpeza que a punto estuvo de tirar una taza con restos de café—. ¡Vaya! Casi armo una buena. Perdonadme, señor.

Ya tenía el llavero en el bolsillo y en un segundo había sacado la llave del despacho de la anilla.

El señor Lamott colocó la taza y levantó la talla, que había quedado tumbada, y luego, con ayuda de Puck, puso recto el montón de papeles que había empezado a inclinarse con el golpe.

El llavero volvía a estar a la vista, como si por un momento hubiese quedado bajo los papeles.

—No os preocupéis, señor Claridge. La culpa es mía por tener semejante desorden. Estamos preparando seis barcos que deben zarpar en los próximos días y otros cinco que acaban de arribar y aún hay que descargar. Todo el astillero es una locura.

—Y yo aquí haciendo que perdáis un tiempo que no tenéis con un asunto sin importancia. Mil disculpas, señor Lamott. Permitidme entonces que vaya al grano. Tengo un problema que creo que podríamos resolver juntos vos y yo. ¿Habéis visto el coche fúnebre y a mi hermana?

Lamott lo miró fijamente.

—Nosotros no transportamos cadáveres, si es eso lo que queréis. Dan mala suerte llevarlos a bordo.

Puck esbozó una enorme sonrisa.

—Tampoco dan muy buena suerte en tierra. Sobre todo

esto. El primo Yorick era un suplicio en vida y está resultándolo ser también muerto. Se ahorcó después de una mala racha con las cartas, por lo que en la iglesia de aquí no nos dejan enterrarlo junto a la gente de bien. El vicario se muestra inflexible.

Lamott asintió impetuosamente.

—Así debe ser. No estaría bien que descansase entre la buena gente. ¿Y no pueden dejarlo al otro lado del muro del cementerio?

—Podríamos, pero mi hermana no quiere ni oír hablar de ello. Insiste en darle un entierro como Dios manda. Ya la habéis visto ahí fuera; no se fía de mí. Ya no sé qué hacer, señor Lamott, pero no imagináis lo insistente que puede llegar a ser mi hermana. Imaginaos que ha insistido en acompañarme hasta aquí, que, como vos y yo sabemos, no es lugar para una señorita —suspiró como solo sabían hacerlo los banqueros, normalmente cuando negaban una solicitud de préstamo—. Las mujeres solo sirven para una cosa, señor Lamott, y no es algo que hagan sentadas, no sé si me entiende —se llevó la mano al bolsillo interior del abrigo y sacó una pequeña petaca de plata—. ¿Tenéis un par de vasos, Silas? Ha sido una mañana muy dura. No es la primera compañía por la que paso, pero espero que sea la última, pues veo que sois un hombre de negocios razonable.

El señor Lamott metió la mano derecha bajo la mesa para sacarla enseguida con dos vasos bajos en los que había metido dos dedos que no parecían precisamente limpios.

—Brindaremos por que se resuelva vuestro problema, señor Claridge.

—Aloysius, por favor —dijo mientras llenaba los dos vasos de buen coñac—. Tengo a mi maldito primo metido en hielo ahí fuera y mi hermana se niega a ceder. Necesito un amigo, Silas, y estoy dispuesto a pagar. Generosamente.

Dejó en la mesa una bolsita pequeña pero pesada.

Lamott alargó la mano, pero se detuvo antes de agarrar el monedero.

—No puedo ordenar que un barco se detenga en un puerto no incluido en el itinerario que le ha sido asignado. Lo siento, señor Claridge.

—No, no, soy yo el que lo siente —protestó Puck, acercándole un poco más el monedero—. He convencido a mi hermana de que podemos enterrar a Yorick en el terreno de una antigua iglesia de la isla de Sheppey, ya lo tengo todo organizado y mi hermana me ha dado permiso para trasladar el cuerpo. ¿Conocéis el lugar?

Lamott asintió sin apartar los ojos del monedero.

—Está bastante cerca, pero aun así, no puedo dar la orden. Lo siento.

—Vuestra lealtad es digna de alabanza. Sin embargo la historia que le he contado a mi hermana no merece tanto respeto. Lo cierto es que no tengo la menor idea de si enterrarán a Yorick en esa isla, no lo preguntado y, francamente, no me importa. Me basta con que ella crea que es así. Lo único que necesito, Silas, es que mi hermana vea que el ataúd sube a bordo de un de esos barcos y sale de puerto. Lo que ordenéis a los hombres que hagan con él una vez que estén en alta mar, es cosa vuestra.

—Yo... tendría que convencer al capitán —dijo Lamott, mirando todavía la bolsita.

Puck sacó un segundo monedero.

—¿Mejor así? —le preguntó.

—Mucho mejor —las dos bolsitas desaparecieron con tal rapidez que Puck se preguntó si Lamott no habría estudiado con algún otro Gaston—. El Gemini partirá en cuanto cambie la marea, pero todavía hay tiempo de subir el ataúd a bordo. Tengo que sacarlo de ahí cuanto antes para dejar espacio al *Pride and the Prize* del señor Hackett, que hay que cargar en los próximos dos días. Siempre es especial que el *Pride and the*

*Prize* esté en el muelle, puesto que solo navega dos veces al año. Cuenta con su propia tripulación y hasta lo cargan de noche —Lamott se inclinó hacia delante, al tiempo que Puck hacía lo mismo, consciente de que iba a confesarle algo—. Creo que sabemos por qué.

—¿Por qué? —le preguntó, tratando de abrir los ojos de par en par—. ¿Acaso están haciendo algo... ilegal? A lo mejor me he apresurado. No quiero verme envuelto en nada ilegal, Silas. Ya tengo bastante con mentir a mi hermana. Ya os he dicho que soy banquero, tengo una reputación que cuidar —extendió la mano encima de la mesa—. Si fuerais tan amable de devolverme los monederos...

—¿Qué? —Lamott estaba horrorizado, pues sin duda había empezado ya a hacer la lista de lo que haría con tan inesperadas ganancias (que incluían la mitad de lo que le correspondía al capitán)—. No, no, no, señor Claridge. Me ha entendido mal. El señor Hackett y el señor Harley no están metidos en nada ilegal. Lo que ocurre es que se trata de una carga de gran valor, eso es todo. Nadie puede subir a bordo. El señor Hackett es un hombre muy importante. Está casado con la hija de un conde y tengo entendido que tiene la vista puesta en un duque para su hija. Seguro que tiene dinero de sobra para comprarle dos duques.

—Bueno, no hay nada de malo en ser ambicioso. De acuerdo, Silas. Acepto vuestra palabra —Puck se puso en pie después de llenar de nuevo el vaso de Lamott. Con un poco de suerte, el hombre se pasaría la tarde durmiendo, sin darse cuenta de que la llave había desaparecido y luego pasaría el resto del día buscándola—. ¿Os parece que hagamos todos los preparativos para el último viaje del primo Yorick?

—¿Y su encuentro con los peces? —bromeó Lamott, que ya parecía estar más contento que hacía unos minutos.

Puck se detuvo en la puerta del despacho y levantó la mirada de nuevo hasta aquella extraña estructura flotante. Era difícil calcular el tamaño desde tan lejos, pero parecía lo bastante grande. Si a uno no le importaba mucho la comodidad, seguramente pudiera albergar a dos docenas de mujeres y a sus captores. Pero tendrían que estar atadas y amordazadas para que los trabajadores no las oyeran desde abajo.

Que Dios se apiadara de ellos si realmente tenían a Miranda, o a cualquier otra mujer, encerrada en un agujero oscuro a merced de unos hombres sin escrúpulos.

Puck dio la espalda a algo que podría no ser nada, pero también podría ser la respuesta que estaban buscando, y salió del edificio, cegado por la luz del sol.

—Problemas —oyó cuando aún se estaba protegiendo los ojos de la luz, pero no contestó al mendigo que le tendía la mano para pedirle una moneda—. Dos edificios más abajo, en este mismo muelle. Hay tres mujeres muertas. Trae a Regina.

—¡Apártate de mí, apestoso! —exclamó Puck, levantándole la mano a Jack, cuya composición de un mendigo encorvado era una verdadera obra de arte—. Silas, ¿no podéis evitar que esta agente se acerque a vuestro lugar de trabajo?

Silas se acercó al mendigo con gesto amenazante, pero Jack no tardó en desaparecer entre la gente que iba y venía por el muelle.

—Olvidadlo —dijo Puck, impaciente por acabar con aquello y marcharse de allí.

«Hay tres mujeres muertas. Trae a Regina».

«Para identificar el cadáver de su prima. ¿Para qué si no iba a querer que llevara a Regina?».

Gaston vio acercarse a su señor y bajó de un salto del coche para abrir la puerta del coche fúnebre mientras Silas Lamott ordenaba que fueran varios estibadores.

—Pediré que recen una oración por él antes de...

—Sí, sí, muchas gracias, Silas. Sois un buen cristiano —dijo Puck, dándole una palmadita en la espalda—. Cochero, quiero que mi hermana salga de aquí cuanto antes.

Pucks volvió a ocupar su asiento junto a Regina, que parecía preocupada por algo.

—Misión cumplida, preciosa. ¿A qué viene esa cara?

—Ni siquiera me has presentado —protestó ella—. Tenía un discurso preparado. Iba a hablarle del verano que Yorick y yo fuimos a navegar, cuando se volcó la barca y él tuvo que salvarme. Incluso iba a llorar un poco. Pero he tenido que quedarme aquí mientras tú te divertías. ¿Te parece justo?

Dios, la habría besado allí mismo. ¡Era genial! Pero no era el momento.

—Gaston, da la vuelta a esta cosa y ve hacia el sur por los muelles. Tenemos que detenernos dos hangares más abajo e ir caminando hasta el muelle.

—¿Qué ocurre, Puck? ¿Qué ha pasado ahí dentro?

—Ahí dentro, nada —le agarró una mano entre las suyas y se la apretó—. Tienes que ser fuerte, preciosa. Jack acaba de decirme que han descubierto algo.

—¿Jack? ¿Cómo? He estado observándote todo el tiempo y no se te ha acercado nadie excepto ese sucio... ¡Madre mía! Está claro que lleváis el teatro en la sangre. ¿Qué es lo que han descubierto?

Puck giró la cabeza para comprobar que su pequeño ejército iba tras ellos. Era una lástima no haber podido enseñarles un par de cosas sobre la importancia de la discreción. Pero allí estaban todos: rufianes, prostitutas, sombrereros y el inútil de Dickie Carstairs en la retaguardia con su camisa a rayas. Era todo un desfile.

—Tienes que ser valiente, Regina. Tienes que escucharme sin reaccionar para demostrarle a Jack que no serás un obstáculo. ¿Comprendes?

—¿Qué es lo que han descubierto, Puck? —insistió en voz baja—. ¿Han encontrado a Miranda? ¿Es eso lo que intentas decirme? ¿La han encontrado? ¿Está... muerta?

—Han encontrado tres cuerpos. No sabemos si alguno de

ellos es el de Miranda. No sabemos nada. Puedo llevarte a Grosvenor Square. No tienes por qué hacerlo.

Regina lo miró con los ojos brillantes por las lágrimas que no había derramado.

—Claro que tengo que hacerlo. Tendré que decirte si alguno de esos cuerpos es el de mi prima. Dios, Puck, ¿no podemos ir más aprisa?

CAPÍTULO 12

En otro tiempo Regina se había considerado víctima de las circunstancias. Esas circunstancias habían sido la ambición de su padre de querer hacerse un hueco en la sociedad y la codicia de su abuelo, que lo había llevado a vender a su única hija. Era como si su nacimiento hubiera sido parte de un plan. A Regina le indignaba que fuera así.

Miranda había nacido en parecidas circunstancias. Su padre había vendido su título a cambio de un precio que incluía a la hija de un sombrerero y el propósito de esa hija era tener hijos que pudieran generar nuevos ingresos de fondos. Y, a su manera, Miranda también había lamentado dichas circunstancias.

Ninguna de las dos deseaba que las viesen como monedas de cambio que sus padres podían vender a un noble a cambio de dinero, en el caso de Regina, y, en el de Miranda, a un millonario a cambio de un título.

Las dos eran poco menos que una mercancía con corazón.

Y sin decisión.

Ambas sabían que llegaría el día en que las personas que manejaban sus vidas señalarían a algún lugar y les dirían: «Eso es lo que queremos para ti, y tú no tienes voz en esta decisión».

Regina era consciente de que se había escondido en los libros y en la rabia para negar lo inevitable. Miranda había actuado de una manera más abierta, llevando a cabo distintas artimañas absurdas con las que atormentar a sus padres.

Pero ninguna de las dos habría pensado jamás que podrían acabar muertas.

De pronto se oyó un golpe en el cristal que había detrás del asiento del cochero en el que iban los tres y, al darse la vuelta, Regina se encontró con el rostro de Jack. La saludó con un ligero movimiento de cabeza mientras se arrancaba la barba del disfraz de mendigo.

—¿Cómo...?

Puck abrió la pequeña puerta de cristal que separaba la zona de los vivos con la de los recién fallecidos, que obviamente no necesitaban un picaporte en su lado del cristal.

—¿Es que no podías pagarte un taxi? —le preguntó a su hermano.

—Al ver que dejabais el ataúd, pensé que había espacio para otro pasajero. ¿Se lo has dicho?

—Le he contado lo poco que me has dicho, sí. ¿Hay algo más?

—Sí —había empezado a quitarse la chaqueta y a desabrocharse la camisa—. Si queréis ahorraros el sonrojo a vos y a mí, sería mejor que os dierais la vuelta.

Regina lo hizo rápidamente, pues parecía que se disponía a quitarse los pantalones.

—Has conseguido todo un séquito, hermano —comentó Jack—. Suele costarme hacer cumplidos, pero debo decir que estás empezando a impresionarme.

—Recordaré esas palabras hasta que esté viejo y decrépito —respondió Puck haciéndole un guiño a Regina, que estaba sumida en el miedo y la frustración—. ¿Soy demasiado optimista al pensar que habrás traído más ropa?

—Te hago cumplidos y, a cambio, tú me subestimas. Está

bien, hermano, si es así cómo quieres que sean las cosas... Dile a tu hombre que gire en la próxima esquina. Me temo que vamos a encontrarnos con la multitud.

—¿Va a decirnos lo que sabe, o no? —explotó de pronto Regina, que empezaba a tener ganas de matarlos a los dos.

—¿Jack?

—De acuerdo. Me gustaría saber algo más y que no tuvieras que estar aquí, Regina. Parece ser que anoche uno de los guardacostas vio una pequeña embarcación en la oscuridad, sin ningún tipo de farol, y le pareció sospechoso. Se acercó y les dio el alto para que se sometieran a una inspección de rutina, pero antes de llegar a ellos, oyó caer algo al agua. No encontró nada extraño en la embarcación por lo que nuestro intrépido guardacostas la dejó marchar.

—Sigue —le ordenó Puck a la más mínima pausa.

—Creo que ya os imagináis lo que viene a continuación y os pido disculpas de antemano, porque no hay una manera sencilla de decirlo. Hace menos de dos horas ha subido un bulto a la superficie y alguien ha tropezado con ello mientras remaba. Eran tres mujeres, encadenadas, amordazadas y atadas juntas, como los barriles de ron que tiran los contrabandistas al agua cuando ven que se acercan los agentes. Pero en este caso, no podrían recuperar el botín.

Regina se apartó el velo, se echó hacia delante lo más rápido posible y vomitó el desayuno mientras Puck la agarraba para que no se cayera al suelo.

—¿Dónde estás ahora los cuerpos? —preguntó Puck después de darle su pañuelo a Regina.

—En el muelle aún. Seguro que todos los implicados se alegrarán de ver aparecer un coche fúnebre. Deja que yo me encargue de todo, Puck; podemos llevarnos los cuerpos y examinarlos en otra parte. Supongo que no querrás que Regina los vea tal y como están ahora.

—¡No! —se apresuró a decir Regina y luego se esforzó en

controlarse—. No puedo esperar hasta que os parezca el momento adecuado. Necesito ver a esas mujeres inmediatamente. ¡Tengo que saberlo ya!

Miró hacia delante, donde había una multitud de gente que, al ver el coche fúnebre, le dejaron paso respetuosamente.

Gaston, que llevaba todo ese tiempo callado como la mismísima muerte, empezó a gritar a los que no se habían apartado todavía. Pero ni siquiera él fue capaz de despejar la zona lo suficiente para que el coche pudiera llegar hasta el lugar donde sin duda estaban los cuerpos. La muerte atraía mucho más público cuando era algo macabro que cuando se trataba de algo más mundano.

—Está bien —dijo Jack—. Seguidme.

—Me parece que no tenemos otra opción —convino Puck mirando a Regina, que se esforzaba en parecer menos aterrada de lo que lo estaba—. Vamos a ser optimistas, preciosa. Está claro que no hay buenas noticias, pero tampoco tienen por qué ser las peores.

Se abrieron las puertas del compartimento del ataúd y salió de él un cuerpo con vida que seguramente sorprendió a todos los presentes.

Puck estaba ayudando a Regina a bajar del coche y comprobando que el velo estaba en su lugar, cuando volvió a aparecer Jack, esa vez vestido como los famosos Runners de Bow Street, a los que también llamaban Petirrojos por los chalecos rojos del uniforme.

Regina empezaba a comprender la manera de actuar de los dos hermanos. La gente recordaría un anillo con una esmeralda enorme, una verruga repulsiva y un chaleco rojo, y se olvidarían de todo lo demás. ¿Dónde habrían aprendido esas estrategias tan engañosas?

Puck respondió a la pregunta que ella no había llegado a hacer.

—Está claro que somos hijos de nuestra madre —comentó

con cierto orgullo—. Mientras otros niños jugaban a policías, nosotros nos disfrazábamos y participábamos en las obras de teatro de mamá. Jack, ¿no crees que quizá disfrutamos de ello demasiado?

—El drama es el lazo en el que atraparé la conciencia —dijo Jack citando a Hamlet antes de sacar una porra con la que enseguida consiguió abrir paso.

Puck y Regina lo siguieron... junto a varios miembros del variopinto ejército de Puck.

Regina lo agarró de la mano y se aferró a ella.

—¿Ha citado a Shakespeare? Pero ese verso era de Hamlet, se refiere a su plan para desenmascara la culpabilidad de su tío representando una obra que él mismo escribirá solo para ver si su tío reacciona.

—Así es. Si nuestras sospechas se confirman y tenemos suerte, en algún momento veremos reaccionar al rey Claudio.

—Veremos reaccionar a mi padre —matizó Regina en voz baja, odiándose a sí misma por estar dispuesta a creer que su padre fuera el culpable. No, era más que eso. En realidad esperaba que fuera el culpable y así poder salvar a Miranda—. No estamos lejos de su hangar, ¿verdad? Sus barcos no están lejos de donde tiraron los cuerpos.

—No pienses ahora en eso, Regina. No quiero que hagas lo que vas a hacer, pero no puedo impedírtelo. Supongo que eres consciente de que lo que vas a ver no es nada agradable.

Regina asintió mientras intentaba controlar las náuseas.

Por fin llegaron al lugar alrededor del que se habían congregado tantos curiosos. Una lona extendida en el suelo albergaba los tres cuerpos que habían sacado del agua.

—Dios mío, apiádate de ellos —susurró Regina nada más verlos.

Aquellas mujeres no habían tenido una muerte tranquila e incluso ahora parecían inquietas; con las extremidades colocadas de maneras imposibles. Estaban encadenadas las unas a las otras por las muñecas, con unas cadenas que habrían bastado para sumergirlas e impedirles volver a la superficie.

Casi parecía que sonreían, pero entonces se hacía evidente que las mordazas habían hecho que quedaran con tan extraña expresión.

La ropa estaba empapada y sus pies, descalzos.

Eran las tres más o menos de la misma altura. Las tres rubias.

Regina sabía que debía acercarse un poco más, e incluso agacharse junto a los cuerpos, para poder comprobar si alguna de ellas era Miranda. Pero sus pies se negaban a moverse.

De repente la empujaron. Un hombre fornido la echó a un lado y fue directo a los cuerpos, seguido por otros tres hombres y cuatro mujeres. Regina los reconoció a todos porque los había visto cerca del edificio de ladrillos de su padre mientras esperaba a Puck.

El hombre se inclinó junto a los cuerpos y, con aire de hombre de negocios, llamó a una de las mujeres para que hiciera lo mismo.

La muchacha estiró el cuello para ver bien y entonces soltó un grito desolador.

—Quédate aquí con ella, Puck —ordenó Jack antes de ir junto al hombre y su séquito.

Los hombres empezaron a envolver los cuerpos en la lona.

—¿Qué ocurre, Puck?

—Parece que mi nuevo amigo, el señor Porter, ha identificado los cuerpos y quiere llevárselos. Ninguna de esas mujeres es Miranda, cariño. Tu prima no está aquí.

Regina notó que se le aflojaban las rodillas, así que se abrazó a Puck, que inmediatamente se la llevó de allí mientras los hombres de Porter retiraban los cuerpos y las cuatro mujeres lloraban desconsoladamente.

Los siguientes eran los sombrereros, todos ellos con los bombines contra el estómago en señal de respeto.

—Van a utilizar el coche fúnebre —les informó Jack al volver junto a ellos—. Y a tu ayuda de cámara, para que los lleve adonde necesiten. ¿Os parece bien? Si es así, tengo un coche cerrado en la siguiente calle, adonde os sugiero que os retiréis con discreción y cierta premura. A menos que me equivoque, cosa que no suele ocurrir, el señor Reginald Hackett acaba de bajarse de un carruaje y viene hacia aquí. Como mostrabais tener interés en él, yo he hecho lo mismo. Os veré en Grosvenor Square.

Regina no miró atrás, no se atrevió a hacerlo. Pero por el modo en que Puck la agarró de la cintura y la obligó a andar, tuvo la certeza de que Jack no se había equivocado.

Entonces apareció de ninguna parte un marinero con dos capas de color gris, le echó una sobre los hombros a Puck y la otra se la colocó delicadamente a Regina.

—El coche está al final de ese callejón, en la siguiente calle. Me alegro de volver a veros, señor Blackthorn, si no fuera por eso que tiene en la cara. Buenos días, señorita.

—Gracias, Dickie —respondió Puck—. Yo también me alegro de veros y, si me permitís que os lo diga, esas rayas os favorecen mucho.

—De eso nada. Pero tenía que llamar la atención para que nadie se fijara en Henry y en Jack, no sé si me comprendéis.

—Claro que sí —le dijo Puck con admiración y luego se llevó a Regina hacia el callejón, dejándolo allí, llamando la atención—. Ya casi estamos, preciosa. ¿O quieres que te lleve en brazos?

—No, no, puedo llegar sola. Estoy bien —le prometió y cumplió la promesa mientras recorrían el estrecho callejón que separaba otros dos enormes edificios de ladrillo y Puck se volvía a mirar a su espalda cada dos pasos.

Pero cuando por fin estuvieron dentro del carruaje, Regina

rompió a llorar... y por un momento pensó que no podría parar nunca.

Puck había experimentado muchas sensaciones en el tiempo nada desdeñable que llevaba en la tierra, pero jamás se había sentido tan impotente como mientras miraba el cuerpo de una mujer desesperada que había resuelto su problema de la única manera que podía.

No le gustaba nada sentirse así, ni quería volver a hacerlo.

Palpó la llave negra mientras se preguntaba si sería la clave que les daría la respuesta a todas sus preguntas y cómo afectarían dichas respuestas a Regina.

—¿Señor Blackthorn?

Puck se encontró con lady Claire al darse la vuelta. La dama había entrado en su despacho y lo miraba con evidente impaciencia.

—Milady —la saludó con una inclinación.

—Acabo de hablar con mi sobrina y me ha dicho que han hecho algunos progresos. ¿Es cierto, señor Blackthorn?

—Eso esperamos, sí —respondió Puck al tiempo que hacía un gesto para invitarla a que tomara asiento.

Pero por lo visto la dama prefería seguir de pie.

—Esas pobres mujeres. Regina no quería contármelo, pero al ver lo afectada que estaba, he insistido. No quiero ni imaginar el terror que habrán sentido cuando las obligaron a colocarse al borde del barco... y luego vieron cómo las tragaba el agua. Voy a tener pesadillas durante semanas, quizá para siempre. Es inconcebible que alguien pueda ser tan cruel.

—Se trata de hombres sin conciencia, milady. Pero, como ya os dije, vuestra hija tiene más valor para ellos que cualquiera de las demás que han conseguido secuestrar. Seguro que tienen un cuidado especial con ella. No obstante, tenéis que estar preparada para verla muy frágil cuando vuelva.

—¿Lo decís como si realmente estuvieseis seguro de que va a volver? —lady Claire sonrió lánguidamente—. Yo quiero tener esperanza, pero cada vez me resulta más difícil. Según pasan los días, me doy cuenta de que me gustaría poder creer lo que dice mi cuñado y que Miranda está camino de Gretna con algún pretendiente poco recomendable del que cree haberse enamorado. Sé que está pasando algo terrible en Londres y valoro mucho el esfuerzo que estáis haciendo, pero me parece que mi sobrina no debería implicarse más. Se deja llevar por la determinación y el miedo, y me temo que también algo de culpa. Tengo que portarme como una buena tía y negarme a que siga participando en la investigación. Por mucho que lo haga por mi hija.

Puck apretó la llave hasta que le dolió la palma de la mano.

—No sabéis cuánto lamento todo lo que ha ocurrido hoy. Pero vuestra sobrina es una joven muy fuerte y más valiente de lo que imagináis.

Lady Claire miró a Puck durante un largo rato antes de asentir y apartar la vista.

—Regina está convencida de que su padre tiene algo que ver en lo sucedido. ¿Es posible que sea cierto?

Puck no respondió de inmediato. Lady Claire estaba desesperada; su única hija había desaparecido, su sobrina le había hablado de las mujeres ahogadas y de la posible implicación de Reginald Hackett. ¿Qué sería capaz de hacer una madre si creía que podía llegar a su hija a través de un hombre? ¿Qué cosas se atrevería a hacer en nombre de su hija?

—Quizá haya llegado el momento de que lady Leticia y vos vayan de verdad a Mentmore —se aventuró a sugerir por fin—. Dudo que nadie pudiera convencer a Regina de que las acompañara, pero creo que en vuestra situación, milady, agradeceríais contar con el consuelo de la familia. Puede que Regina aceptara si vos se lo propusieseis.

Lady Claire volvió a mirarlo. En su rostro se adivinaba la desesperación de una mujer a punto de caer al vacío.

—Creéis que soy capaz de ir a buscarlo y enfrentarme a él, ¿verdad? No soy tan valiente, señor Blackthorn. Ojalá lo fuese, ojalá mi esposo tuviera el valor necesario para enfrentarse a él. Solo quiero saber vuestra opinión. Os lo ruego.

—En tal caso, sí, milady, creo que es posible que tenga algo que ver. Pero debo añadir que también cabe la posibilidad de que solo nos estemos agarrando a un clavo ardiendo para convencernos de que vamos en la dirección correcta. Porque si no fuera así...

—Si no fuera así, quizá no encontráramos nunca a Miranda —lady Claire terminó la frase por él—. Tengo el corazón roto por mi hija y estoy preocupada por mi sobrina. Supongo que soy una egoísta porque no quiero que se desentienda de todo esto si cabe la posibilidad que os sea de alguna ayuda. Pero os ruego que la protejáis y cuidéis de ella. Pase lo que pase con Miranda, sé que sois un buen hombre.

Puck ofreció su brazo a la dama y la acompañó hasta la puerta del despacho, donde se inclinó para darle un beso en la mejilla.

—Gracias, milady. Recemos para que tengáis motivos para confiar en mí.

Fue con ella hasta la escalera y desde allí la observó mientras subía con destino a la soledad del dormitorio. Después, él volvió a su despacho.

Necesitaba una copa. Quizá varias. Esperaba que el alcohol borrase de su mente la idea de que quizá estaba jugando a ser Dios con la vida de otras personas, con sus esperanzas y sus temores. No era más que un hombre y un hombre que estaba muy lejos de ser perfecto. Si fracasaba, Miranda y muchas otras morirían. Si fracasaba, lady Claire quedaría destrozada. Si fracasaba, Regina no podría volver a mirarlo a la cara sin recordar dicho fracaso y él tampoco sería capaz de olvidarlo nunca.

En cualquier caso, fracasara o no, acabaría perdiendo a Regina para siempre. Había acudido a él en busca de ayuda, de consuelo, y él le había dado pasión, una manera de olvidar, aunque solo fuera por un momento, el horror de lo que estaba ocurriendo en la ciudad y, sobre todo, a su prima.

Después de que encontraran a Miranda, viva o muerta, ya no tendría ninguna excusa para ver a Regina y tendría que marcharse.

Mientras llenaba el vaso, Puck pensó que, si Reginald Hackett era el culpable de lo ocurrido, no podría alejarse de Regina. Y, aunque no lo fuera, seguía siendo una persona despreciable. ¿Cómo podría abandonar a Regina sabiéndolo? ¿Adónde tendría que marcharse para conseguir olvidarla?

Sintió la presencia de su hermano antes incluso de que hablara.

—Lo has llevado bastante bien. Esa mujer está entre la espada y la pared. Teme por su hija, pero está preocupada por su sobrina. Reza para que encuentres a la primera, aunque está segura de que has desflorado a la segunda. Como es razonable, ha optado por su hija y por eso te perdona el pecado que has cometido con la sobrina con tal de que continúes buscando a la hija. Sabe que no puede fiarse de Hackett y que su marido es un inútil. Así que ha tomado la decisión de dejarte hacer y mirar hacia otra parte. Siempre he dicho que el sexo femenino es el más astuto y práctico de los dos.

Puck se quedó inmóvil unos segundos antes de dejar la licorera y volverse a mirar a su hermano, que estaba cómodamente sentado en una de las butacas que había junto a la chimenea.

—Estoy deseando seguir aprendiendo de tu sabiduría. Dime qué opinas de la madre de Regina, por favor, ya que estás de humor para charlas profundas.

—¿La frágil lady Leticia? —Jack se encogió de hombros—. Me parece que te va a costar mucho sacarla del refugio que le has proporcionado. También ella ha analizado sus opciones y ha llegado a la conclusión de cambiar la inocencia de su hija por su propio descanso temporal de una situación a todas luces insostenible. Si Regina le ha contado sus sospechas, seguro que la dama estará ahora mismo en su habitación rezando al cielo para que su esposo sea culpable y lo cuelguen por sus crímenes, lo que la liberaría a ella de su prisión. Y al diablo con el escándalo. Sea o no el culpable, quizá deberías plantearte la posibilidad de librar al mundo de Hackett, porque no es muy buen tipo que digamos.

—Aunque sí muy misterioso. Ni siquiera el encargado de su negocio parecía saber mucho sobre él.

—Está claro que no has sobornado a la persona adecuada. Pero no importa, también tenías que cortejar a la dama, y reunir a un ejército, por lo cual te felicito, por cierto, y no disponías de tanto tiempo para dedicarle al tema como yo. No sé si sabes que nuestro señor Hackett solía dedicarse al comercio de esclavos antes de que la Corona lo declarara ilegal y lo penase con la horca. Hackett lo hizo durante unos años, pero sobre todo su padre. Su fortuna procede básicamente de los pobres infelices que transportaban. Quizá no quieras que Regina sepa esta información porque el hecho de que el comercio de esclavos fuera legal, no significa que fuera menos inmoral, ¿no crees?

—Debió de pagar una cantidad de dinero desorbitada al conde de Mentmore para que consintiera casar a su hija con un esclavista. O quizá lo único que le importaba era el dinero y lady Leticia solo fuera la moneda de cambio.

—A veces es difícil querer a un padre, ¿verdad, Puck? Con la guerra y los distintos embargos, es posible que necesitara buscar otra fuente de ingreso que no fuera legal. Por ejemplo el contrabando. Y ya se sabe que todos volvemos siempre a nuestras malas costumbres.

Puck asintió.

—Seguro que buscó el negocio que fuera a reportarle más ingresos. Los hierros que llevaban esta mañana esas mujeres me parecieron muy curiosos, no se ven normalmente. Servían para encadenar a varias personas en línea, como se hace con los animales de carga. Yo ya había visto esos hierros en otra parte hace años. ¿Cómo lo hacen, Jack? ¿Cómo puede una persona agarrar a una mujer indefensa y aterrada, mirarla a los ojos y luego tirarla por la borda? ¿Cómo?

—Cuando encontremos a esos hombres, se lo preguntaremos —aseguró Jack con mirada oscura—. Pero después, dejarás que yo me encargue de todo y te marcharás. ¿De acuerdo?

—No volveré a cuestionar tus métodos ni tus motivos —dijo Puck, recordando una vez más lo que había pensado el año anterior sobre el futuro del hombre que había quedado en custodia de Jack con su ayuda—. Entonces... nuestro amigo Dickie no es el bufón por el yo lo había tomado, ¿no?

—Te di la razón, pero en realidad es el más valiente de todos. Siempre está dispuesto a dar la cara para apartar la atención de Henry y de mí. Y debes admitir que hace muy bien su papel.

—Todos hacemos un papel, ¿verdad? —le preguntó Puck con aire sentimental al tiempo que se sentaba frente a él—. Puede que Beau, no. Él encontró lo que buscaba, aunque ni siquiera supiera que lo buscaba.

—¿Y tú? —le preguntó entonces su hermano mayor—. ¿Has encontrado lo que buscabas en la chica que tienes ahí arriba? Desde luego es todo un milagro que esté ahí.

—El milagro sería que no se fuese, pero no veo cómo podría no perderla —miró a su hermano a los ojos—. ¿Qué crees?

—¿Me pides consejo para no perder a una mujer? Me parece que has acudido a la persona equivocada en busca de consejo, hermanito —Jack miró la copa de vino que tenía en la mano y se bebió el contenido de un trago.

No era fácil conseguir que Jack se abriera en sus mejores momentos, pero tenía la impresión de haber abierto una brecha ahora que estaban en un mal momento.

—¿He tocado un tema del que prefieres no hablar?

—¿Qué averiguaste cuando entraste al hangar de Hackett?

—Me doy por respondido —dijo Puck con una sonrisa y meneando la cabeza—. Muy bien, hermano Esfinge. La verdad es que no sabía qué quería averiguar exactamente; solo pretendía entrar a ver qué veía. Por supuesto que esperaba salir con algo así —añadió mostrándole la llave—. ¿Querrías acompañarme esta noche a los muelles de Londres a echar un vistazo?

Jack no sonrió. Rara vez lo hacía.

—Tendría que ser esta noche, sí. Seguramente mañana ya habrán cambiado las cerraduras, a no ser que ese hombre sea más idiota de lo que pensamos, y no creemos que sea idiota, ¿no?

—Creemos que es un monstruo —respondió Regina desde la puerta, con voz suave pero intensa.

Puck y Jack se pusieron en pie de inmediato y Puck miró a su hermano y le dijo sin hablar: «ella no viene con nosotros».

Puck fue hasta ella y le tomó las manos entre las suyas.

—Pensé que habíamos quedado en que pasarías el resto del día en la cama. Hoy has sufrido una fuerte impresión.

—Me han abierto los ojos, eso es lo que ha pasado hoy realmente. ¿Sabes cuánta lástima he sentido de mí misma durante todos estos años? Pensaba que iban a venderme al mejor postor, pero no tenía ni idea de lo que es eso realmente. Me avergüenzo de mí misma porque jamás he pasado frío, ni hambre, ni he estado asustada de verdad. Lo cierto es que sí tengo la capacidad de decir que no y de luchar por mi destino, si soy valiente. Mis cadenas no son reales, Puck, no como las de las mujeres que hemos visto hoy, que han pasado la vida encadenadas, antes y después de que las secuestraran. Te dije que quería estar ahí cuando encontraras a Miranda y lo dije en serio. Ahora quiero y necesito estar cuando encontremos a esas otras pobres mujeres. He estado demasiado tiempo de brazos cruzados. Ahora necesito ayudar.

—¡Bravo!—exclamó Jack, aplaudiendo suavemente—. Acabas de recordarme a alguien que conocí, Regina. Puck, permite que responda a tu pregunta de antes, al menos en parte. Es una mujer con fuerza y decisión. Si quieres perderla, solo tienes que rechazarla. Las mujeres como Regina no son las criaturas frágiles en las que las convertimos a veces los hombres. Ahora me voy. Nos veremos a medianoche en el mismo lugar donde nos encontramos hoy. Vístete como corresponde.

Jack se inclinó ante Regina antes de marcharse, pero ella ya tenía toda la atención puesta en Puck con absoluta determinación. Él lo habría descrito como terquedad, pero, aunque no era el hombre más inteligente del mundo, sí que tenía un fuerte instinto de supervivencia.

Un instinto que, desafortunadamente, no le impidió decir lo que pensaba.

—¿Qué te hace pensar que no vas a estorbar?

Regina lo miró con asombro.

—¿Estorbar? —meneó la cabeza—. Sigues pensando que no soy más que otra cosa más de la que preocuparte. ¿Acaso he estorbado hoy en algún momento?

—Vomitaste encima de los caballos —«calla, Puck. Cierra la boca y cállate».

—¿Era necesario que me lo recordaras? —le preguntó ella con expresión terca. Hermosa pero terca.

—Regina, sé razonable —no había elegido la palabra adecuada. De todos los términos que se incluían en el Diccionario de Samuel Johnson, ese era sin duda el menos apropiado. Nunca, jamás había que pedir a una mujer que fuera razonable porque ellas siempre creían serlo.

—Eres tú el que no está siendo razonable, Puck. Miranda es mi prima y el edificio al que quieres entrar es de mi padre. No pienso quedarme aquí haciendo punto mientras tú pones en peligro tu vida para salvar a mi prima y descubrir si mi padre es el culpable. Tengo una responsabilidad. Puedo... registrar los cajones, leer documentos y buscar pistas. ¡Seguro que puedo hacer algo!

Puck intentó ponerse en su lugar y enseguida comprendió lo que sentía. Había visto los cuerpos y, si era cierto que su padre estaba implicado en aquellos asesinatos, debía de estar siendo muy duro para ella; seguramente por una parte deseaba descubrirlo y, por otra, rezaba por que fuera inocente. Por mucho que lo despreciara, o incluso lo odiara, seguía siendo sangre de su sangre.

¿Qué era lo que le había dicho Jack? «Si quieres perderla, solo tienes que rechazarla». Puck no sabía qué le había ocurrido a su hermano en el pasado, pero era obvio que había perdido a la mujer a la que amaba.

—Está bien —dijo por fin, casi gritando—. ¡Está bien! Pero más te vale no preguntarme absolutamente nada antes de hacer lo que te ordene. ¿Entendido?

Regina sonrió.

—Sí, Puck —respondió con docilidad—. Gracias.

En ese momento creyó reconocer en el rostro de Regina la sonrisa que había visto en el de Chelsea el año anterior, cuando Beau había accedido a participar en uno de sus disparatados planes.

Los hombres estaban perdidos cuando se trataba de decir que no a las mujeres que eran conscientes del poder que tenían. Excepto Jack, claro. Era evidente que él sí había dicho que no. Tan evidente como lo mucho que se arrepentía de haberlo hecho.

Puck solo esperaba no acabar lamentándolo también él.

—No tenemos mucho tiempo —anunció antes de volver a agarrarla de la mano y llevársela arriba, a buscar algún disfraz apropiado entre los que les había proporcionado Gaston.

La ayudaría a cambiarse y a todo lo que necesitase, pero no pensaba separarse de su lado en ningún momento; necesitaba todo el tiempo del que pudiese disponer para hacerle comprender el peligro al que quería enfrentarse, la muy loca y valiente. Y él, que era un idiota...

Regina pensó que seguramente debería avergonzarse por haber coaccionado a Puck hasta conseguir que le permitiera ir con él esa noche, pero no podía permitirse perder el tiempo en una emoción tan femenina. Quizá Puck no estuviese del todo seguro sobre la implicación de su padre en los crímenes que estaban teniendo lugar en Londres, pero ella estaba completamente convencida de ello.

Tampoco tenía tiempo para analizar por qué estaba tan segura, pues era consciente de que algunos de los motivos eran algo egoístas y otros significaban que estaban más cerca de encontrar a Miranda que si su padre era inocente.

¿Y si se equivocaba, y si se equivocaban todos? Bueno, en tal caso, también necesitaban saberlo.

—¿Qué haces? —le preguntó a Puck, ya en el dormitorio, al ver que la observaba como si tratase de decidir algo—. No habrás cambiado de opinión, ¿verdad?

—No. Estaba pensando que no veo ningún disfraz adecuado para esta noche. Viuda, prostituta, madre de familia... no me convence ninguno. Quédate aquí un momento. No te muevas. Vuelvo enseguida.

—Sí, señor —respondió obedientemente y luego se movió en cuanto salió de la habitación.

Agarró el cepillo que había sobre el tocador y pasó el dedo por las iniciales de Puck, grabadas en el reverso. Después levantó la tapa de un pequeño joyero de marfil y miró lo que había dentro. Le llamó la atención un anillo con un enorme ónix negro engarzado. Su hermano Jack llevaba uno muy parecido; se había fijado en ello nada más verlo por primera vez.

—Fue un regalo de mi madre —dijo él a su espalda—, por

mi vigésimo primer cumpleaños. Los tres recibimos uno al alcanzar la mayoría de edad. Beau cambió el suyo por las gallinas necesarias para alimentar a sus tropas cuando estaba en la Península.

—Jack, sin embargo, aún lleva el suyo puesto —comentó Regina, volviendo a dejar el anillo en su sitio—. No pretendía husmear, solo estaba… Está bien, estaba husmeando. ¿Por qué tú no lo llevas puesto?

—Puede que sea porque no puedo evitar preguntarme si la B es de Blackthorn o de bastardo. Mi madre tiene un sentido del humor algo perverso. En realidad la pregunta sería por qué lo lleva Jack, pero no me la hagas porque no tengo respuesta. Ya he encontrado algo para que te pongas.

Regina no se había fijado en la ropa que llevaba sobre el brazo, ni en las botas de ante que tenía en la mano.

—¿Quieres que me ponga pantalones?

—No, quiero que te quedes aquí esperando a que yo vuelva, pero ya que insistes en venir, no quiero que vayas con faldas y zapatos que te impidan correr si fuese necesario hacerlo. No te van a quedar perfectos, pero Gaston es el que más se acerca a tu talla. Bueno, vamos a quitarte la ropa.

—¿Ahora? —preguntó Regina. Había demasiadas velas encendidas como para que pudiera conservar su pudor de doncella. Claro, que ya no era doncella, pero eso no significaba que de la noche a la mañana pasase del pudor a… bueno, a lo contrario del pudor, fuese lo que fuese—. Seguro que Hanks podría ayudarme…

—No me niegues el único placer del que seguramente vaya a poder disfrutar esta noche —dijo Puck acercándose a ella con mirada pícara después de haber dejado la ropa sobre una silla—. He dicho que no tenemos mucho tiempo, pero tenemos el suficiente.

Regina sintió ese hormigueo entre las piernas que ya conocía bien y que significaba que su cuerpo no deseaba protestar. Pero al menos tendría que guardar un poco las formas, ¿no?

—¿Y tú... también vas a cambiarte?

La respuesta de Puck fue despojarse de la chaqueta y empezar a aflojarse el pañuelo del cuello.

—Eres imposible. Lo sabes, ¿verdad, Puck? —le preguntó sin poder apartar los ojos de su pecho mientras se desabrochaba los botones de la camisa sin haberse quitado aún el pañuelo.

—Y también sé que voy más rápido que tú —comentó al tiempo que se sacaba la camisa de los pantalones.

Regina sabía lo que estaba haciendo. Intentaba distraerla para que se olvidara por un momento del horror del que había sido testigo, hacerla pensar en algo que no fuera el temor por Miranda o la preocupación por que su padre se dedicase al negocio más despreciable del mundo.

Y lo estaba consiguiendo. Quizá porque ella quería que lo consiguiera. Fueran cuales fueran los motivos, el caso era que de pronto el mundo había desaparecido y solo existía aquella habitación y ellos dos... y a Regina le parecía bien.

Cada uno de los movimientos de Puck hacía que a Regina se le acelerase el corazón. Se había quitado la cinta negra con la que se recogía el cabello, que al caerle sobre la cara, le dio un aspecto más juvenil y peligroso. El blanco inmaculado de la camisa contrastaba con el ligero bronceado de su piel, de un pecho cubierto por una ligera capa de vello rubio que brillaba a la luz de las velas.

Era tan hermoso. Y tan peligroso.

Regina levantó las manos y empezó a desabrocharse los botones del corpiño que ayudaba a contener unos pechos demasiado exuberantes que en otro tiempo le habían amargado la vida, pero que ahora Puck miraba con absoluto deleite.

Una vez desabrochado, no le costó ningún trabajo levantarse las faldas y despojarse del vestido, quedando tan solo cubierta por la camisola. Y el collar de perlas. Y el rubor.

Lo vio sonreír y sintió la reacción de sus pezones bajo la fina lencería.

Puck se quitó el chaleco, la camisa y el pañuelo del cuello en un abrir y cerrar de ojos. Ahora estaba desnudo de cintura para arriba, solo los estrechos pantalones y las botas altas impedían que Regina disfrutara por completo de aquel cuerpo maravilloso o se tapara la cara con las manos. No hizo eso último, así que no pudo evitar fijarse en el bulto que se apreciaba en sus pantalones.

Dio dos pasos atrás, hasta quedar de espaldas contra la pared.

—Tú... haces que todo sea un juego.

—Y cada día una aventura —añadió él al tiempo que agarraba una silla de respaldo recto—. Quiero que me demuestres que puedes ser obediente. Sin rechistar y sin preguntar. Digamos que esto es parte de tu preparación. ¿De acuerdo?

Estaba completamente fascinada y eso que aún ni siquiera la había tocado.

—Sí —el hormigueo entre las piernas parecía reclamar atención. Si la culpa era de la sangre de la abuela Hackett que corría por sus venas, ¡hurra por la abuela!

Puck colocó la silla junto a ella.

—Pon las manos en mis hombros para que no pierdas el equilibrio.

Regina obedeció y sintió un escalofrío al tocar su piel. Ahora estaban muy cerca y se moría por sentir su boca y sus manos.

—Sube el pie derecho a la silla.

—Pero...

Ese ínfimo intento de protesta hizo que Puck la mirara enarcando una ceja y sonriera.

Regina cerró la boca y obedeció, pero tuvo que apoyar la frente en su hombro porque la influencia de la abuela Hackett no tenía tanta fuerza; el resto tendría que hacerlo la hipnótica voz de Puck y el deseo que había en sus ojos.

—Así. Hay unas cuantas cosas que los franceses saben hacer muy bien. El vino, la comida, sus ingeniosos inventos... No me voy a separar de ti. Te lo prometo.

Lo que ocurrió a continuación fue todo sensación. Una increíble sorpresa y un placer que comenzó cuando Puck le levantó la camisola y le puso la mano entre las piernas para acariciarla y robarle la fuerza de voluntad, de modo que solo pudo rendirse y entregarse a él por completo, a merced de lo que quisiese hacer con ella.

Cuando lo notó dentro, estuvo a punto de echarse a llorar de alegría al sentir hasta qué punto la llenaba y la completaba.

Y sin embargo no era suficiente, nunca podría ser suficiente.

Puck no apartó la boca de su oído, le susurraba cosas en francés; palabras que describían lo que le estaba haciendo y lo que iba a hacerle sentir.

Sus palabras y su cuerpo la transportaron a un lugar donde no había lugar para la sensatez o para el pensamiento racional, alimentó su deseo hasta que la tocó en el lugar más sensible y vulnerable de su femineidad y la llevó de la alegría a la euforia, donde solo existía el placer y el deseo de que aquello no acabara nunca.

—*Venez avec moi, Regina. Meurent la petite mort avec moi et jugent quelle vie est tout environ. Faites-la maintenant... la font maintenant! Ah, cher Dieu,* preciosa, *oui! Est-ce qu'il est d'être vivant!* —«ven conmigo, Regina. Disfruta conmigo de esta pequeña muerte y descubre lo que es vivir. Hazlo ahora... ¡ahora! ¡Ay, Dios mío, preciosa, sí! ¡Esto es estar vivo!».

Regina se aferró a él entre lágrimas, olvidándose de todo el horror que había visto aquel día y sintiendo que la vida volvía a merecer la pena...

CAPÍTULO 13

Si moría esa noche y despertaba en el infierno, no preguntaría por qué le habían negado el cielo. Sabría perfectamente por qué.

Ahora sabía que Regina lo seguiría donde hiciera falta, sin preguntar y sin dudar. El que hubiera accedido a dejar que los acompañara esa noche era lo más peligroso que había hecho Puck desde que la conocía.

Sin embargo, mientras la observaba, sentada en el lugar que había ocupado unas horas antes Silas Lamott, leyendo página tras página, no pudo evitar admirar su valor y su inteligencia. ¿Qué era peor, dejar que lo acompañara, o haber dicho que el hecho de ser mujer le impedía tomar parte en todo lo que estaba ocurriendo a su alrededor?

—El señor Lamott tenía razón, Puck —le dijo al tiempo que cerraba el libro que tenía en las manos—. Aquí aparecen veintitrés barcos, pero ninguno de ellos es el *Pride and the Prize*. Y sin embargo está amarrado ahí fuera. Lo hemos visto con nuestros propios ojos.

—Y flotando plácidamente mientras espera su carga —añadió Jack al volver al pequeño despacho—. Esto es casi tan grande como el palacio de Buckingham, aunque no tan agradable estéticamente. Solo he podido hacer un examen superficial, pero ninguno de los cajones que están cerca de la puerta del almacén están marcados con el nombre del *Pride and the Prize*. Sea lo que sea lo que van a transportar en ese barco, no está aquí abajo. ¿No os parece extraño? El señor Lamott dijo que el barco partiría dentro de dos días.

—Quizá se haya retrasado el viaje después de perder parte de la carga —Puck condenó sus propias palabras nada más haberlas pronunciado. Habían muerto tres mujeres, no podía considerarlas una simple carga.

—Las calles de Londres nunca son seguras, según mi padre —dijo Regina, poniéndose en pie y estirándose los pantalones con las manos—. Pero seguramente esta noche sean más peligrosas que nunca.

—Esta mañana alerté de ello a nuestro amigo el señor Porter —reconoció Puck—. Y prometió avisar a sus... colegas, digamos. En cualquier caso, los próximos días habrá escasez de prostitutas en las calles, pero será solo unos días. Supongo que el riesgo de perder a alguna de sus mujeres forma parte del negocio. Apaga esa vela, preciosa. Creo que hemos terminado aquí. Lo que me gustaría ver antes de irnos es esa misteriosa estructura de ahí arriba.

Dejó la llave negra entre el montón de papeles del escritorio, pues ya no la necesitaba. También había abierto un poco el anillo del llavero de donde la había sacado para que Lamott pensara que se había salido accidentalmente y no que alguien se la había quitado. De hecho, ya habían planeado dar unos cuantos golpes a las puertas del almacén y del despacho y romper sus respectivas cerraduras para que nadie pudiera llegar a sospechar que el visitante que había tenido el señor Lamott esa mañana había vuelto a echar un vistazo.

Ahora pensarían que alguien había entrado a robar y por eso habían dejado inconscientes a los dos vigilantes.

—¿Cuántos cajones se han llevado Henry y Dickie? —le

preguntó a Jack mientras se dirigían a la estrecha escalera que conducía a la estructura suspendida sobre el almacén.

—Cuatro, con eso bastará para justificar el móvil del robo. Dickie esperaba que estuviesen llenas de té, pero creo que tampoco le importará que contengan tela. Parece ser que su madre tiene debilidad por la seda francesa.

—¿Y creéis que mi padre se tragará que no ha sido más que un robo? —preguntó Regina, que parecía estar empezando a acostumbrarse a la libertad de movimiento que proporcionaban los pantalones y Puck no tenía objeción alguna que hacer al aspecto de su femenina figura con los mejores pantalones de Gaston.

—No podemos estar seguros, pero al menos teníamos que intentarlo —admitió Jack, esbozando una de sus escasas sonrisas.

—Todo esto te encanta, ¿verdad? —le preguntó Puck.

Se encontraban ya junto a la escalera. Al mirar hacia arriba, solo se veía oscuridad, pues ya no había luna llena y apenas entraba luz por las ventanas.

—Debo reconocer que a veces me gusta mi trabajo, sí. Agarraos bien a la barandilla, no quiero acabar la noche teniendo que limpiar del suelo la sangre de ninguno de los dos.

Jack comenzó a subir, Regina detrás de él y Puck en última posición, por si acaso ella tropezaba.

—Vos os quedaréis en el último descansillo, ¿recordáis? —le dijo a Regina—. Hasta que veamos lo que hay ahí dentro.

—Lo recuerdo, sí —dijo ella.

Puck volvió a lamentar que no hubiera luna llena para poder disfrutar de la vista que tenía delante. Se conformó con acariciarle el trasero suavemente, pero estuvo a punto de hacerla tambalear.

—Lo siento.

—Mentira —respondió ella rápidamente.

Puck no pudo evitar reírse de su descaro. Nunca había conocido a nadie como ella y sabía que nunca lo haría.

—Está cerrada —anunció Jack en cuanto llegaron arriba e intentó abrir la puerta—. Pero esta no podemos romperla. Confío en tu talento, hermanito.

—Haces bien —Puck se arrodilló frente a la cerradura y se sacó del bolsillo un estuche de cuero del que extrajo la herramienta escogida para una tarea en la que Gaston lo había instruido bien.

En solo unos segundos, la puerta estaba abierta y Puck pudo entrar en aquel espacio oscuro como la noche.

No hacía falta ver nada para darse cuenta de que la habitación estaba vacía, pero había estado ocupada hasta hacía poco. Prácticamente se podía sentir el olor del miedo. Miedo, sudor, comida podrida, el hedor de la miseria humana.

—Dios mío —dijo Regina a su lado, tapándose la nariz y la boca con las manos.

—No te muevas, cariño —le pidió Puck mientras se sacaba una vela y una caja de yesca del bolsillo.

Ya con la vela encendida, pudo encender también un farol oxidado que había sobre una mesa e iluminar bien el espantoso escenario.

Había una mesa con dos sillas que parecían respaldar la teoría de Lamott de que a veces los propietarios subían allí a comprobar cómo trabajaban sus empleados. El único cajón de la mesa estaba vacío. Había un total de cuatro ventanas, pero todas ellas estaban cubiertas con unas gruesas cortinas de piel clavadas al marco. También había dos cubos grandes cerca de las tres hileras de camastros.

Al margen de eso, la habitación, que no tendría más de seis metros cuadrados, estaba vacía. Todos y cada uno de los camastros tenían clavado un poste con un agujero en el medio.

—Por aquí debían de pasar las cadenas —supuso Jack, agachándose para examinarlos bien—. ¿Veis? La madera está gastada del roce de la cadena. Debían de llevar esposas a las que enganchaban la cadena común a cada hilera de camastros. ¿Os hacéis a la idea? Estoy seguro de que era así. Apenas podrían apartarse del camastro. Encadenadas, suspendidas en el aire y vigiladas en todo momento por un guardia. Un verdadero infierno.

—¿Cuántas crees que había? —preguntó Puck, observando a Regina.

Seguía con la mano sobre la boca y el gesto de horror en la cara. No había obtenido respuesta a todas sus preguntas, pero sí a las suficientes para que su vida entera se viera sacudida.

—Puede que hasta dos docenas, si estaban ocupados todos los camastros. Un beneficio importante, pero no demasiado grande. Aunque sabemos que el *Pride and the Prize* hace algunas paradas más por la costa inglesa antes de entrar en el Canal y desde ahí a mar abierto. Y luego están Calais, Caen, Brest... hay numerosos puertos antes de llegar a los mercados del Mediterráneo, que suponemos sea su destino. En total quizá unas cien personas en cada viaje, de las cuales las vírgenes obtendrían los precios más altos. Me pregunto cada cuánto sale al mar el *Pride and the Prize*.

—Dos veces al año —respondió Puck sin dejar de mirar a Regina, que había empezado a pasearse por la habitación, observando el rastro que habían dejado sus ocupantes. De repente se agachó y fue a agarrar algo—. No toques nada, Regina —le advirtió—. Está todo muy sucio.

Pero no le hizo caso, seguramente ni siquiera lo había oído. Agarró un trozo de tela y luego se volvió a mirarlo a él con la cara pálida y los ojos abiertos de par en par.

—Esta tela la conozco. El vestido que Miranda llevó al baile... estaba hecho con esta tela.

—Dios mío, esto no está bien —maldijo Puck—. Tengo que sacarla de aquí ahora mismo, Jack. Ya ha visto suficiente.

Regina tiró el trozo de seda de color marfil.

—Miranda ha estado aquí, Puck. Estaba aquí con las demás.

Ya te dije que podría ser útil en algo; vosotros no habríais podido saberlo. Pero yo sí. No tengo ninguna duda. Mi prima estaba aquí. Dios, Puck. ¿Dónde estará ahora?

Los tres se dieron media vuelta de pronto al oír un silbato de marinero que emitió cinco pitidos cortos. Era la señal que habían acordado con Dickie Carstairs y el barón Henry Sutton, que estaban abajo ejerciendo de centinelas. Cinco pitidos, uno por cada dos hombres.

—Eso quiere decir que hay diez personas —explicó Jack justo antes de apagar el farol y mientras Puck iba a agarrar a Regina para no perderla en la oscuridad—. Estamos aquí atrapados sin otra salida que esa escalera. Debo admitir que es una idea muy inteligente, inteligente y cruel. Vamos a tener que bajar mientras Dickie y Henry los entretienen. ¿Estáis preparados para correr?

—Sí —dijo Puck, apretándole la mano a Regina antes de levantarla del suelo y echársela al hombro. Era lo que había planeado hacer en caso de peligro, pues creía que así irían más deprisa. No la oyó protestar, así que dedujo que no le parecía mal.

Jack salió primero, con una pistola en cada mano, mientras que Puck estaba demasiado ocupado sujetando a Regina como para empuñar algún arma. Comenzaron a bajar lentamente, midiendo cada movimiento. La escalera parecía interminable, sumergiéndose en la oscuridad. El sonido de las botas sobre la madera retumbaba con fuerza por más que quisieran evitarlo. Todo dependía de que consiguieran bajar antes de que entrara alguien al edificio.

Mientras bajaba, Puck no podía dejar de darle vueltas a la cabeza y se maldecía a sí mismo por haber sido tan estúpido. Veinte escalones, luego cuarenta. Ya habían dejado atrás dos descansillos. Iban por la mitad.

De nada había servido tanta estrategia; Hackett sabía que iban a ir. Se había enterado de que la llave había desaparecido y había adivinado que sospechaban de él. Había trasladado rápidamente a las mujeres y había dejado solo dos vigilantes a la vista, para después colocar a otros tantos escondidos dentro del almacén, observando y esperando a dar la señal en cuanto la presa estuviese atrapada en la habitación de arriba. Si Dickie y Henry no hubiesen estado afuera, los habrían atrapado y no habrían tenido oportunidad alguna de escapar.

Tenía que ser eso. ¿Cómo no se le habría ocurrido a Jack? Se suponía que él era el profesional de... lo que fuera. Puck solo podía pensar paso a paso, esperando todo el tiempo haber tomado la decisión adecuada y no estar a punto de morir.

Lo que Hackett no podía saber era que su propia hija era uno de los intrusos. Con el cabello escondido bajo la gorra de punto, su altura, las largas piernas ocultas bajo el pantalón de Gaston y la falta de luna, no se enteraría. A menos que los atraparan. ¡No podían permitir que los atraparan!

Setenta. Ochenta. ¿Estaban ya lo bastante abajo? ¿Podría arriesgarse a saltar desde ahí? Sí, tenía que hacerlo. No tenía otra opción. A punto estuvieron de fallarle las rodillas al llegar al suelo. Sintió el susto de Regina.

—Lo siento, cariño.

Echó a correr hacia el escondite que les ofrecían las pilas de cajas. Jack le hizo un gesto para que fuera hacia la izquierda y Puck lo siguió. Ahora los beneficiaba la oscuridad.

Podían contar con que Dickie y Henry retrasaran lo máximo posible la entrada de los hombres de Hackett y podrían encargarse por lo menos de tres o cuatro hombres, pero después podrían salir corriendo o quedarse a luchar. Tenían órdenes de marcharse.

Después de eso, tendrían que arreglárselas solos. Jack, maldito fuera, parecía impaciente por luchar; había acudido armado como si esperara que hubiera algún enfrentamiento. Sin embargo había sido él el que le había dicho a Puck que dejara que Regina los acompañara. ¿Por qué? ¿Porque era un hijo de perra arrogante y nunca se le pasaba por la cabeza perder? Probablemente. Maldito fuera, maldito fuera, maldito fuera.

Pero también había sido Jack el que había examinado el almacén mientras Regina y él registraban el despacho. ¿Qué había descubierto? ¿Habría encontrado otra manera de salir? ¿Cómo? Más le valía tener un as en la manga porque si no corría el riesgo de morir a manos de él.

—Por aquí —les dijo Jack corriendo, pero tratando de no hacer ruido.

Puck hizo lo mismo mientras lo seguía entre dos torres de cajones de madera. Si el sentido de la orientación no le engañaba, iban directos a la pared de ladrillo. Había puesto a Regina en el suelo y la apretaba contra su pecho.

—Está por aquí en alguna parte. Todas las ratas tienen un agujero —susurró Jack—. Dickie ha encontrado el de Hackett antes, mientras examinaba el exterior del edificio. Un tipo inteligente nuestro Dickie. Lo único que he tenido que hacer al llegar aquí ha sido contar los pasos desde la fachada. Está en esta zona. Henry y él deberían de haber llegado ya a esta parte, viniendo desde fuera, pero no podemos contar con ello. Debemos estar preparados. Hackett no es ningún tonto.

—¿Hay una segunda salida? Es un detalle que me lo hayas dicho. Aunque un poco tarde.

—Vamos, hermanito. No hagas pucheros. Ya sabes que no se me da bien compartir información.

Puck lo ayudó a apartar cajones, estaban todos vacíos; no eran más que un decorado.

—Eres un arrogante, Jack, ¿lo sabías?

—Sí, pero confías en mí, igual que yo confío en ti.

—¿Tú crees? Quizá deberíamos replantearnos ese aspecto de nuestra relación. ¿Es eso? Creo que lo has encontrado, Jack —le apretó la mano a Regina—. ¿Estás lista, preciosa? Ya puedes decir adiós a este bonito lugar.

—¿De verdad hay otra salida? ¡Gracias a Dios!

—Shh, Regina —le dijo Puck, que no podía olvidar la idea de que pudiera haber alguien más ahí dentro—. Sal tú con ella, Jack. Yo enseguida voy, pero antes tengo que hacer una cosa.

—No, Puck —protestó ella, agarrándose a sus hombros con tal fuerza que le clavó los dedos.

Puck le dio un beso en la frente.

—Me lo prometiste, cariño —le recordó mientras Jack apartaba el último cajón, tras el que apareció una pequeña puerta de madera, apenas una ventanilla, en un muro de ladrillo que debía de tener casi un metro de grosor, así que iba a ser como salir por una especie de túnel.

Tendrían que arrodillarse para pasar, lo que los dejaría en una posición muy vulnerable al salir. Quizá Hackett no fuese tan listo como se creía.

Excepto por una cosa que ni siquiera sabía: a Puck no le gustaban nada los espacios pequeños, especialmente si además eran oscuros. Pero Jack sí lo sabía porque había estado allí cuando Puck se había quedado encerrado en un armario de las cuadras, un lugar oscuro y poblado por toda clase de bichos, a los seis años de edad y había tenido que estar allí horas hasta que lo habían encontrado. Quizá por eso su hermano había preferido ocultarle la existencia de esas segunda salida.

—Esto conduce a un cobertizo de madera construido contra la pared. No sé cómo es por dentro ese cobertizo; Dickie encontró el túnel pero no quiso investigarlo a fondo por si lo encontraban donde no debía estar. En cualquier caso, tened cuidado al salir. ¿Podrás hacerlo, Puck?

Un metro o poco más. Claro que podría hacerlo. Cualquier tonto sería capaz de hacerlo. Ni siquiera era un túnel de verdad y, como Jack iba a pasar primero, los bichos peludos saldrían corriendo antes de que él entrara. Eso no quería decir que tuviera miedo a los insectos, o al menos que fuera a reconocer tenerlo.

—Por supuesto —se limitó a decir.

—Regina, quiero que te agarres a mi tobillo para saber en todo momento que estás ahí, ¿de acuerdo? Cuando yo te diga que sueltes, me sueltas y te quedas dentro del túnel hasta que te diga que puedes salir. Puck, te haré la señal en cuanto pueda. Vamos.

Tuvo que dejarla marchar y ponerse en movimiento él también. Se sacó el cuchillo de la bota y abrió bien los ojos y los oídos, alerta ante el más mínimo movimiento en la oscuridad.

Esperó entre los montones de cajones. Todo había ocurrido en un minuto, dos como máximo, y sin embargo le había parecido una eternidad y pasaría otra antes de que pudiera estar seguro de que Regina estaba bien.

Pero no había pasado tanto tiempo cuando oyó un golpe en la puerta y luego el sonido seco de pasos sobre el suelo de tablones, unos pies que corrían por el enorme almacén y voces que gritaban órdenes. Oyó que subían por las escaleras, a pocos metros de él, como si estuvieran seguros de la misión de los intrusos. Quizá Henry no había tenido tiempo de silbar más de cinco veces porque estaba claro que allí había más de diez hombres. Estaban haciendo ruido como para despertar a los muertos, seguramente con la intención de asustar a los intrusos.

Y entonces oyó otro ruido mucho más suave que no esperaba. No se había equivocado; ya había alguien dentro del almacén antes que ellos. Y estaba claro que ese alguien conocía la existencia del túnel. Debía de ser alguno de los empleados de confianza de Hackett.

El hombre se acercó con cautela, pero con la torpeza de separar del cuerpo el cuchillo que llevaba, así que a Puck le resultó muy fácil quitárselo de una patada.

Antes de que pudiera reaccionar, Puck le dio un golpe en la nuca con la empuñadura de su cuchillo y lo dejó inconsciente.

Podría haber salido corriendo en ese momento, pues se oyó la señal con la que Jack le avisaba de que podía seguirlos. Pero Puck titubeó, a pesar de que volvían a oírse los pasos en la escalera, esa vez bajando y, por tanto, acercándose a él.

No tenía mucho tiempo.

Pero, ¿cómo iba a dejar allí a un hombre en el que Hackett confiaba tanto como para confesarle la existencia del túnel?

No podía hacerlo. Ese hombre era muy importante y sería una tontería irse sin él.

Así pues, agarró al hombre del cuello y lo arrastró hasta la pared, allí se puso de rodillas y, con él agarrado, se metió en el túnel. Fue avanzando así al tiempo que arrastraba el cuerpo inconsciente. Enseguida rompió a sudar, pero no por el esfuerzo que suponía arrastrar aquel peso considerable, sino porque el túnel era más estrecho y más largo de lo que había imaginado. Sentía el roce de las paredes en la espalda. Era como que lo enterraran vivo. Una vez más, sintió la tentación de abandonar el cuerpo, pero no se dejó vencer.

—¡Por aquí! ¡He oído algo! —gritó alguien.

—Maldita sea —protestó Puck para sí, con la respiración acelerada y el pelo tapándole la cara porque se le había caído la cinta.

Por mucho que intentara controlarlo, el pánico empezaba a apoderarse de él. Debería soltarlo, pero aquel hombre podría conducirlos a Miranda y a las demás.

¿Un metro? Ya debería haber salido, pero no era así. El túnel debía de continuar dentro del cobertizo. Tenía la sensación de estar arrastrando el cuerpo cuesta arriba y de que ahora el suelo fuese de barro y no de ladrillos duros.

Tenía las rodillas y los codos arañados y llenos de sangre y casi no podía más. Pero no iba a dejarse derrotar por un miedo absurdo. No podía hacerlo.

En cualquier momento alguien tiraría de los pies de aquel hombre desde el otro extremo del túnel. ¿Tendría que soltarlo entonces? Rezó para no tener que comprobarlo.

De pronto el hombre comenzó a moverse y Puck tuvo que agarrarlo del cuello para inmovilizarlo, pero el otro se defendió clavándole las uñas en las manos.

Puck se aferró a él con fuerza. Regina necesitaba respuestas y ese hombre las tenía.

—¡Jack! Si no estás muerto, maldita sea. ¡Sácame de aquí!

CAPÍTULO 14

El regreso a Grosvenor Square no fue tan digno como la ida, pero al menos fue rápido.

En menos de una hora, habían despertado a las damas, habían preparado su equipaje y se habían subido, junto con Regina, a un carruaje completamente negro que debía llevarlas a ellas y al fiel Gaston a una anodina casa de Half Moon Street. El cochero debía dar un rodeo para llegar allí y asegurarse en todo momento de que nadie los seguía.

Puck y Jack se encontraban en la sala de estar, dando instrucciones a Wadsworth, cuya única reacción fue sonreír con cierta malicia.

—Tengo la impresión de haber hecho lo mismo el año pasado —dijo el mayordomo.

—El año pasado fue ese tonto de Brean el que se presentó aquí con la intención de romperle la nariz a Beau —le recordó Puck—. Reginald Hackett exigirá que le permitas entrar. Debes hacerlo. ¿Comprendido?

—¿Dejarlo entrar? ¿A esta casa? Nunca antes me habíais dicho nada parecido, señor.

—Pero te lo estoy diciendo ahora —insistió Puck, mirando a Jack, que se limitó a dar su beneplácito con un simple movimiento de cabeza. No habían tenido mucho tiempo para hablar, ni para idear el plan, pero ambos estaban de acuerdo en que Hackett no tardaría en aparecer por allí. Aparte de eso, lo único que le había dicho Jack era que prefería quedarse al margen y observar porque empezaba a interesarle la manera de actuar de su hermano menor—. Hazle pasar directamente aquí y déjalo solo mientras vienes a buscarme. Ofrécele algo de beber, aunque sea tarde. Tienes que ser la amabilidad personificada, Wadsworth, y deja caer que estabais avisado de su visita.

—Como digáis, señor. Pero es extraño que alguien vaya a venir de visita en medio de la noche. Supongo que tendré que despertar a un par de lacayos y a la cocinera.

—Muy bien —convino Puck.

Wadsworth había sido soldado, por lo que sabía acatar órdenes aunque tuviese su propia opinión. Probablemente estaría pensando que debería meterse una pistola debajo del chaleco, por si acaso la necesitaba. Era un buen hombre.

—¿Qué habéis conseguido de nuestro nuevo amigo tus colegas los torturadores y tú? —le preguntó Puck a Jack en cuanto se hubo marchado el mayordomo.

—Bastante, diría yo. No parece que la lealtad sea su mayor cualidad. Dickie está algo decepcionado de que las cosas vayan tan rápido.

—Es el mismo hombre que envió Hackett al parque el sábado por la mañana, para comprobar si Regina se reunía allí conmigo. Lo he reconocido en cuanto he podido verlo a la luz. Así que creo que estaba en lo cierto; Hackett confía en él.

—Pues no debería hacerlo porque está cantando como un pajarillo —dijo Jack, sonriendo—. No pretendo entrometerme en tu plan, y es evidente que tienes uno por la expresión de tu cara, pero, ¿qué explicación piensas dar a los arañazos que tienes en las manos?

—Ninguna. Hackett y yo sabemos lo que ha ocurrido esta noche. Supongo que querrá ofrecerme algo.

—Dinero. Los de su calaña siempre piensan que todo se soluciona con dinero.

—Y supongo que ayuda el que yo sea un bastardo —señaló Puck, frotándose los arañazos—. Será mejor que vuelvas a lo tuyo, sea lo que sea.

—Ya sabes lo que es —respondió con tranquilidad—. Y dijiste que no ibas a volver a cuestionar mis métodos.

—No voy a hacerlo. Nadie que viera a esas mujeres esta mañana o esa habitación suspendida sobre el almacén sería tan idiota como para poner reparos a los métodos que utilicéis para obtener la información que necesitamos.

—La necesitamos cuanto antes. No debe de ser fácil mover a dos docenas de mujeres por segunda vez en el mismo día, pero eso es lo que va a tener que hacer ahora que tenemos a su hombre. A menos que no lo sepa, lo que nos facilitaría mucho las cosas. Deja que yo me encargue de eso mientras tú te encargas de Hackett. Porque sigues pensando que va a venir, ¿verdad?

—Desde luego. Sabe que hay alguien detrás de él y yo soy la opción más obvia. Aunque no iba a dejar que tuviese que deducirlo solo; me tomé la libertad de dejar una de mis tarjetas de visita sobre la mesa de esa maldita habitación.

—No me lo habías dicho —Jack meneó la cabeza, pero le dio una palmadita en la espalda—. Hermanito, eres un hombre muy raro. Quizá aún más que yo.

—No te lo tomes a mal, ahora que parece que nos llevamos bien —bromeó Puck—. Pensé que había llegado el momento de conocernos oficialmente.

—Pero Regina no lo sabe, claro. De haberlo sabido, no creo que se hubiese marchado tan dócilmente a mi casa de Half Moon Street. Pídele a Wadsworth que envíe a alguien al sótano a avisarme cuando llegue la visita, si no te importa; a mí también me gustaría conocer a Reginald Hackett.

—¿Tú? —Puck estaba sinceramente sorprendido—. Pensé que eras el hombre inexistente. ¿Vas a dejar que te vea?

Jack se encogió de hombros.

—Creo que no hay otra opción. No debe pensar que trabajas solo si vas a intentar convencerlo de que está en peligro.

—Es cierto —reconoció Puck, acompañando a su hermano hasta la puerta del sótano y cambiando sobre la marcha el discurso que había preparado—. Con solo verte la cara, se daría la vuelta hasta un ejército.

—Haré como que no he oído eso para preservar la armonía fraternal. Si obtenemos la información que necesitamos, te avisaré cuando me reúna contigo con una señal sutil, pero te darás cuenta.

—Mientras no grites «¡Sabemos dónde están!», me parece bien —le dijo antes de retirarse al despacho a esperar que llegara Reginald Hackett.

Se sentó a la mesa y tuvo que ahuecarse los pantalones para que no le rozaran las heridas que se había hecho arrastrándose por el túnel, que se había prolongado otro metro más dentro del cobertizo. No había tenido tiempo más que para lavarse rápidamente y cambiarse de ropa, pero en cuanto tuviera oportunidad, pensaba darse un baño y quedarse a remojo por lo menos una hora.

Estaba siendo una noche tremenda, y aún no había terminado, ni mucho menos. Seguramente no habría sido necesario que dejase su tarjeta, puesto que Hackett no era ningún estúpido. Ya sabía quién era Puck y que había estado con Regina la noche que se habían llevado a Miranda. Tenía que saber que estaba... interesado en su hija.

Pero eso, unido al hecho de que fuera un bastardo, cosa que lo convertía en sospechoso de todo, haría que a Hackett no le sorprendiera que, tras descubrir lo que estaba haciendo, Puck quisiera una parte de los beneficios.

La misión de Puck era convencer a Hackett de que no solo no se equivocaba al juzgarlo, sino también de que su negocio seguía estando a salvo. De lo contrario, podría ser que el Pride the Prize no zarpara para proteger a su propietario... lo que a su vez implicaría que tiraran por la borda el cargamento.

Dos docenas de mujeres como mínimo y, entre ellas, la prima de Regina, morirían si Puck cometía el más mínimo error. Si alguna vez debía actuar como hijo de su madre, sin duda era esa noche.

Se sobresaltó sin querer al oír que llamaban a la puerta.

Contó hasta diez lentamente antes de ponerse en pie, citando en voz baja:

—«El mundo es un gran teatro, y los hombres y mujeres son actores. Todos hacen sus entradas y sus mutis y diversos papeles en su vida». Sí, Wadsworth, gracias, he oído que llamaban. ¿Cuántos son?

—Dos, señor. El señor Reginald Hackett y el señor Benjamin Harley. Afuera hay otros tres hombres de aspecto sospechoso que se quedarán ahí si no quieren recibir un buen golpe.

—Muy bien. Aplaudo tu ferocidad. ¿Has enviado a alguien...

—Sí, ya se le ha comunicado, señor, junto con vuestros saludos. Él ha mandado deciros que tenía lo que quería y le ha devuelto los saludos con bastante desenfado, teniendo en cuenta las circunstancias.

Puck se sintió de pronto más fuerte. Empezaba a comprender el atractivo que veía Jack a su «trabajo«. Cuanto mayor era el peligro, más vivo se sentía uno. Era una sensación vertiginosa, al menos para él, claro que quizá fuera solo cosa suya. ¿Tendría algo que ver esa sensación con lo que experimentaba su madre antes de salir al escenario? Si era así, no le extrañaba que se hubiese aferrado a su profesión con tal empeño.

—Qué buenas noticias, Wadsworth. Gracias de nuevo. Asegúrate de que mis pertenencias se trasladan a Half Moon Street y, si no puedo hablar contigo pronto, me gustaría que le pidieras a la cocinera que prepare su pastel especial para la cena de pasado mañana. Ah, y nada de remolacha.

Wadsworth se inclinó ante él.

—Os deseo buena suerte, señor. Para vuestra información, uno de ellos es muy poca cosa, pero el otro parece peligroso; una especie de oso marrón con traje hecho a medida, diría yo, señor.

—Solo lo he visto una vez y de lejos, pero me atrevería a decir que has hecho una brillante descripción. Muchas gracias.

Puck se encontró con Jack en el pasillo y enseguida accedió a seguirle la corriente. Entraron juntos en la sala de estar para enfrentarse al enemigo. La oscuridad de Jack junto a la luz de Puck, el ceño fruncido de Jack junto a la sonrisa de Puck.

—Señor Hackett —saludó Puck alegremente, asumiendo el papel de perfecto anfitrión mientras le tendía la mano para saludarlo. No tenía sentido fingir que no lo había visto nunca—. Me alegro de veros. Ya iba siendo hora de que nos conociésemos. ¿Me permitiríais la audacia de preguntaros qué tal se encuentra vuestra hija? Es una joven encantadora, aunque quizá algo extravagante por atreverse a asistir a un baile de máscaras.

Reginald Hackett miró a Jack y luego otra vez a Puck. Parpadeó una sola vez, un gesto premeditado destinado a intimidar, cosa que después pretendió hacer simplemente clavando su mirada en Puck.

De pronto Puck sintió el deseo de intentar provocar alguna reacción más en él.

—*Combien délicieux, pourtant scandaleux un risqué, oui?* Fue un placer rescatarla, así que no es necesario que me deis las gracias. Pero os aconsejaría que la atarais en corto, señor Hackett. Sé que la habéis enviado al campo y me parece que es el primer paso en la dirección correcta, aunque tengo entendido que ya no es la flor inocente que supone.

Hackett bajó la mirada hasta las manos de Puck y observó las obvias heridas.

—Continuad, estúpido.

Puck no se dejó desanimar, o quizá no le importaba porque el que le insultaba no era más que un simple comerciante. Optó por saludar al otro hombre, que era tan poquita cosa como había dicho Wadsworth, y después presentó a Jack como su hermano y socio.

—H y H, B y B... aunque a Jack y a mí jamás se nos ocurriría tener la poca clase de colocar un cartel en el que se anunciaran nuestros... negocios. ¿Verdad, Jack? No, no me respondas. Jack no habla muy a menudo. Él es más bien un hombre... de acción. Me gusta pensar que es la fuerza bruta, mientras que yo soy el cerebro.

Puck sintió la tensión de su hermano y a punto estuvo de echarse a reír. Si se suponía que aquello era una representación, ¿por qué no empezar con una farsa? ¿Acaso no era él, como lo llamaban sus amigos franceses, *le beau bâtard Anglais*? Pero lo que era más importante era alejar cualquier sospecha de Regina y quería pensar que eso ya lo había conseguido.

—¡Ya vale de tonterías! Esta noche habéis entrado en mi almacén y han muerto tres de mis hombres.

—¿Solo tres? —Puck meneó la cabeza—. Entonces quizá no sea tan fuerte como yo pensaba. ¿Os parecería bien reducir su valor de nuestra parte de los beneficios? ¿Cuánto sería exactamente? Están muertos, lo que demuestra que no valían más de... ¿dos libras con seis cada uno? ¿No? Está bien. Podría llegar hasta tres, pero no más de eso.

—Ha hablado de beneficios, Reg —intervino por primera vez el señor Harley en voz baja—. Tenías razón.

—Calla, Beb.

—No, no, no. Si vuestro socio os había dicho ya que mi hermano y yo estaríamos interesados en obtener beneficios, entonces sí, señor Harley, vuestro socio tenía razón. ¿Podéis creer que, ahora que ha pasado el año de duelo, nuestro padre está pensando casarse con una jovencita con la esperanza de que sea fértil? No frunzáis el ceño, señor Harley. Así es, mi padre espera tener hijos. Hijos legítimos. Y, por si acaso, ya nos ha retirado las asignaciones. Así que Jack y yo hemos decidido que no queremos llevar una vida de penurias. La verdad es que ya no sabíamos qué hacer, viviendo aquí de prestado, pero solo durante un tiempo.

Un poco de verdad, algunas mentirijillas y una burda mentira habían servido para dar forma a una historia bastante creíble.

Puck volvió a centrar su atención en el padre de Miranda. Si aquello hubiese sido una obra de teatro, el público estaría impaciente por descubrir quién era el villano de la historia; ¿el tipo corpulento con cara de malo, o el joven aparentemente tonto que de pronto se volvía interesante?

Comenzó el siguiente monólogo.

—Y entonces aparecisteis vos, señor Hackett, gracias a la pequeña travesura de vuestra hija, por no hablar de la desaparición de su prima. ¿Así que os quedasteis con la muchacha que habían agarrado vuestros hombres, incluso después de descubrir que se trataba de la prima de vuestra hija y sabiendo el destino que le esperaba? Un destino que muchos considerarían peor que la muerte. Sois un hombre muy frío, Reginald Hackett, muy frío.

Puck hizo una pausa durante la que casi creyó oír la respiración contenida de los espectadores. A esas alturas, Hackett ya debería haber estado esquivando la fruta podrida que le habrían lanzado desde el patio de butacas.

—Olvidadlo. Solo por curiosidad, empecé a hacer preguntas. Pero eso ya lo sabéis. Estabais molesto hasta el punto de ordenar que me siguieran la mañana que iba a reunirme con vuestra encantadora hija, si no me equivoco, y no creo haberlo hecho. Pues bien, eso hizo que mi interés aumentara inmediatamente, como podéis imaginar. Imaginad mi sorpresa y mi deleite cuando descubrí lo que descubrí. ¡Qué suerte la mía! Puede que otros os vean como un ambicioso más tratando de hacerse sitio en la sociedad, pero yo no. Para mi hermano y para mí sois un regalo caído del cielo. ¿Queréis beber algo, Reginald? ¿Os apetecería un poco de vino? Aunque parecéis más bien de los que beben ginebra. Seguro que hay alguna botella por aquí para los sirvientes, que son los que beben ese brebaje.

—¡Mocoso insolente! Podría hacer que te mataran así —advirtió Hackett chasqueando los dedos.

—Muy impresionante, Reginald. Aunque algo predecible —respondió Puck, olvidándose un poco de la diversión. Supongo que eso quiere decir que rechazáis mi invitación a beber algo. De acuerdo, entonces sigamos hablando. Pero antes dejadme que señale que vuestras amenazas carecen de fuerza, encontrándonos en mi casa y teniendo a mi hermano apuntándoos con una pistola. Porque estás apuntando a nuestro amigo Reginald, ¿no es cierto, Jack?

—Ahora sí —fue la respuesta de Jack.

—No seríais capaz de dispararme a sangre fría —replicó Hackett, sin siquiera mirar a Jack—. Tengo el cargamento, tengo el barco y conozco a los compradores. Sin mí no tenéis absolutamente nada.

Ahí estaba. Había llegado el momento.

—*Au contraire*, Reginald. Veréis, gracias a vos hemos conseguido que el escurridizo señor Harley haya venido hasta nuestra puerta. ¿Verdad, señor Harley? No parecéis de los que se negarían a cooperar. Piense en esos carteles con una sola H. ¡Hay tantas posibilidades!

—Yo... em... —tartamudeó el menudo caballero.

—¿A la cabeza, o al corazón? —preguntó Jack en tono relajado, al tiempo que levantaba un poco más la pistola.

Puck deseó poder ordenarle que matara a Reginald Hackett. Pero se trataba del padre de Regina. Y aun así sentía la tentación, él que se había considerado un caballero civilizado.

Entonces Reginald Hackett levantó ambas manos.

—¡Esperad! ¡Esperad! Veo que os he subestimado. Les he subestimado a los dos. Me vendrían muy bien hombres como ustedes en ciertos lugares. Hablemos de ello. Díganme lo que quieren. No hay razón para que no lleguemos a un acuerdo.

Puck meneó la cabeza.

—¿Por qué íbamos a hacer algo así? Según yo lo veo, Reginald, mi hermano y yo, junto con nuestro nuevo amigo, Benjamin, tenemos todas las de ganar. Por cierto, Jack tiene ciertas deudas de juego bastante cuantiosas. Supongo que sabéis lo que es tener familia, siempre vaciándole los bolsillos a uno. Es cierto, vos tenéis al conde, ¿verdad? Y a vuestro cuñado, el vizconde, supongo. Algún día deberíamos bebernos una botella juntos para consolarnos el uno al otro. ¿No os parece, Reginald? Pero, bueno, antes de nada debemos encargarnos de la deuda de mi hermano.

—Está bien, está bien —dijo Hackett, asintiendo con su enorme cabeza. Era un hombre grande, imponente, pero sobre todo era un matón. Por suerte, como la mayoría de los matones, a la primera señal de derrota, se convertía en un cobarde, aunque un cobarde con planes. Era obvio que pensaba que podría salir de aquella situación y entonces podría idear la mejor manera de vengarse del estúpido que lo estaba acosando—. ¿Qué necesitáis? ¿Quinientas libras? ¿Mil? Al margen, claro está, de nuestro otro acuerdo. Porque vamos a llegar a un acuerdo, ¿verdad?

—Depende —respondió Puck al tiempo que levantaba el brazo como si estuviese reteniendo a Jack para que no acabara con él. (Vaya, ¿qué era eso? ¿La muchedumbre del gallinero estaba protestando?)—. Admito que me puede la curiosidad, junto con el interés por fijar el porcentaje del botín, ¿es así como lo llaman los esclavistas, o solo los piratas respetables? Si es que existen piratas respetables, claro. Porque estoy seguro de que habrá piratas que no se dignarían a tocar a un tratante de blancas ni un con un palo. Pero no importa, no hace falta que respondáis. ¿Cuándo podremos recibir las ganancias que reporte la venta de esas pobres mujeres? Como sin duda habréis adivinado ya, yo estaba esta mañana en el muelle y pude ver parte de vuestra labor. No sé si habrá muchas ganancias si seguís echando a las mujeres a los peces. Muy descuidado por vuestra parte, Reginald. Muy descuidado.

—No fue una gran pérdida. Ya he encontrado sustitutas y hay dos que nos harán ganar cinco veces más de lo que valen las demás juntas. Y... hay una tercera que vale aún más. Puedo garantizar su pureza personalmente. Para esa tengo planes especiales; un cliente del que ni siquiera Ben sabe nada. Un cliente muy particular. Ya veis, me necesitáis. Y a mí me vendría bien un par de jóvenes inteligentes como vuestro hermano y vos. Algunos de mis clientes son como ustedes... hablan como si fueran mejores que yo. Supongo que soy un poco brusco para ellos, y Ben cree que no se manchará las manos si se limita a llevar los libros. ¡Hay más que suficiente para todos! ¡Puedo hacerlos ricos a los dos! Soy una persona generosa. Veinte por ciento. Puedo daros el veinte por ciento.

—Me ofendéis, Reginald —se apresuró a decir Puck, meneando la cabeza—. ¿Jack? ¿Tú no estás ofendido? Yo desde luego sí.

Jack hizo un ruido, una especie de gruñido. Desde luego era un magnífico actor, pensó Puck.

—Está bien. El treinta.

Puck se llevó el dedo a la barbilla como si estuviese considerando la propuesta y le gustó ver que a su oponente habían empezado a caerle gotas de sudor por la frente.

—Cuarenta. Y perdonadme la franqueza, pero debo deciros que no me gusta regatear. Hasta el hijo bastardo de un marqués tiene ciertos principios.

Como sin duda Hackett estaba convencido de que no llegaría a pagar a los hermanos salvo con una puñalada en el vientre en cuanto pudiese organizarlo, asintió enseguida.

—Hacéis muy buen negocio.

—Gracias a la ayuda de una buena pistola, sí. Yo navegaré con la mercancía —añadió Puck, tratando de averiguar algo más—. Me encanta viajar; edifica la mente. ¿Cuál será nuestro destino?

Hackett se relajó visiblemente.

—Aquí y allá. A bordo tendréis todo lo que podáis desear de una mujer; cualquiera de ellas estará dispuesta a cualquier cosa en cuanto le digáis que no la venderéis. Cualquier cosa. Y no solo las vírgenes.

—Qué mal gusto, Reginald. Como si yo fuera a tocar a una meretriz —dijo Puck y se esforzó en soltar una sonora carcajada. ¡Ese monstruo estaba hablando de su propia sobrina, y la había descrito como su mejor mercancía!—. Pero debemos seguir hablando de temas menos placenteros. ¿Cuándo podríamos examinar la mercancía? Era difícil saber la calidad de las que vimos hoy.

—No necesitáis verlas. Están seguras donde están, pero no gracias a vos. Solo... solo tienen que estar en el *Pride and the Prize* el miércoles a medianoche. Las subiremos a bordo, saldremos al río y zarparemos con la marea antes de que amanezca. ¿De acuerdo?

«A uno lo mataré en cuanto se aleje de los muelles, y al otro lo tiraré por la boda encadenado. Problema resuelto», Puck creía poder oír todas y cada una de las palabras del plan de Hackett.

—Hacéis que suene muy tentador. Está bien, de acuerdo —dijo Puck y luego miró a su hermano, que acababa de carraspear—. Ah, las cinco mil libras.

—¿Cinco mil? Pensé que habíamos quedado en mil.

—No, Reginald. Vos solo habíais quedado en mil. No recibiremos ningún ingreso hasta que se venda la mercancía, así que vamos a necesitar fondos ya, para preparar el viaje. Y no puedo dejar que mi hermano se muera de hambre hasta que yo vuelva, ¿no os parece? Espero una letra de cambio de vuestro banco mañana a primera hora. Buenas noches. Os agradezco que hayáis venido, pero podremos seguir sin vos hasta que volvamos a vernos.

—¿Queréis que la letra se os entregue aquí mismo? ¿Estaréis aquí?

—Claro. ¿Dónde iba a estar si no? —respondió Puck, tanteando, al tiempo que se dirigía al vestíbulo, seguido por Hackett y Harley—. Pero aseguraos de que lo traen antes del mediodía, porque yo también tengo una cita con mi banco a la una de la tarde.

La puerta apenas se había cerrado cuando Jack soltó una retahíla de maldiciones y protestas que habrían impresionado a cualquier recluso de la prisión de Tothill Fields.

—Yo no habría podido decirlo más claro —le dijo Puck con admiración, ya de nuevo en la sala de estar—. Lo digo en serio. Debo admitir que en algunos momentos he disfrutado de la representación, lo que me hace cuestionarme mi propia cordura. Se estaba refiriendo a su propia sobrina cuando hablaba de esa mercancía tan especial. Ese tipo es un monstruo. Necesito una copa, o mejor varias. Dios, lo que ha tenido que soportar la pobre Regina durante años. Ese hombre es como la peste.

—Eres muy bueno, hermanito, permíteme que te lo diga. Mejor de lo que habría imaginado. Aunque seguramente habrías conseguido lo mismo sin necesidad de describirme como la fuerza bruta que complementa a tu cerebro.

Puck sonrió aunque sin demasiadas ganas.

—¿Habrías disparado a nuestro nuevo socio si yo te hubiese pedido que lo hicieras?

—Eso no. Pero sí le habría golpeado la cara con el cañón de la pistola hasta que se le saltaran los dientes...

—¿Y qué consecuencias habría tenido?

—Para empezar, Wadsworth habría tenido que hacer venir

a las doncellas para limpiar el suelo. Pero no podía plantearme el dispararle porque no estamos seguros de que Harley disponga de toda la información que necesitamos. Hackett también era consciente de eso, aunque eso no significa que ahora mismo no esté planeando nuestra muerte.

Puck sirvió dos copas de vino y le dio una a su hermano.

—Es cierto. Al menos sabemos que las mujeres están vivas y que tienen intención de zarpar el miércoles por la noche.

—Y que antes de eso intentará matarnos, a menos que quiera acabar con nosotros en los muelles, donde sin duda se siente más seguro.

—Sí, a mí también se me ha ocurrido eso mientras hablaba con él. Quizá he sido demasiado obvio cuando le he hablado de mi salida al banco; solo pretendía que supiera que a esa hora estaremos por la calle y seremos un blanco fácil.

—Ha estado bien. Es evidente que se ha ido con la certeza de que es más listo que nosotros. Y no me extraña porque yo mismo he tenido ganas de ahogarte un par de veces. Bueno, antes de que los dos desaparezcamos en la noche, ¿te gustaría saber dónde están las mujeres? Aunque no te van a gustar las noticias.

—¿Por qué?

—Porque podrían estar en tres lugares, ya que nuestro amigo no las acompañó en el traslado desde el almacén, así que no podía estar del todo seguro. Las posibilidades son un segundo almacén situado en Southwark, adonde se ha ofrecido a guiarnos, igual que a los otros dos lugares si no hubiera suerte allí. La segunda opción es una taberna abandonada de los muelles y, la peor de todas, un laberinto de celdas que se encuentran en un túnel excavado junto al río y que seguramente llevan ahí desde la época de los romanos.

«No, por favor, otro túnel no».

—Las cosas nunca son fáciles, ¿verdad? —Puck dejó la copa vacía sobre la mesa—. Deberíamos irnos a Half Moon Street antes de que a Hackett se le ocurra ordenar que nos sigan. Tengo que ver qué tal está Regina y los dos necesitamos descansar antes de retomar la búsqueda. Si Hackett se ha dado cuenta de que tenemos a su hombre, no disponemos de mucho tiempo.

—Su hombre está muerto, así que no puede decirnos nada. Aún no lo han descubierto dentro del túnel con las piernas fuera, pero lo harán en cuanto amanezca. Tengo entendido que Henry pensaba prender fuego al cobertizo para atraer la atención de los hombres de Hackett hacia el túnel.

Puck miró a su hermano enarcando una ceja.

—Pensé que iba a guiarnos a los tres lugares donde podían estar las mujeres.

—Eso ya lo está haciendo, con Dickie y Henry. Después morirá. No me mires así, hermanito. Es la única manera de engañar a Hackett y que no traslade a las mujeres a un cuarto lugar donde no podríamos encontrarlas. No nos basta con hacerlo desaparecer, ni con dejarlo inconsciente. Solo nos sirve muerto.

Puck se detuvo a pensarlo unos segundos y luego asintió. Estaban metidos en un juego muy peligroso y, al pensar en esas pobres mujeres, estaba clara la elección.

—Permíteme que le comunique a Wadsworth que dejaremos el postre especial para el jueves por la noche.

CAPÍTULO 15

Regina estaba sentada en la bañera, con las rodillas pegadas al pecho y sin poder dejar de temblar a pesar de la agradable temperatura del agua y de la habitación. Cada vez que pensaba que ya estaba bien, sufría un nuevo estremecimiento que le sacudía el cuerpo entero.

No podía olvidar aquella habitación en la que había estado encerrada su prima. La suciedad, el olor del miedo. «Miranda, Miranda. ¿Qué estarás pensando? ¿Has perdido ya la esperanza? ¿Sabes que estamos buscándote?».

Lo que había visto en el muelle por la mañana parecía haber sucedido hacía mucho tiempo y ahora no dejaba de pensar en todo lo ocurrido en el almacén. Habían estado a punto de atraparlos. Puck había tardado tanto en aparecer, que había estado a punto de perder los nervios y echarse a llorar desesperadamente, pero entonces lo había visto salir, sucio, exhausto pero con gesto triunfal.

Ella solo había sentido terror.

Llevaba toda la vida considerándose una víctima porque creía que su futuro no estaba en sus manos. Pero nunca le había faltado casa, comida, ropa... y seguridad. No sabía lo que era tener frío o hambre. Se había sentido oprimida, sí, pero nunca abandonada, ni sola. Ni desesperada.

Jamás se había atrevido a hacer nada. De haber dependido solo de ella, no habría habido baile de máscaras, ni secuestro, no habría conocido a Puck, no habría habido deseo, pasión... ni vida. Hasta ahora había existido... pero no había vivido realmente.

¿Qué pasaría cuando todo aquello acabara, y lo haría tarde o temprano, con una victoria o con una derrota? No podría volver a conformarse con existir. Tampoco podría volver a mirar a su padre a la cara sin desear verlo muerto. No bastaría con salvar a Miranda. Había que detener a Reginald Hackett y hacerle pagar por lo que había hecho.

Pero, ¿qué sería de todos los que dejaba atrás? ¿Con su esposa, con su hija y con toda esa familia que había comprado con dinero? El escándalo sacudiría Londres y les destrozaría la vida.

¿Sería posible que la Corona confiscara su fortuna, los barcos, los almacenes, la casa de campo y la mansión de Londres? Desde luego no era nada descabellado.

Regina sabía que no podía contar con que la familia de su madre las aceptara y les ofreciera casa y comida. Después de todo, podían afirmar que desconocían los crímenes de Reginald y los títulos los protegerían del escándalo, pero todo eso cambiaría si daban cobijo a la esposa y a la hija del criminal.

«Puck nos ayudará. Puck cuidará de nosotras».

Sintió un nuevo estremecimiento.

«¡Egoísta, egoísta! Después de todo lo que has visto hoy, solo te preocupa lo que sea de ti».

—¿Regina?

Regina suspiró y cerró los ojos un momento antes de mirar hacia la puerta.

—¿Sí, mamá?

—No comprendo qué hacemos aquí —reconoció su madre, ya en el centro de la espartana habitación—. Tu tía Claire dijo que teníamos que marcharnos de Grosvenor

Square, pero cuando le pregunté por qué íbamos a abandonar un refugio tan encantador, se echó a llorar otra vez y no me atreví a insistir. Así que debo preguntártelo a ti. ¿Nos ha descubierto tu padre?

Regina estuvo a punto de sonreír. Su madre se había tomado aquello que denominaba su pequeña aventura con un humor y una entusiasmo sorprendentes, aunque bien era cierto que no parecía comprender del todo la gravedad de lo que estaba ocurriéndole a su sobrina. Para lady Leticia, la oportunidad de pasar una semana alejada de su esposo había sido motivo más que suficiente para mirar hacia otra parte y no ver lo que estaba pasando entre su hija y uno de los bastardos de Blackthorn. Quizá también ella fuese egoísta.

Fue entonces cuando se fijó en la copa de vino que tenía su madre en la mano.

—No me mires así, por favor —le pidió lady Leticia, llevándose la copa contra el pecho como si fuera su bien más preciado—. Estaba disgustada después de cómo nos habían despertado. Pero solo es una copa, o dos... —Regina vio en el rostro de su madre esa relajación antinatural que hacía pensar que había buscado refugio en su fiel compañera—. Pensé que nos llevaban de regreso a Berkeley Square. No puedo volver allí, Regina. Moriré si vuelvo a esa casa; llevo tanto tiempo muriéndome allí.

—Dios, mamá... —Regina agarró la sábana para secarse y se levantó de la bañera, sin saber muy bien qué decir.

No era necesario que se hubiese preocupado.

Lady Leticia meneó la cabeza y suspiró.

—Yo quería vendártelos —murmuró con la mirada clavada en los pechos de su hija—. Igual que me hicieron a mí después de que tú nacieras y tu padre insistiera en traer una nodriza más robusta de lo que yo podría ser nunca. Quizá te habría venido bien. Solo las nodrizas tienen ese busto, y algunas mujeres de clase baja. Pero no es lógico que mi propia hija tenga... bueno, la culpa es de la abuela Hackett.

Regina se cubrió bien con la sábana antes de que su madre bajara la vista hasta sus anchas caderas, que eran otro de sus defectos. Lo que no podía ocultar era esa altura impropia de una dama, otra de las preocupaciones de su madre, pero hacía lo que podía.

—Lo sé, mamá —dijo—. Lo siento.

Lady Leticia recibió la disculpa con un movimiento de mano, la misma mano en la que tenía la copa. Miró como si le sorprendiera verla allí y luego se bebió el vino que quedaba en ella de un solo trago.

—No, no, no es culpa tuya. Habrá algún motivo por el que los hombres se sientan atraídos por eso. Aunque tu modista me confesó que a ella le resultaba mucho más fácil confeccionar ropa para las que están menos dotadas. Claro que tampoco una modista debería tener nada que decir al respecto —frunció el ceño como si tratara de recordar algo—. ¿Querías algo más, Regina?

—No, creo que no, mamá —respondió Regina, que se avergonzaba de sentirse agradecida de que el vino hubiese vuelto a nublarle la mente a su madre—. Son más de las tres de la mañana. Supongo que estaréis cansada.

Lady Leticia se pasó la mano por el pelo, algo descuidado por culpa de la premura con la que Hanks había tenido que vestirla para salir de la mansión de Grosvenor Square.

—Sí, lo cierto es que estoy cansada —miró la copa vacía y arrugó el entrecejo—. Creo que volveré a mi dormitorio directamente. Buenas noches, querida.

—Buenas noches, mamá —Regina se las arregló para mantener la sonrisa dibujada en los labios hasta que su madre hubo salido de la habitación, pero en cuanto se cerró la puerta, perdió las fuerzas y apenas pudo llegar a la cama antes de deshacerse en lágrimas.

Lloró por Miranda y por todas las mujeres que habían estado alguna vez en las garras de su padre, todas aquellas a las que había arrebatado de sus seres queridos, había encadenado y vendido al mejor postor. O había ahogado. Lloró por su madre, que llevaba toda su vida de casada aterrada, por todos los años que había perdido y la juventud que se le había escapado. Y lloró por sí misma, aunque sabía que no estaba bien, que era egoísta. Lloró por Puck, que se había puesto voluntariamente en un serio peligro. Lloró hasta que ya no sabía por qué lloraba, pero no podía parar.

De pronto sintió el roce de una mano en la sien, una caricia que le apartaba el pelo de la cara y que la hizo sobresaltarse. Hasta que oyó la voz de Puck.

—Está bien, preciosa —le dijo al oído—. Todo va a ir bien, te lo prometo.

Se tumbó junto a ella en la cama, abrazándola por la espalda, apretándola como si así pudiese borrar su dolor e infundirle fuerza.

—Es imposible que todo vaya bien —susurró ella—. Aunque consigamos salvar a Miranda, nunca volverá a ser la misma, Puck. Ninguno volveremos a ser los de antes.

—Pero podremos ayudarla a superarlo poco a poco.

Regina se mordió el labio para no decir lo que pensaba, pero no fue capaz de contener las palabras.

—Quiero verlo muerto —dijo con la voz quebrada por un sollozo—. Debo de ser tan mala como él, Puck, porque te prometo que deseo con todo mi corazón verlo muerto. Por... por todo lo que le ha hecho a Miranda y a mi madre... y a todas esas pobres mujeres. Es un monstruo y su sangre corre por mis venas. ¿Cómo voy poder vivir sabiéndolo? ¿Cómo puedes mirarme a la cara siquiera?

Necesitaba algún consuelo y quizá también el perdón. No sabía qué era lo que necesitaba.

Pero, fuera lo que fuera, no fue eso lo que recibió.

—Pensé que llorabas por tu prima, por tu madre y, como tú misma has dicho, por todas esas pobres mujeres —le dijo

Puck casi con frialdad—. Pero estás muy ocupada compadeciéndote de ti misma para pensar en nadie más.

Regina se sentó en la cama sin preocuparse por sujetarse la sábana, que inmediatamente cayó sobre la cama.

—¡Cómo te atreves! No es tu padre el que ha hecho todo eso.

—Cierto —respondió él, sentándose también con la espalda apoyada en el cabecero y las piernas estiradas—. Mi padre lo único que hizo, o más bien lo único que no hizo fue casarse con mi madre, con lo cual convirtió a sus tres hijos en bastardos a los ojos del mundo. Mis hermanos y yo tuvimos que decidir quiénes éramos y lo que valíamos para poder construir nuestras vidas. ¿Quién decide por ti, cariño?

No sabía si darle una bofetada o un abrazo.

—Yo —admitió en voz baja—. Yo decido.

—Lo siento, no te he oído bien.

—He dicho que soy yo la que decido. Yo no soy mi padre, ni tampoco la abuela Hackett, ni siquiera mi madre. Yo soy yo y depende solo de mí lo que sea y lo que haga. Eso es lo que querías oírme decir, ¿verdad?

—Eso es lo que quiero que sientas —matizó Puck—. Porque, en mi opinión, Regina Hackett es una mujer maravillosa. Y valiente, increíblemente valiente. Por no hablar de su innegable atractivo —añadió bajando la mirada hasta sus pechos.

—¡Uy! —exclamó ella al darse cuenta por fin de que estaba completamente desnuda y se tapó esos pechos de mujer de clase baja—. Podrías haberme avisado.

—¿Y privarme del placer de verte? Ni hablar. Especialmente ahora que acabas de privarme tú, cuando me disponía a disfrutar de lo que esperaba que fuera una invitación.

Regina notó que se le endurecían los pezones bajo la tela y el centro de su cuerpo se tensaba agradablemente en respuesta a sus palabras.

—De todas las cosas que debería hacer esta noche, probablemente esta sea la última... —dejó la frase a medias al bajar la mirada y ver el bulto de sus pantalones que confirmaba que estaba tan excitado como ella.

Puck agarró el extremo de la sábana y tiró de ella suavemente hasta dejarla de nuevo desnuda ante sus ojos.

—El placer físico ofrece un extraordinario consuelo, Regina. Por eso lo buscamos los pobres mortales. No hay lugar para pensar o lamentarse, solo para... sentir. Eso es todo lo que tienes que hacer. Escapar, volar libremente. Déjame ayudarte, preciosa. Déjame hacerte disfrutar hasta que solo puedas pensar en el placer que sientes. Nada más.

Se quedó allí, sentada, con la mirada clavada en él, sintiendo sus manos a pesar de que aún no la había rozado. Estaba seduciéndola con sus palabras, llenándole la mente de atrevidas imágenes y borrando de ella todo lo que deseaba hacer desaparecer.

Era tan inteligente. Y ella deseaba tanto no pensar en otra cosa que no fuera él.

Necesitaba sentir sus caricias más de lo que necesitaba el aire que respiraba. Se levantó de la cama para despojarse de la ropa sin dejar de mirarla un segundo, ni susurrarle cosas en francés. Le decía lo mucho que la deseaba y lo mucho que iba a disfrutar haciéndola disfrutar a ella. Lo vio ya desnudo frente a ella, maravilloso y excitado, y notó que algo se contraía entre sus piernas hasta casi dolerle.

Entonces esbozó una pícara sonrisa sin moverse de donde estaba, sin volver a su lado como ella esperaba. Así era Puck, siempre capaz de verle el lado cómico a todo.

—No puedes quedarte ahí parado —protestó ella, impaciente.

—Tienes razón. Pero se me acaba de ocurrir algo. Ven aquí, preciosa —le dijo agarrándola del tobillo y tirando de ella hacia así. Le levantó las piernas, se las puso alrededor de las caderas y la llenó de golpe en un movimiento tan repentino y tan hábil que fue algo... mágico. Allí estaban los dos, sirviéndose el uno del otro para olvidarse de todo el horror que habían visto.

Intentó levantar las manos hasta él y fue entonces cuando Puck la levantó de la cama, encontró su boca y la besó casi con furia.

En apenas un instante se habían convertido en un solo ser y el calor de la pasión parecía fundirlos en un cuerpo. Se agarró a sus hombros con fuerza, apretándolo con las piernas para estar aún más cerca de él, aunque sabía que era imposible.

Dejó de pensar y se limitó a sentir.

Cuando Puck dejó de besarla fue para susurrarle al oído:

—Ahora mismo no existe nada más, preciosa. Solo esto es real. El mundo empieza y termina aquí.

Entonces empezó a moverse lentamente dentro de ella. Cada vez más y más adentro. Y ella se pegaba a él como una lapa, envolviéndolo con las piernas y con los brazos mientras él los llevaba a la cama y sus cuerpos caían unidos sobre el colchón. Se aferraba a él como a la propia vida. Porque él era su vida, Puck la llenaba de vida.

Pero no era la vida lo que deseaba en esos momentos. Lo único que quería era olvidar.

—*La petite mort*, Regina. ¿Te acuerdas? Persigue conmigo esa pequeña muerte. No tengas miedo. Moriremos juntos, solo por un instante...

Regina se dejó llevar y dejó que desapareciera todo lo demás y que ocurriera lo imposible, hasta que ambos cayeron derrumbados sobre la cama, agotados y satisfechos.

—Lo retiro todo. No eres ninguna inocente. Eres una bruja —dijo él con la respiración entrecortada.

—Lo sé. Y tú un bastardo. Tengo la impresión de que estamos hechos el uno para el otro —respondió ella, dándole mordisquitos en el cuello. El mundo se derrumbaría muy pronto a su alrededor, pero por el momento era libre. Puck la había hecho libre. La conocía mejor de lo que se conocía ella a sí misma y sabía lo que necesitaba incluso cuando se sentía completamente perdida—. Gracias.

—De nada —dijo, abrazándola ahora con cariño y ternura—. Tonta.

—Vaya, yo también te tengo mucho aprecio.

—Me alegro porque si no, hace unos momentos habría creído que intentabas matarme —volvió a apretarla contra sí—. No sé si esto te reconfortará o no, pero por ahora estamos en manos de Black Jack. Sé que está organizando algo, pero solo me ha dicho que estemos preparados a eso de las cinco. Hablo en plural porque no voy a ser tan tonto de pedirte que te quedes aquí. Así pues, solo tienes una hora, cariño. Intenta dormir.

—Si me lo hubieras dicho cuando has entrado en la habitación, te habría dicho que no podría dormir y también te habría pedido que me contaras todo lo que supieses sobre los planes de tu hermano.

—¿Y ahora?

El bostezo de Regina fue respuesta más que suficiente. Se acurrucó contra él, apoyó la cabeza en su pecho y cerró los ojos. Al menos por una hora, dejaría su destino en manos de los dioses.

Salieron a la calle, donde los recibió una fuerte tormenta de viento y agua que los caló hasta los huesos antes de poder llegar al coche. Los relámpagos iluminaban el cielo oscuro como fugaces rayos de sol, seguidos por truenos que explotaban sobre sus cabezas. Puck quiso creer que podría haber sido peor, pero no conseguía imaginar cómo. Quizá si hubiera habido dragones escupiendo fuego.

Un serio Henry Sutton les abrió la puerta del carro cubierto y Puck se apresuró a subir a Regina sin ceremonias.

Cuando se disponía a subir tras ella, Jack lo agarró del brazo y se lo llevó a un lado para mostrarle el vehículo cerrado que Henry había sacado de algún lugar y con el que había ido a recogerlos a la calle sin salida que había detrás de la mansión.

—No iremos muy rápido, pero con un poco de suerte, volveremos con él lleno. Supongo que ya habrás imaginado adónde nos dirigimos.

—A las celdas, claro. Lo demás habría sido demasiado fácil —adivinó Puck con un escalofrío—. Frío, oscuridad y humedad. Y ratas lo bastante grandes como para haberse comido todos los murciélago, si tenemos suerte. ¿Es así?

Jack se limitó a asentir.

—No tenía ni idea de que siguieran existiendo esas cosas. Conozco las cuevas de Blackheath, pero no creo que esto sea parte de ellas, no están tan lejos de la ciudad. Henry cree que los romanos debieron de utilizarlas para encerrar a los galeotes. Las cuevas se abren al río, pero están aisladas y casi ocultas en la vegetación. Mirando desde el agua es imposible sospechar que están ahí. Hay cinco en total y se extienden por unos cincuenta metros de costa. Hay dos vigilantes paseándose todo el rato por la parte delantera y otros dos en el... bueno, digamos acantilado, pero en realidad no es tan alto. Esperemos que las cuevas no estén comunicadas con otros túneles. Con esta tormenta y a punto de cambiar la marea, podrían inundarse. La verdad es que Hackett no nos lo está poniendo nada fácil.

—¿Has visto todo eso personalmente?

—No, solo han estado Henry y Dickie, que sigue allí, por si vuelven a trasladar a las mujeres una vez más. Hay cinco cuevas con celdas, así que estoy seguro de que estarán repartidas, no las habrán dejado a todas en la misma cueva. Tardaremos en encontrarlas a todas, pero lo haremos lo más rápidamente posible. Yo sugeriría que Regina y tú os quedarais en el vehículo hasta que sacáramos a las mujeres y ella pueda reunirse con su prima. No creo que deba ver lo que sin duda habrá allí dentro. Sinceramente, lo único que haría sería estorbar.

—¿Igual que yo?

Jack se rascó la frente, seguramente sin acordarse de que se había tiznado la cara, igual que Henry y una tercera persona que se encontraba a unos pasos de ellos, con la mano sobre la empuñadura de la espada que llevaba a la cintura.

—Nosotros nos dedicamos a esto, así que se nos da relativamente bien. Nos encargamos de resolver problemas para la Corona. Matamos sin titubear cuando es necesario. Antes lo has hecho sorprendentemente bien con Hackett, pero eres demasiado bueno para lo que hay que hacer ahora. Hermano, tú tienes alma de poeta; tienes corazón... y algo que perder. No eres un asesino. Además, alguien tiene que quedarse con Regina y con los caballos.

«Algo que perder. ¿Y tú no, Jack? ¿Es eso? ¿No tienes corazón? ¿Eres tan bueno en lo que haces porque no te importa vivir o morir?».

—Ya viste que conseguí salir del túnel del almacén, Jack. Regina y yo estaremos bien. Vais a necesitar toda la ayuda posible para registrar las cinco cuevas. No hemos llegado tan lejos para no alcanzar la línea de meta.

—Esto no es una carrera de caballos, Puck. Ni una obra de teatro en la que se pueda controlar lo que ocurre. Si acabaras frente a frente con Hackett, con Regina presenciándolo todo, ¿podrías hacerlo? ¿Podrías disparar a su padre delante de ella? No, no digas nada porque los dos sabemos la respuesta. Intentarías proteger a Regina y aplicar la lógica a una postura imposible de justificar y, con un hombre como Hackett, eso sería un error fatal. Lo digo en serio, Puck; lo que hiciste antes con Hackett fue impresionante, yo no habría podido hacerlo mejor —Jack le puso una mano en el hombro a su hermano y concluyó con amabilidad—. Pero ahora es la fuerza bruta la que se encarga de todo.

«Entonces sí que tienes algo que perder, Jack. Tu hermano pequeño, de quien has estado huyendo durante años, igual que huyes de Beau y de nuestros padres. ¿De qué tienes miedo, Jack? ¿Qué es lo que perdiste que te ha llevado a alejarte de todo y a aislarte, en lugar de permitirte reconocer alguna emoción?».

—Te lo repito una vez más. Siempre fuiste un cretino arrogante, ¿verdad? —dijo Puck sin el menor sentimiento—. Avísame cuando hayas terminado para poder seguir con todo esto. Me está cayendo agua por la espalda.

Jack esbozó una rápida sonrisa que le iluminó el rostro.

—Me caes bien, hermano. Empiezo a pensar que me he perdido muchas cosas por no conoceros bien a Beau y a ti durante estos últimos años.

Puck no perdió el tiempo en aprovechar la oportunidad que le ofrecía su hermano.

—No hemos sido Beau y yo los que te hemos evitado, Jack, pero el pasado no es el futuro. Cuando todo esto termine, volveremos todos a Blackthorn. Hace muchos años que no estamos todos juntos.

—Puck, no es el mejor momento para hablar de reuniones familiares.

En eso tenía razón. No era el momento, y con la lluvia y el viento, tampoco era el lugar. Pero Puck se había dado cuenta de que tenía un misión; quizá era el alma de poeta que llevaba dentro.

—Supongo que sabes que le ha dado una propiedad no ligada a la herencia a Beau. Y a mí me dio otra el año pasado. Sabes que eso es lo que quiere, asegurarse de que estamos todos bien provistos. Déjale que lo haga, Jack. Deja que trate de compensarnos por no haberse casado con mamá, o lo que sea que pretende hacer. Puede que, si no lo haces, lo lamentes durante años.

Jack se quedó callado unos segundos.

—Lo pensaré —dijo por fin—. Eres peor que una esposa, ¿lo sabías?

—Ahí está ese Jack tan ofensivo al que no conozco, pero que me gustaría conocer mejor algún día. Está bien, te dejo. Pero antes dime quién es el espadachín, ¿o no debería saberlo?

Jack miró a su espalda y sonrió.

—En realidad ya lo conoces. Y, hablando de arrogantes, tengo entendido que tenías pensado enfrentarte a él un día de esta semana para presumir de tus dotes con la espada, algo que, por cierto, te recomendaría fervientemente que no hicieras.

—¿Will Browning? —preguntó Puck mirando de nuevo a la misteriosa figura—. Henry y Dickie me lo presentaron en el baile de máscaras. No me digas que el vizconde Bradley también está escondido por ahí.

—Imposible. Creo que le tiene miedo hasta a su propio ayuda de cámara. Bueno, a menos que quieras quedarte aquí y analizar la estrategia de Wellington en su última campaña o el diseño de tu mejor chaleco, sugiero que nos pongamos en marcha. Con esta tormenta, no tendremos que preocuparnos por que amanezca, pero sí por la marea.

—Estoy en tus manos, supongo —dijo Puck después de saludar a Will Browning de un modo casi cómico y antes de subirse al carro. ¿Que no era una obra de teatro? ¿Se habría dado cuenta Jack de que era el mejor actor de todos?

El interior del carro estaba muy oscuro y tenía un fuerte olor a cerveza, que debía de ser su carga habitual. No podía verle la cara a Regina, pero le agarró la mano y se la apretó, ella respondió del mismo modo y ninguno de los dos dijo nada mientras el carro echaba a andar.

Estaban en marcha. Era su última oportunidad y ambos lo sabían. ¿Y si no encontraban a Miranda? ¿Y si la muchacha había muerto? O se había vuelto loca, lo cual era perfectamente posible. ¿Y si Hackett estaba en las cuevas y plantaba cara? Regina había dicho que quería ver muerto a su padre, Puck no creía que fuera realmente cierto.

Su cabeza debía de ser un torbellino en aquellos momentos. Esperanza, miedo, impaciencia, temor. Y sin embargo allí estaba, sentada, dándole la mano y con la determinación de estar allí cuando Miranda necesitara ver a alguien de confianza.

Dios, cuánto la amaba. Debería habérselo dicho.

Pero era muy pronto.

Y muy tarde al mismo tiempo.

Hacía solo unos días que la conocía y sin embargo apenas recordaba cómo era su vida sin ella. Probablemente porque había empezado a vivir de verdad la noche en que la había visto por primera vez.

¿Que tenía alma de poeta? ¡Mentira! Un poeta habría encontrado las palabras necesarias.

El carro pegaba botes sobre los adoquines del suelo, lanzándolos de un lado a otro y obligándolos a agarrarse donde pudieran.

—¿Adónde vamos? —preguntó por fin Regina—. ¿Está lejos?

—Debería habérselo preguntado —admitió Puck, dándole un beso en la sien—. Por lo que tengo entendido, nos dirigimos a unas antiguas cuevas romanas situadas junto al río.

—¿Unas cuevas? ¿Pero qué demonios...?

—Parece ser que dentro hay una especie de celdas, construidas probablemente para albergar esclavos. Galeotes o algo así. Puede que tu padre pensara que podría trasladarlas desde allí, directamente al barco en medio de la noche y así no tener que volver a pasar por los muelles. Lo que importa es que sabemos dónde están y que pronto estarán con nosotros. ¿Qué le has dicho a tu tía?

—Nada —dijo Regina, apoyando la cabeza en su hombro—. Lo único que hizo cuando volvimos del almacén fue mirarme y romper a llorar antes de salir corriendo a su dormitorio. Sé que quiere pedirme que lo deje, pero no es capaz de hacerlo. Miranda es su hija y no dudaría en sacrificarme a mí con tal de recuperarla. Ninguno de nosotros volverá a ser el mismo de antes cuando todo esto termine. Fracasemos o no, nada volverá a ser igual.

No podía decirle nada significativo, así que se limitó a abrazarla con fuerza.

Cuando los ojos se le acostumbraron a la oscuridad, Puck consiguió ver que había muchas mantas, por lo menos dos docenas, apiladas en un rincón. Varios faroles preparados para la búsqueda y dos grandes cestas que sin duda estarían llenas de comida y quizá también vino. Jack se había preparado para que la misión fuera un éxito y probablemente en ningún momento había dudado de que fuera así. De hecho, seguramente ya habría tenido aquel carro aparcado en un callejón cuando habían ido al almacén. Sus hombres podían ser magníficos en su trabajo, tal y como decía Jack, pero no habían dispuesto de demasiado tiempo para preparar la excursión a las cuevas.

Apenas habían tenido el tiempo suficiente para que el hombre de Hackett los condujera a los tres lugares posibles, luego acabar con él y llevarlo adonde Hackett fuera a encontrarlo pronto.

Era un juego despiadado. ¿Cuántos más hombres morirían aquella noche?

—Quiero que te quedes en el carro —le comunicó a Regina y le puso el dedo sobre los labios antes de que pudiera protestar—. No puedes hacer nada para ayudar, preciosa, al menos hasta que las mujeres queden libres, en ese momento te prometo que te traeré a Miranda inmediatamente.

Regina le apartó la mano para poder hablar.

—Estoy de acuerdo, Puck. Completamente. Me alegro de haber ido con vosotros al almacén porque encontré ese trozo del vestido de Miranda, pero sé que ahora no haría más que estorbar.

Puck la miró en medio de la oscuridad.

—Has oído la conversación que he tenido con Jack, ¿verdad?

Regina le puso la mano en la mejilla.

—Alma de poeta. Me parece precioso y muy cierto. Aunque creo que también te gustaría repartir unos cuantos puñetazos, ¿no? Deberías hacerlo. Y no te preocupes por quién sea la otra persona, si se lo merece. Yo también lo haría si pudiera, pero no soy lo bastante fuerte. Así que quizá puedas pegar a alguien por mí.

—Ven aquí —le dijo para volver a rodearla por completo con sus brazos, sentados en el suelo del carro—. Creo que te amo, Regina Hackett. No, no es cierto. Estoy seguro de que te amo. Probablemente debería haber esperado hasta que todo esto acabara, pero hay cosas que no pueden esperar. Te amo. Pero si ahora me rechazas, podría cambiar de opinión. En realidad podría quitarle la espada a Will Browning y clavármela a mí mismo.

—¿Quién es...? No importa. Yo también te amo, Puck. Aunque sé que es muy complicado porque hay muchos obstáculos. Mi padre jamás nos daría su bendición. Pero si lo encierran y le condenan a muerte, tendrás que cargar con la hija de un monstruo reconocido. Incluso en París, me daría la espalda la sociedad. ¿Y qué me dices de tus padres? Una cosa es ser bastardo, pero la hija de un... Porque vas a pedirme que me case contigo, ¿verdad?

—Bueno, sí, pensaba hacerlo hasta que has empezado a decir todo eso —dijo, disimulando la sonrisa al ver el gesto de sorpresa, casi de horror, que apareció en su cara—. Quiero decir que tengo una reputación que cuidar. Después de llevar toda la vida siendo lo más bajo de la sociedad, no había considerado la idea de casarme con alguien que estuviera incluso por debajo de un bastardo. ¿Acaso es eso lo que me estáis pidiendo, señorita Hackett?

Dios, cuánto le habría gustado poder ver bien la expresión de su rostro.

—No lo sé. Estoy entre hacerte una petición de matrimonio y darte un puñetazo.

—En ese caso, digo sí a la primera opción y no, gracias a la segunda. No tengo el menor problema en olvidarme de mi supuesta reputación, pero le tengo cariño a mi nariz y no me gustaría verla desfigurada. Ya puedes besarme, si lo deseas.

Regina debió de aceptar el trato porque le agarró la cara con ambas manos y tiró de él hasta estampar su boca contra la de él.

Pero fue un beso fugaz porque el carro se detuvo bruscamente y, casi de inmediato, Jack apartó la lona para asomarse al interior.

—Extraño hombre el que es capaz de encontrar divertimento mientras se dirige a un peligro seguro y quizá a la muerte.

—Estamos prometidos —anunció Puck, contento como un tonto, al tiempo que sacaba la mano de debajo de la camisa de Gaston que llevaba Regina, donde la había metido sin darse cuenta.

—Felicitaciones para ti y mis condolencias para la dama. A partir de aquí tenemos que seguir a pie. He cambiado de opinión al ver el terreno de cerca, y Dickie acaba de informarme de que Hackett ha añadido otros tres guardias desde que se fue Henry. Me temo que Regina va a tener que acompañarnos porque no tengo suficientes hombres para quedarse con ella y no me gusta tanto la zona como para permitir que se quede sola.

Regina agarró a Puck de la mano de inmediato.

—No pasa nada. En realidad quería ir. Solo te he dicho que no quería porque pensé que era lo que debía decir.

Puck volvió a besarla con fuerza y rapidez antes de echar a andar en medio de la lluvia y del viento. Apenas podía ver el suelo que pisaban, pero era difícil no ver el río Támesis, que bajaba con furia a poco más de veinte metros de ellos. El agua parecía negra, pero salpicada por la espuma blanca de las olas.

Miró a Jack, que aún iba a caballo.

—Está entrando la marea. ¿Crees que podremos llegar siquiera a las cuevas? ¿Cuánto podremos acercarnos sin que nos vean?

—Reconforta saber que eres capaz de pensar en otras cosas, Romeo —respondió su hermano, limpiándose la cara con un trozo de tela que ya estaba negro, pues la lluvia había arruinado su camuflaje—. Y la respuesta es que por el momento nos vamos a esconder detrás de ese saliente de roca. Está claro que las cuevas se inundan cuando está así el tiempo. Las están sacando muy rápido y vienen directos hacia nosotros.

Regina se agarró al brazo de Puck.

—¿Entonces las hemos encontrado? ¿De verdad están aquí? ¿Puedes verlas? ¿Está Miranda con ellas?

—Tranquila, cariño. Enseguida estarás con ella —Puck había conseguido examinar los alrededores. No estaban lejos de la ciudad, pues Londres se extendía lentamente, reclamando más y más tierra, por lo que ya había algunos edificios entre los árboles y la hierba. No lo había preguntado, pero por la duración del viaje supuso que estaban cerca de Cremorne Road. También se había fijado en que el suyo no era el único carro que había allí—. ¿Hackett's? —le preguntó a Jack, señalando el otro vehículo.

—Y un conductor que ya no será ningún problema, gracias a Dickie. Es un poco decepcionante, pero tendremos que esperar aquí a que las mujeres aparezcan por el camino que va paralelo al río. Ahora, si no os importa ir con los demás para que Dickie haga un recuento y asigne funciones, quizá podamos terminar pronto con esto y estar en algún lugar cálido en menos de una hora. ¿Regina? No te separes de Puck, pero además te aconsejaría que cerraras los ojos. ¿Hermano? Ojalá que tengas una puntería tan firme como tu corazón. Henry y yo vamos a ocupar el punto más alto del risco.

Dicho hecho, Black Jack inclinó la cabeza levemente para

saludarlos y dio media vuelta al caballo, rumbo a dicho risco. Lo vio bajarse en la base, despojarse del sombrero y de la capa y comenzar a trepar por la roca con una facilidad que hacía pensar que no era la primera vez que hacía semejante proeza. Sin duda tenía muchos talentos, al margen de sus dotes para el drama.

Will Browning estaba haciéndoles gestos con el brazo para que lo siguieran. Puck agarró con fuerza la mano de Regina y echaron a correr juntos hacia un promontorio que no resultó ser tan alto, pero estaba cubierto de un musgo muy resbaladizo.

Puck llegó a la conclusión de que aquellas cuevas habían sido obra de la mano del hombre y el saliente en el que se encontraban no era otra cosa que la roca excavada y convertida en una especie de muralla en la que en otra época se habrían apostado los centinelas para vigilar las celdas de abajo. El romántico que llevaba dentro pensó que estaría bien volver otro día para explorar la zona tranquilamente. El resto de él simplemente tenía frío y estaba ansioso por que acabara todo aquello.

Dickie estaba ya allí, tumbado boca abajo y pidiéndoles con gesto que se agacharan para que nadie pudiera ver su silueta de lejos. Parecía que estaba comiendo algo.

Regina obedeció y Puck se tumbó junto a ella, pasándole el brazo por la espalda para protegerla. Desde allí, miraron en la dirección que les señalaba Dickie.

—¿Dónde, Puck? No veo nada... Ay, Dios mío...

Iban caminando, tambaleándose, por el sendero serpenteante que subía junto al río. Una larga fila de mujeres encadenadas por los tobillos y abrazadas las unas a las otras para darse apoyo mientras los harapos en que se había convertido su ropa ondeaban al viento.

En cabeza iba un solo hombre bastante grande, pero luego había más entre las mujeres. Dos... tres... cinco. Eran cinco hombres.

A su espalda, el sendero llegaba hasta las cuevas y más allá, otro saliente de roca que llegaba hasta el agua. Aquella era la única salida. Los romanos lo habían pensado muy bien si su objetivo había sido vigilar a los esclavos, pero no se podía decir lo mismo de Hackett, que no tardaría en darse cuenta de su error.

Seguramente había tenido intención de trasladar a las mujeres al *Pride and the Prize* en una barca, pero la tormenta le había estropeado el plan. Puck sabía que Jack y él le habían ocasionado tantos problemas que había empezado a actuar con precipitación y cometiendo muchos errores. Puck sonrió; siempre había sabido que acabaría encontrando algo en lo que tuviese talento. Tenía que contárselo a Regina.

Pero entonces la miró y vio tanto miedo en sus ojos, que decidió dejarlo para otro momento y se concentró en lo que estaba ocurriendo.

Jack y Henry se encargarían de los dos hombres que había en el acantilado, pero aun así seguirían siendo tres contra cinco. Claro que con el elemento sorpresa y la altura a la que se encontraban, estaban casi a la par.

Will Browning le dio un codazo para que viera cómo desaparecía el centinela del acantilado como si lo arrastrara una mano invisible.

—Ya están los dos —susurró Will, aunque podría haberlo dicho gritando porque el viento habría amortiguado el ruido—. En cuanto los hayan atado, Henry bajará con nosotros y Jack irá a encargarse del que va el último, detrás de las mujeres. Entonces solo nos quedarán cuatro con los que luchar. No es muy caballeroso, ¿no os parece? Pero así es Jack, siempre alardeando.

—Desde luego. Acabo de descubrir que es un rasgo de la familia. ¿Cuándo salimos? —preguntó al tiempo que echaba mano del cuchillo. También llevaba las pistolas, pero no creía que la pólvora estuviese seca. Además, ¿acertaría a dar al objetivo desde tan lejos? No, sería mejor con el cuchillo. Rápido y silencioso.

«Dios, ya pienso como Jack. Quizá no debería haberle insistido para que viniera a Blackthorn. Quién sabe adónde podría llevarme tener una relación más estrecha con él».

—Puck —Regina volvía a tirarle del brazo—. Mira, Puck, es mi padre. Dios mío, tiene a Miranda. ¿Lo ves? Está en medio de la fila. Lleva un farol. Es ella, Puck. Es Miranda.

—Ya la veo —aseguró Puck. ¿Qué hacía allí Hackett? ¿Habría imaginado que se inundarían las cuevas, o había sospechado algo? ¿Y por qué Miranda no iba encadenada como las demás? ¿Habría ido el jefe para hacerse con su posesión más preciada?—. ¿Cuándo salimos? —volvió a preguntarles a los otros.

—Calma, calma —le advirtió Browning—. Dickie, querido amigo, quizá quieras aplastar al tipo que va delante.

—Me prometiste que no volverías a hablar así —protestó Dickie Carstairs, renunciando a lo que le quedaba de pastel de carne antes de ponerse en pie. El primero de la fila estaba a punto de llegar adonde se encontraban. Carstairs se volvió hacia Browning—. Es insultante. Además, tenía hambre y no he podido cenar por venir aquí a ahogarme. ¿Preparados?

Puck besó a Regina en la boca.

—¿Podrás volver al carro sola? ¿Ayuda a las mujeres a subir y tranquilízalas, ¿de acuerdo? Yo te traeré a Miranda, te lo prometo —después se dirigió a Will Browning—. Preparado. Elige al que quieras. El del farol es mío.

De pronto se oyó revuelo al final de la fila, un grito que el viento transportó hasta ellos. Las mujeres se detuvieron a ver qué había ocurrido a su espalda.

—Ahí está Jack, facilitándonos el trabajo. Uno menos. Rezad para que cunda el pánico, señorita Hackett. Siempre es nuestro mejor aliado. Por el rey, por la patria, Puck, y simplemente por disfrutarlo —dijo Will Browning, espada en mano, mientras los tres veían a Dickie Carstairs preparándose para el ataque justo antes de tirarse sobre el hombre que iba al frente de la fila.

Se oyó un gemido de dolor cuando aterrizó sobre la espalda de aquel tipo.

Lo que siguió a continuación fue un caos, no había otra manera de describirlo. Las mujeres gritaban, lloraban y se tropezaban las unas con las otras en sus ansias por escapar. Los dos guardias que quedaban soltaron las armas y echaron a correr hacia el acantilado con el único objetivo de salir con vida de aquello.

—Henry estará encantado cuando los vea ir directos hacia él —aseguró Will Browning riéndose—. Será mejor que vaya con él.

Con todo eso Reginald Hackett quedó solo con su sobrina, casi aislados en el camino, completamente inmóviles. Igual que en la mente de Puck, todo lo demás había desaparecido y solo se oía el sonido del viento y de la lluvia y los latidos de su corazón. Jack se equivocaba. Claro que podría matar a Reginald Hackett si tenía que hacerlo. Lo haría en un abrir y cerrar de ojos y no sentiría más remordimientos que si hubiese pisado un bicho especialmente asqueroso.

Gracias a la lluvia, Puck solo tuvo que dejarse deslizar por la colina para llegar hasta el sendero y aterrizó de pie, con el cuchillo en la mano izquierda.

—¡Fuera! ¡Alejaos! —les gritó a las mujeres que aún quedaban cerca—. Seguid caminando. Ya estáis a salvo. Seguid por el sendero hasta los carros.

Una de las prisioneras se echó a sus brazos y lo agarró con fuerza mientras él intentaba apartarla.

—Por favor, señor. Llevadme a casa. ¡Mi padre os pagará bien, os lo prometo! Dios mío, ayudadme, por favor.

—Ya me encargo yo —se ofreció Dickie, quitándole a la muchacha de encima—. Tu hombre se escapa.

Puck volvió a mirar al sendero para descubrir que Hackett había echado a correr de vuelta hacia las cuevas, arrastrando a Miranda consigo. ¿Qué hacía? ¿Acaso había otra salida? Las ratas siempre encontraban una manera de escapar. ¿Cómo no se habían dado cuenta?

—¡Maldita sea!

Salió corriendo tras ellos, abriéndose paso entre las mujeres, resbalando en el barro. Por fin vio que Hackett se detenía y miraba atrás un segundo antes de mirar de nuevo a la tenebrosa boca de las cuevas, como si estuviese calculando si podría llegar antes de que Puck le diera alcance.

—¡Rendíos, Hackett! ¡No tenéis escapatoria! ¡Soltadla!

Hackett titubeó y debió de darse cuenta de que no tenía demasiadas posibilidades de escapar porque decidió cambiar de estrategia.

Arrastró a Miranda hasta el borde del sendero y la echó a un lado. Ella cayó de espaldas, directa a las oscuras aguas embravecidas del Támesis.

Puck solo perdió un instante en mirar a Hackett y verlo entrar en una de las cuevas. Ni siquiera tenía tiempo de lanzarle el cuchillo, solo para soltar el arma, quitarse la capa y el sombrero, ir hasta el lugar donde Miranda había desaparecido bajo la superficie del agua e ir tras ella.

CAPÍTULO 16

Regina había hecho lo que le había pedido Puck, aunque habría querido quedarse donde estaba para poder ver lo que ocurría. Había visto a Miranda. Había visto a su prima con vida. Alejarse de allí, aun a sabiendas que Puck y su hermano no permitirían que le sucediera nada, había sido lo más difícil que había tenido que hacer en toda su vida.

Pero esas pobres mujeres aterradas también la necesitaban. Necesitaban oír que estaban a salvo y poder creerlo. Apenas había llegado a la base de la pequeña colina cuando aparecieron las primeras al final del sendero. Regina se envolvió rápidamente con la capa para ocultar los pantalones. Las explicaciones sobre su atuendo podían esperar.

—¡Estáis a salvo! ¡Podéis dejar de correr! Hemos venido a ayudaros —les gritó mientras corría hacia ellas—. Venir por aquí... ¡En el carro hay mantas y comida! ¡Nadie os va a hacer más daño!

—¿Y cómo podemos saberlo? —les preguntó la primera a sus compañeras—. No es la primera vez que oímos eso, ¿verdad, amigas? Yo digo que sigamos caminando solas.

—Vamos, Madge, déjalo —dijo otra al tiempo que la adelantaba a un ritmo sorprendente, teniendo en cuenta las cadenas—. Cualquier cosa será mejor que esas cuevas. ¡Vamos, todo el mundo! No vas a movernos más de lo que ya lo han hecho. Quizá esta vez haya suerte.

—Eres una joven inteligente, y encantadora. Estáis todas a salvo, eso puedo asegurároslo, aunque no secas, ¿verdad? Pero enseguida lo solucionamos —dijo Dickie Carstairs, acercándose con una muchacha que llevaba de la mano y una enorme llave en la otra mano—. Mirad lo que tengo. ¿Quién quiere ser la primera?

Enseguida se vio rodeado por las mujeres, todas ellas gritando y reclamando ser la primera en verse libre de las cadenas. Todas excepto la que había llevado Carstairs de la mano, que parecía más joven que las demás. Era bajita, delgada y parecía incapaz de hacer otra cosa que quedarse allí de pie y llorar sin parar.

Regina fue corriendo al carro a sacar una de las mantas para echársela por los hombros a la muchacha.

—Ya estás a salvo —le dijo—. Te lo prometo. Yo soy Regina. ¿Tú cómo te llamas? ¿Dónde vives? ¿Estás bien?

—Quiero irme a casa —fue todo lo que pudo decir mientras se movía adelante y atrás—. Por favor. Quiero irme a casa.

—Ya me encargo yo, señorita —se ofreció Will Browning, que parecía haber aparecido de la nada—. Creo que sé dónde vive. Esta y otra. Jack me encargó que las devolviera a su casa discretamente, claro. Es mejor si no dicen sus nombres, no sé si me comprendéis. Ninguna de las presentes.

Jack y sus amigos era como fantasmas que aparecían y desaparecían y probablemente deseaban que ella nunca los hubiese visto ni oído sus nombres.

—Sí, lo entiendo. Gracias —miró a su alrededor. El cielo empezaba por fin a clarear y la lluvia había quedado reducida a llovizna—. ¿Dónde está Puck?

Will Browning no respondió y a Regina le dio un vuelco el corazón.

—¿Señor Browning? Os he hecho una pregunta. ¿Dónde está Puck? ¿Y dónde está mi prima?

—Jack está en el sendero y también Henry —le dijo mientras Carstairs liberaba a la joven de los grilletes de los tobillos—. Ya no es peligroso ir hacia allí.

Regina abrió la boca para hacer otra pregunta, pero tuvo miedo de escuchar una respuesta que no quería oír, así que simplemente echó a correr hacia el sendero y hacia las cuevas. El camino era ya algo más que barro; la marea empezaba a alcanzarlo y el agua entraba ya a las cuevas.

Vio a Jack y al barón junto a la entrada de dichas cuevas, pero ninguno de ellos la vio porque tenían la mirada clavada en el río.

—¡Jack! Jack, ¿dónde está Puck? ¿Dónde está mi prima y... mi padre?

—Will y Dickie lo tienen todo controlado aquí, Jack. Yo voy a ir a recuperar mi caballo —le dijo Henry Sutton, esquivando la mirada de Regina—. La corriente es bastante rápida. Iremos al otro lado de esa roca y miraremos corriente abajo. Es posible que la haya sacado por allí, Jack. Todo es posible —miró a Regina e inclinó la cabeza—. Señorita.

Desapareció por el sendero.

—No —dijo Regina meneando la cabeza lentamente—. No.

Jack le tendió una mano.

—Regina...

Ella se tapó los oídos con las manos mientras se apartaba del hermano de Puck, sin querer oír lo que tuviera que decirle.

—¡No!

—Se ha tirado tras ella, Regina. Tenía que elegir entre perseguir a tu padre o salvar a Miranda. Era su elección, la única que habría podido hacer alguien como Puck. Pero nosotros no debemos perder la esperanza —la agarró de la mano—. ¿Qué quieres hacer, quedarte aquí, o venir conmigo?

De pronto no sentía nada, era como si se le hubiese dormido todo el cuerpo.

—Voy... voy contigo.

Aceptó su mano y juntos hicieron el camino de vuelta por el sendero embarrado. Estuvo a punto de caerse dos veces, pero en ambas ocasiones Jack la agarró y la ayudó a recuperar el equilibrio. Por fin llegaron a donde se encontraban los carros.

Dickie estaban sacando comida de una cesta, pero dejó de hacerlo al verlos llegar.

—Lo sé todo. Will está ocupándose de sus cosas y yo estoy bien aquí, con todas estas chicas deseando volver a sus nidos. Aunque me llevará un rato. ¿Dónde nos vemos?

—¡En Grosvenor Square! —gritó Jack sin soltar a Regina.

—¿Y los cuerpos? Hay un par de ellos.

—Déjalos. Deberíamos habernos ido ya. Llevamos aquí demasiado tiempo.

—Por mí de acuerdo. Lo vas a encontrar, Jack —le aseguró Dickie—. Si se parece en algo a ti, es demasiado testarudo como para ahogarse. ¿Dónde está Hackett?

—En las cuevas o desaparecido —dijo Jack mientras se montaba en el caballo, tras lo cual ayudó a Regina a subirse también, delante de él—. No lo esperéis porque sabemos cómo encontrarlo.

Se alejaron de allí a toda prisa y pronto estuvieron en una calle adoquinada que corría paralela al río. Avanzaron en el sentido de la corriente durante lo que a Regina le pareció una eternidad, pero que quizá fueran solo unos minutos.

—Aquí hay unos pequeños muelles donde el río comienza a girar en dirección a Battersea Bridge —le explicó Jack—. Con un poco de suerte, habrá conseguido mantenerse a flote hasta aquí.

Regina se limitó a asentir. Jack había interrumpido sus oraciones, las más fervientes y desesperadas de su vida. No le preguntó cómo había acabado Miranda en el río, ni qué había pasado con su padre. No había tiempo para preguntas. Si perdía a Puck, tendría el resto de la vida para hacer preguntas, pero entonces ya no le importarían las respuestas.

Había poco tráfico en las calles, a excepción de los carros cargados de comida procedente del campo y unas cuantas vacas rumbo a Mayfair, donde sus propietarios venderían la leche fresca y los criados de los ricos saldrían a comprarla. La ciudad empezaba a despertarse, como cada mañana, y si Jack y Regina tenían un aspecto extraño, nadie dio muestras de fijarse.

Por fin el caballo se detuvo y Jack la ayudó a desmontar.

—Henry está buscando en la orilla, pero dudo mucho que Puck haya podido llegar a la orilla con la corriente que hay y llevando consigo a tu prima. Si es que la tiene.

—Seguro que sí. Él no la habría dejado —Regina temblaba con tal fuerza que le castañeteaban los dientes—. ¿Qué hacemos, entonces?

—Vamos a mirar en esos embarcaderos que hay ahí delante y a rezar para que la corriente no se lo haya llevado río abajo. ¿Ves esos árboles ahí arriba, Regina? Ahí es donde estábamos. Si ha podido llegar hasta aquí, lo lógico sería que se hubiese agarrado a los postes del muelle.

Miró los viejos edificios que había frente al río y los embarcaderos de madera que se adentraban en el agua. Parecían estar abandonados, seguramente desde que habían abierto los muelles de Londres. No obstante, había bastantes hombres de aspecto sospechoso, por lo que Jack sacó la pistola mientras caminaban casi corriendo hacia el embarcadero que estaba más cerca de las cuevas.

Las botas golpeaban los tablones de madera del embarcadero, que parecía tambalearse bajo sus pies. Regina miró corriente arriba, rezando por ver dos cabezas en la superficie del agua. Mientras, Jack llamaba a su hermano a gritos.

—¡Puck! Maldito seas, Puck... ¿dónde estás?

Nada. Solo el ruido de las gaviotas.

Regina se puso la mano alrededor de la boca para ampliar el sonido de su voz.

—¡Puck! ¡Miranda! ¡Estamos aquí! ¿Dónde estáis?

—¡Allí! —Jack señaló la orilla, pasados los muelles—. ¿Los ves? Ahí abajo. ¿Cómo se las ha arreglado para...? ¿Cómo demonios aguanta ahí? ¡Por el amor de Dios!

Echaron a correr los dos por el muelle para después bajar a la orilla enlodada y al viejo muro de piedra que flanqueaba el río.

Puck los miraba sonriendo. ¡Sonriendo! Tenía el pelo pegado a la cara y la piel amoratada por el frío. Y sonreía.

—Habéis tardado mucho —protestó. Estaba agarrado al muro con una mano y con el otro brazo sujetaba el cuerpo inmóvil de Miranda—. Estaba pensando soltarme con la esperanza de poder agarrarme a algún amarradero, pero no sabía si debía arriesgarme. No hace muy buena mañana para darse un baño, la verdad.

—Dios mío, Puck —dijo Regina con un suspiro mientras Jack sacaba el cuerpo de Miranda para dejarlo después sobre el barro. Regina se arrodilló junto a su prima y la cubrió con la capa, aunque solo fuera para taparla un poco porque estaba demasiado mojada como para servir para algo más—. ¿Está bien? ¡Madre mía, no se mueve!

Puck ya había salido del agua y estaba arrodillado junto a ella.

—No dejaba de moverse —le explicó—. Me temo que va a dolerle bastante la mandíbula cuando vuelva en sí.

Regina abrió los ojos de par en par mientras le acariciaba la cara, completamente helada. No se desmayaba porque había visto que respiraba, pero era consciente de que en cualquier momento rompería a llorar de alegría y de alivio.

—¿Le has pegado?

Jack levantó a su hermano, lo agarró por los hombros, lo miró y luego le dio un rápido abrazo.

—Pensé que te habíamos perdido —dijo antes de apartarlo de su lado casi con brusquedad—. Tienes un aspecto horrible y hueles igual que el río. Voy a parar un coche de caballos de alquiler antes de que os muráis de frío los tres. Maldito héroe. Es tu alma de poeta, ya te advertí.

—Eso es amor de hermano —Puck se echó a reír mientras volvía a arrodillarse en el suelo, visiblemente agotado—. Eso es mucho para el pobre Black Jack. ¿Está bien? Intentaba soltarse de mí y me tiraba hacia el fondo. Puede que le haya dado un poco fuerte. Nunca antes había pegado a una mujer, Regina... y no me ha gustado nada.

—Pero está viva. Le has salvado la vida —se abrazó a él y lo apretó cuanto pudo, porque había creído que no volvería a verlo—. Cuando... cuando me di cuenta de lo que había pasado...

—Calla —le pidió, apretándola también—. Soy como la mala hierba, preciosa. Es muy difícil acabar conmigo. Parece que tu prima se está despertando.

Regina miró a Miranda, que había empezado a mover los ojos, abriéndolos ligeramente para luego volver a cerrarlos. Soltó un gemido de dolor y de pronto abrió los ojos de par en par, se echó a un lado y vomitó la mitad del agua del río hasta que se quedó vacía.

Regina la agarraba por los hombros mientras le decía que estaba bien, a salvo... cosa que ella le agradeció volviéndose con los puños cerrados con la intención de golpearla.

—¡Suéltame! ¡Suelta, bastardo!

—A pesar del puñetazo, creo que no se refiere a mí —comentó Puck antes de agarrarla de las muñecas para que no pudiera pegar a Regina—. ¡Lady Miranda! —le gritó—. Estáis a salvo. Mirad... mirad quién está aquí. Es Regina.

Miranda fue calmándose lentamente y la expresión de

pánico dejó paso a otra de confusión. Por fin miró a su prima.

—¿Reggie? ¡Reggie! —y entonces se desmayó.


Puck calentó la copa de coñac con las manos, sentado en el despacho de Grosvenor Square frente a un fuego más propio de una noche de invierno, pero que de todos modos necesitaba. Quizá si bebía el coñac suficiente, podría quitarse de la boca el sabor del Támesis.

Qué locura. Los últimos días habían sido una absoluta locura, aunque el peor momento se había arreglado cuando había metido la mano en el agua y había agarrado a Miranda del pelo.

Ella se había revuelto y las botas, llenas de agua, habían tirado de él hacia el fondo del río. Había sentido un frío instantáneo y una tremenda debilidad, el frío le arrebataba las fuerzas y le impedía luchar contra la corriente que los arrastraba.

No habría sabido decir cuánto tiempo habían estado en el agua, pero sí que no habría podido aguantar mucho más. Habría sido más fácil si hubiese soltado a la chica, pero eso era imposible porque no habría podido volver a mirar a Regina a la cara después de hacerlo. Así que tenía que salvarla, o ahogarse. Esas habían sido sus únicas opciones: el triunfo o la tragedia, sin términos medios. Su maldita alma de poeta.

La corriente lo había empujado hasta ese muro y de algún modo había conseguido agarrarse de las piedras. Pero Miranda era un peso muerto y a él apenas le quedaban fuerzas. Había estado a punto de soltarse y probar suerte en los amarraderos, cuando de pronto había oído la voz de Jack.

Después había visto la cara de Regina y de pronto había recuperado las fuerzas. Había aguantado por ella. Por los dos.

Ahora eran casi las doce del mediodía y las damas volvían a estar juntas. Gaston se había encargado de llevar a lady Claire y lady Leticia desde Half Moon Street, aunque no le había gustado tener que dejar el baño de su señor a seres inferiores. Puck había comido algo, ni siquiera recordaba qué, y ahora esperaba impacientemente a que apareciera su hermano y le contase todos los detalles sobre las mujeres y sobre un tal Reginald Hackett.

Antes de nada, Regina debía conocer el destino de su padre. Todos necesitaban saberlo.

Si los dioses tenían piedad, ahora estaría flotando boca abajo en alguna de las cuevas inundadas.

Dickie Carstairs había pasado por allí para contarle que había dejado a todas las chicas en manos del señor Porter, que se encargaría de «distribuirlas» a sus respectivos jefes. Se había sonrojado al contarle a Puck que el señor Porter le había ofrecido carta blanca para elegir las mujeres que desease durante un año, una invitación que Carstairs había declinado con todo respeto. Después había llegado Will Browning, extrañamente serio; había dicho poca cosa y los dos se habían marchado juntos, presumiblemente a sus respectivos hogares en busca de un baño caliente y ropa seca, pero también era probable que hubiesen vuelto al río. En cualquier caso, no se habían entretenido y no habían querido aceptar una copa.

Eran un curioso grupo, Jack y sus amigos. Lo habían aceptado a regañadientes, lo habían alabado por saltar al Támesis para salvar a Miranda, pero estaba claro que no era uno de ellos, no estaban cortados por el mismo patrón. Y a Puck le parecía bien que así fuera. Lucharía cuando fuese necesario, mataría si debía hacerlo, pero no era el tipo de hombre que buscaría activamente situaciones en las que se viese obligado a hacer ambas cosas. Y se lo diría a Jack en cuanto lo viese.

Pero su hermano aún no había aparecido. Había metido a Regina, a Miranda y a Puck en un coche de caballos de alquiler y luego se había marchado a reunirse con el barón para proseguir la búsqueda de Reginald Hackett.

Pasó otra hora antes de que un ruido hiciera que Puck levantara la mirada de la copa de coñac a tiempo para ver entrar a Jack, de nuevo con su gesto oscuro e inescrutable.

—¿Sabes algo? —le preguntó mientras su hermano iba directo a la mesa de las bebidas a servirse una copa de vino.

Jack no se sentó frente a Puck, sino que se quedó de pie junto a la chimenea, con un gesto que asustaría a los niños y a la mayoría de la gente en general.

—Hackett está vivo, pero no hay ni rastro de él.

—Maldita sea. ¿Estás seguro?

—Completamente. Encontré el cuerpo de Henry junto al río, pero no su caballo.

Puck se quedó helado.

—¿Cómo es posible?

Jack apuró la copa.

—Eso mismo me preguntaba yo mientras lo buscaba en las cuevas. Una de ellas se abre al fondo y comunica con el otro lado del acantilado. Puedo imaginarme cómo ocurrió. Henry... estaría ocupado mirando al agua con la esperanza de encontraros a la chica y a ti y no lo vio llegar por la espalda. Había señales de lucha, pero Hackett es muy grande y le rompió el cuello a Henry. No es culpa tuya, Puck, eso debes de tenerlo muy claro. En este trabajo solo se puede cometer un error y hoy ha sido el de Henry. Dos años luchando contra Bonaparte sin hacerse ni un rasguño para acabar así. Will y Dickie se lo han llevado a casa y lo han metido en la cama. Habrá muerto mientras dormía y nunca nadie sabrá la verdad.

La copa de vino se hizo añicos en el fuego.

La mente de Puck no dejaba de dar vueltas. Las manos fuertes y grandes de Hackett. Unas manos letales. Y su rostro, probablemente lo último que había visto el barón antes de morir. Hackett. Vivo. Los únicos hombres que podían delatarlo y enviarlo a la horca estaban allí, en Grosvenor Square. Su esposa, su hija, lady Miranda y lady Claire, también estaban allí de nuevo. Pero eso él no lo sabía. Por el momento.

—¿Crees que se dará por vencido y huirá? —le preguntó Puck a su hermano, esperando que Jack confirmase tal posibilidad—. Podría dar por terminada su vida en Inglaterra y escapar en uno de sus barcos, en el *Pride and the Prize*, por ejemplo. Supongo que sabría que podría llegar este día. Habrá retirado algunos fondos a bancos extranjeros y previsto una vía de escape. Ese hombre siempre tiene una vía de escape.

Jack parecía distraído.

—No lo sé. Un hombre como Hackett siempre piensa en sobrevivir, que no es lo mismo que hacer planes por si fracasa. En estos momentos seguramente se esté dando de patadas por que un par de principiantes como nosotros dos le haya robado. Así es como lo verá. Pensará que le hemos robado la mercancía, no que hemos rescatado a las chicas o que tuviéramos un objetivo más elevado. Cree que somos tan malos como él, pero no tan inteligentes.

Puck asintió.

—Tienes razón. Habíamos decidido robarle el cargamento y venderlo por nuestros propios medios. Supongo que es lo bastante listo como para saber que éramos conscientes de que no pensaba aceptarnos como socios.

Jack consiguió esbozar una sonrisa.

—Ahora mismo no me gustaría ser el señor Benjamin Harley, ¿y a ti?

—Dios, no había pensado en eso. Me parece que he condenado a ese hombre con mi farsa. Se supone que tenemos el cargamento, pero no sabemos los puertos del itinerario. Solo lo saben Hackett y Harley. Además, necesitaríamos el barco. Hackett pensará que Harley lo ha traicionado, que fue él el que nos habló de las cuevas —Puck meneó la cabeza al pensar en lo bien que encajaban las piezas del rompecabezas, a pesar de estar mal—. Maldita sea. ¿Crees que deberíamos ir corriendo a salvar a Harley de la ira de su socio?

—¿Vuelves a sentirte un héroe, hermanito?

Puck se detuvo a pensarlo.

—No especialmente. Ha muerto un buen hombre y eso me preocupa, pero no creo que vaya a preocuparme por Benjamin Harley.

—Cuidado, hermano, empiezas a pensar como yo. Entonces estamos de acuerdo. Dejamos que Harley viva lo que le quede, que probablemente sean solo unas horas. ¿En cuanto a nosotros? Tú eres el poeta, Puck. ¿Qué harías si fueras Reginald Hackett y creyeras lo que crees? Métete en el papel un momento, hazlo por mí.

Puck miró la copa que tenía en la mano y la dejó suavemente sobre la mesa. Cerró los ojos e intentó ponerse en el lugar de un monstruo asesino, sabiendo solo lo que él sabía.

—Si pretende salvar lo que pueda y quedarse en Inglaterra, querrá vernos muertos a los dos, obviamente, igual que al traidor de su socio. Si yo fueran Reginald Hackett, iría primero a encargarme de Harley, por puro odio y porque es el objetivo más fácil. Tú y yo seríamos los segundos de la lista.

Abrió los ojos y miró a su hermano.

—Tenemos que sacar a las mujeres de aquí, Jack. Cuanto antes.

—Entonces la fuerza y el cerebro están de acuerdo. Los cazadores acaban de convertirse en presas. Pero, ¿qué hacemos con ellas? ¿Volvemos a Half Moon Street? Cada vez que las trasladamos, nos arriesgamos a que alguien las vea.

—Lo sé —dijo Puck, poniéndose en pie y barajando todas las posibilidades—. No pueden quedarse aquí más tiempo, eso está claro. Pero tampoco deberían seguir escondiéndose. Creo que ha llegado el momento de que Regina y su prima vuelvan a la ciudad. No sé tú, Jack, pero yo prefiero ser el cazador y no se me ocurre mejor manera de hacer salir a nuestra presa. Además, tengo que pedirle la mano de su hija. No espero que me dé su bendición, pero aun así quiero que sepa que estamos prometidos antes de que te lo lleves y hagas con él lo que la Corona considere más oportuno.

Jack esbozó otra ligera sonrisa.

Puck se acercó a la mesa de los licores y sirvió dos copas de vino, le dio una a su hermano y alzó la otra.

—Por un verdadero amigo. Por el barón Henry Sutton y porque el demonio que nos lo ha quitado acabe en el infierno antes de que salga el sol mañana. *Henri, soldat courageux, nous vous saluons!*

# CAPÍTULO 17

—¡Padre!

Miranda echó a correr a los brazos de su padre ante la atenta mirada de Regina.

El vizconde parecía asombrado, lógicamente, pero poco a poco fue reaccionando y abrazó a su hija mientras ella lloraba contra su pecho.

—Míralo —le susurró Regina a Puck mientras observaban el extraño reencuentro desde el pasillo—. No sabe si estar contento u horrorizado. Puede que haya sido un error.

—Un error que la señora subsanará enseguida. He descubierto que tiene un carácter más fuerte de lo que parece —respondió él y Regina siguió mirando mientras su tía entraba a la habitación con la espalda rígida y los hombros derechos—. ¿Kettering, amigo mío?

—Sí, señor Blackthorn. Aquí me tenéis, cómo no, a vuestro servicio —el mayordomo habló a pocos centímetros de Regina, lo que la hizo sobresaltar.

Puck le apretó la mano y le susurró al oído.

—¿Has oído eso? Está a mi servicio —se dio la vuelta sin soltarla y le hizo un gesto al mayordomo para que lo siguiera a un lugar más privado—. Sí, Kettering. ¿Habéis hecho marchar a los demás criados?

—Sí, señor, en cuanto recibí vuestra nota les informé, tal como me pedíais, que el vizconde había declarado un día de oración por su padre enfermo y que debían ir todos a la iglesia —el mayordomo se inclinó para decirle en tono de confidencia—. Creo que la mayoría se han ido a la feria de Bartholomew, gracias a las monedas que enviasteis junto con la nota. Ninguno de ellos volverá pronto. Permitidme que os dé la enhorabuena por haber encontrado a lady Miranda.

—¿Encontrado? —Puck se llevó la mano al pecho, como si estuviese sorprendido por las palabras del mayordomo—. ¿Acaso se había perdido? Las señoras han estado en Mentmore, ¿recordáis? Visitando al conde, pintando y haciendo todas esas cosas con las que se entretienen las damas cuando están en el campo.

Kettering se ruborizó hasta la raíz del pelo.

—Sí, señor. Olvidé... Ahora ya me acuerdo. Pero, señor, ¿me permitiríais preguntaros por qué iban a regresar las señoras del campo ahora que el conde está a punto de estirar la pata?

—¿De verdad me lo preguntáis? —volvió a fingir sorpresa—. Esta noche se celebra el baile de lady Sefton. Si las señoritas se vieran obligadas a guardar el luto y tuviesen que perderse el resto de la Temporada, tendrán que tratar de cazar un marido mientras puedan. Bueno, cena para... dejadme pensar. ¿El hermano de lady Miranda ha regresado ya de su viaje? ¿No? En ese caso, nada complicado para la cena. Os sugeriría que llevarais unas bandejas a los aposentos de las señoras. Y necesitarán el coche en la puerta a las nueve, ni un minuto más tarde. Hasta entonces, la familia no recibirá visitas. ¿Está claro?

Kettering se inclinó ante Puck mientras se guardaba la moneda de oro que acababa de darle.

—No volveré a olvidarlo, señor. Os pido disculpas.

—Claro que no lo olvidaréis. Sois un buen hombre, Kettering. Supe la naturaleza de vuestra lealtad nada más veros. ¿Wadsworth?

El mayordomo de Blackthorn dio un paso al frente.

—¡Señor!

—Señor Kettering, quizá quiera saludar al señor Wadsworth, un hombre muy valioso que me es muy leal, por si albergarais alguna duda. Y en las cocinas se encuentra el resto de mi personal de servicio, todos ellos igualmente leales a mí. Quedáis a las órdenes del señor Wadsworth. ¿Entendido, Kettering?

Regina creyó ver cierto enfado en el rostro de Kettering, pero enseguida asintió.

—Como digáis, señor.

—¡Espléndido! ¿Wadsworth? Supongo que te apetecerá un té, ¿verdad?.

—Y algo más con que acompañarlo, sí, señor —dijo Wadsworth, haciéndole un guiño a Kettering—. Venid conmigo, amigo mío —le echó un brazo por los hombros y se lo llevó de allí de un modo que daba a entender que podía ser amable si quería, pero también podía dejar de serlo si era necesario—. Tenemos mucho que hablar, vos y yo.

Regina vio con asombro cómo desaparecía el estirado mayordomo de Mentmore con la docilidad de un corderillo.

—¿Estás loco? —le preguntó a Puck en cuanto estuvieron a solas—. Miranda no está en condiciones para asistir a un baile. Sé que he prometido no hacer preguntas cuando nos has metido a todos en el coche y nos has traído hasta aquí, pero, ¿no creerás que voy a cumplir la promesa en esta situación?

Puck sonrió, pero no se dejó ablandar.

—Admito que albergaba cierta esperanza, quizá impulsada por el amor que sientes por mí. Pero empecé a dudarlo en cuanto te diste cuenta de que las damas y tú os estabais paseando por el barrio de Mayfair en el carruaje de los Mentmore con las cortinas subidas, para que todo el mundo os viera y creyera que volvías del campo.

—Sí, todo el mundo incluyendo a mi padre. Es posible que te hayas llevado a los criados, pero enseguida se correrá la voz, ya lo sabes. Y Miranda le contará a todo el mundo lo que le ha pasado.

—No, no lo hará. No puede. Lo sabemos nosotros y su familia, pero el resto del mundo seguirá en la ignorancia —Puck le estrechó las manos entre las suyas—. Piénsalo un momento, preciosa, igual que lo he hecho yo. Al principio me preocupé por ella, pero ya no. Tu padre ya se ha dado cuenta de que Miranda no puede contárselo a nadie sin condenarse a sí misma. Lady Claire está de acuerdo.

—¿Has hablado de esto con mi tía? Pero, ¿y si te equivocas? ¿Y si mi padre viene hoy aquí? Yo no puedo verlo, Puck. No puedo.

—Y no tendrás que hacerlo porque estarás en el baile de lady Sefton, ¿recuerdas?

Regina tenía la sensación de que estaba a punto de explotarle la cabeza.

—¿Qué? ¿Es que esperas que vaya con ella?

—Tu madre y tú, sí —Puck echó un vistazo a la sala de estar donde estaba reunida la familia—. Ven conmigo. Preferiría decirlo solo una vez, entonces tú yo podríamos buscarnos un sitio tranquilo y te haría proposiciones que no podrías rechazar.

—Entonces te diría algo, Robin Goodfellow —se acercó a él antes de continuar en un susurro—, que no se atrevería a decir ni la atrevida abuela Hackett.

—Estoy loco por ti —respondió, susurrando también él—. Cuando todo esto termine, no pienso dejarte salir de mi cama por lo menos durante una semana. Podremos permitirnos el lujo de ir despacio, de tomarnos todo el tiempo del mundo; toda una tarde para besarte. Desde la cabeza a los pies. *J'apprendrai tous vos secrets, mon amour, et vous saurez mien.*

Regina sintió que le ardían las mejillas.

—¡Puck! No vas a distraerme y no voy a ir a ninguna parte contigo, por mucho que convenzas a mis tíos.

Pero entonces escuchó los planes que tenía Puck para el resto del día y de la noche y tuvo que desdecirse. Una hora después, tras una puerta cerrada con llave, en un pequeño invernadero caído en desuso años atrás, Puck demostró que no se equivocaba.

Empezó a besarla en el momento que se guardó la llave en el bolsillo.

No habían tenido un momento de estar a solas desde esa mañana. Miranda había sufrido un comprensible ataque de histeria nada más recobrar el conocimiento; se había abrazado a Regina y había reído y llorado al mismo tiempo, hasta que de pronto se quedaba inmóvil unos segundos y luego volvía a llorar.

Después había tenido lugar el reencuentro con lady Claire y lady Leticia, unos momentos muy emotivos que las habían dejado a todas exhaustas.

El nombre de Reginald Hackett había aparecido en la conversación y todos lo habían maldecido. Regina y su madre se habían retirado entonces, su madre en busca de una botella, intuía Regina, y ella para estar un rato a solas y preguntarse cuándo empezaría a odiarla Miranda por ser hija de su padre.

Entonces, cuando acababa de ducharse y vestirse con la esperanza de poder ver a Puck, las habían metido a todas en el carruaje de Mentmore y las habían llevado hasta allí, a Cavendish Square, donde los había recibido Puck, que había entrado por la puerta del servicio y era todo sonrisas, bromas y planes de futuro, como si no hubiese estado a punto de morir unas horas antes.

Así que ahora que por fin estaban a solas, Regina se aferró a él y no quería soltarlo. Podría haberlo perdido esa mañana y había llegado a pensar que había sucedido. Si lo hubiera perdido, se habría perdido también a sí misma porque ahora Puck era parte de ella, igual que ella lo era de él, ahora y siempre.

Cinco días antes ni siquiera lo conocía y ahora no comprendía la vida sin él.

Lo que necesitaba de él en esos momentos no era pasión y tampoco era lo que necesitaba él de ella. Era la proximidad, el roce, el aferrarse a lo que habían encontrado, a la promesa de un futuro y a la certeza de que estaban vivos y que la vida era para vivirla.

Puck le besó el pelo y los párpados.

—Cuando pensaba que no volvería a verte... esto era lo que me hacía seguir, Regina. La vida nunca es justa y a menudo es muy cruel, pero a veces puede ser muy dulce. Aquí estamos tú y yo y no volveremos a separarnos, te lo prometo.

Regina apretó la cara contra su pecho, disfrutando de los latidos de su corazón.

—Has sido tan valiente. No todo el mundo se habría atrevido a tirarse a esas aguas para salvar a una mujer a la que ni siquiera conocías.

—Es cierto. El agua estaba muy fría y muy sucia. Y luego está lo de mis botas. Tenía la esperanza de que hubiera algún pez dentro, pero no hubo suerte. Y han quedado destrozadas. Así que, con todo eso, por si te tranquiliza, he decidido no volver a hacer nada tan temerario en mi vida.

Levantó la cara para mirarlo a los ojos. Quería hacerla sonreír y ella no quería defraudarlo. Por un momento, fingirían que todo era fácil.

—¿Piensas que podrías volver a encontrarte en una situación parecida, o solo hablabas de los actos heroicos en general?

—El ser cobarde por convicción también tiene su mérito. ¿O preferirías que fuera más como Jack?

—Tu hermano es muy valiente y está muy dedicado a lo que sea que hagan sus amigos y él... y si alguna vez te atreves a unirte a él en alguna misión, tendré que encerrarte en el sótano hasta que recobres el sentido común. Por cierto, ¿tenemos sótano?

—No sé —dijo, mirándola sin dejar de sonreír, tan joven y tan guapo que casi le rompía el corazón—. Lo que sí tengo es una casa de campo, por cierto. Con ovejas, por lo visto, y vacas y muchos, muchos árboles. Puede que la casa tenga sótano. Quizá te cases con un bastardo, pero es un bastardo muy acomodado.

—Casarme —repitió en tono ensoñador—. ¿Está mal pensar en el futuro mientras todo sigue siendo tan incierto? Supongo que el plan para Miranda es necesario, pero mi padre no es estúpido, aunque sí debe de estar muy desesperado gracias a ti. ¿Y si no hace lo que tú esperas que haga?

Puck se llevó un dedo a los labios.

—Calla. Ahora no. No perdamos el poco tiempo que tenemos hablando de tu padre. Prefiero dedicarlo a besarte.

—Bueno, ¿pero cómo sabes que no nos seguirá hasta el baile y no intentará hacer daño a Miranda? Ya me has dicho que no lo hará y tus argumentos me parecieron lógicos. Pero, ¿cómo puedes saberlo realmente?

Puck la agarró de la mano y la llevó hasta un banco de piedra cubierto de polvo sobre el que extendió su pañuelo para que ella pudiera sentarse.

—Son los mismos argumentos que he expuesto ante el vizconde y lady Claire.

—Lo sé —asintió Regina—. Tenemos que ir al baile esta noche y dejar que todo el mundo nos vea y crea que no tenemos ninguna preocupación en el mundo, pero, ¿cómo va a poder hacerlo Miranda? ¿Cómo vamos a hacerlo todos?

—Tú lo harás porque no tienes otra opción. El futuro de Miranda depende de ello. Yo iría contigo y lo sabes, pero parece que lady Sefton olvidó enviar una invitación al hijo bastardo del marqués. En cualquier caso, a estas alturas tu padre ya sabrá dónde estás y estoy seguro de que tiene a alguien vigilando Grosvenor Square noche y día. Hasta hace una hora, también había alguien observando esta casa, además de Dickie Carstairs, que se esforzaba en llamar la atención mientras otro más discreto observaba al observador. Pero hasta ese observador se ha ido ya.

—Te pediría que me explicaras todo eso, pero como parece que lo estás deseando, mejor olvídalo. Prosigue.

—Gracias. Tu padre habrá llegado a la conclusión de que Miranda ya no supone ninguna amenaza para él, pues sería su ruina social que se supiese lo que le ha ocurrido estos últimos días. También sabrá ya que tu madre y tú estáis con Miranda y con lady Claire. Se habrá dado cuenta de que lo hemos engañado, que nunca salisteis de Londres y que su hija y su esposa lo han traicionado. Sabrá que sabes todo lo que ha hecho... y que su nuevo enemigo ha estado protegiéndote.

—Algo más que eso. Pensará lo peor y no se equivocará. Ya puede olvidarse de sus planes de casarme con algún noble. Puede ir olvidándose de todo ese mundo que ha construido con tanto cuidado. Y todo porque Miranda y yo asistimos a un baile hace una eternidad —levantó la mano y se la puso en la mejilla a Puck—. Tiene tantos motivos para querer verte muerto.

—Sí, pero soy la menor de sus preocupaciones. Al principio Jack y yo pensamos que querría vengarse de nosotros, incluso de Miranda. Pero luego nos dimos cuenta de cuál era el verdadero peligro de Miranda... las demás prisioneras. Había muchas mujeres, seguro que al menos una de ellas conocía el nombre de tu prima y alguna le hablará a alguien de Reginald Hackett. Los crímenes de tu padre acabarán saliendo a la luz. Por eso es tan importante que Miranda salga esta noche y que todo el mundo la vea feliz, riéndose y silenciando así cualquier rumor que pudiera extenderse sobre ella.

—Todo ello con todo el polvo de arroz que podamos encontrar en Londres para taparle el moretón de la cara. No sé cómo se las va a arreglar, pero si mi tía Claire cree que es necesario, Miranda hará lo que ella diga. Pero mi padre...

—Se ha ido, preciosa. Puede que al principio pensara eliminar a su socio, a Jack y a mí y volver a ser el Reginald Hackett de siempre, el rico empresario que espera casar a su hija con un duque. Pero ahora no tiene otra opción que hacer algo inimaginable para él. Tiene que escapar de Inglaterra antes de que lo arresten y lo condenen a la horca. Y eso es lo que ha hecho, Regina. Tarde o temprano estallará el escándalo, eso no te lo niego, pero sin la presencia de tu padre, durará muy poco, y tu madre y tú no estaréis aquí para tener que aguantarlo. Ha salido de tu vida.

Regina miró a Puck durante un largo rato. Era tan guapo, tan hermoso. La expresión de su rostro era tan abierta, tan sincera y sus ojos tan claros.

—Me estás mintiendo, ¿verdad? Estás ahí sentado, mirándome a los ojos y agarrándome las manos, y me estás mintiendo. Te creo todo lo que me has dicho sobre Miranda, de verdad. Comprendo que tengamos que protegerla y cuidar de ella. Incluso estoy de acuerdo en que es posible que le dijera su nombre a alguna de las demás mujeres y también el de mi padre. Pero el resto no me lo creo. No se ha ido. Aún no. Estará escondido, puede que preparándose para escapar, pero aún no se ha marchado. Y tú sabes dónde está, ¿verdad? Quieres que vaya al baile de lady Sefton esta noche para que Jack, tú y lo demás podáis ir tras él tranquilamente. Quieres que vayamos todos, que nos dejemos ver y parezcamos felices mientras Jack y tú le dais caza y... le hacéis lo que le vayáis a hacer.

—Regina...

—No, Puck, no quiero más mentiras. Mi padre mató al amigo de Jack, tú me lo dijiste, y no me creo que Jack vaya a dejar que se marche así, para seguir con sus crímenes en otra parte. ¿A que no va a hacerlo?

Puck se llevó las manos de Regina a los labios y se las besó.
—No, no va a hacerlo.
Regina cerró los ojos y asintió.
—Y... ¿tú vas a estar ahí?
—Sí.
Era su padre del que estaban hablando con tanta tranquilidad y tanta frialdad. El hombre que le había dado la vida. El monstruo que había cometido innumerables delitos, el hombre que había permitido que secuestraran a Miranda y que había tirado a su propia sobrina al río para salvarse. Una mala persona, una criatura sin corazón ni conciencia. Y ahora que estaba a punto de saberse lo que era, tenía que huir. Había que detenerlo y acabar con él igual que se sacrificaría a un animal con rabia. Pero aun así, seguía siendo su padre.
—No, Puck. No estés allí, por favor.

Se oyó un ligero chasquido y entonces una de las estanterías, la que contenía los libros azules y los verdes, se abrió. Un hombre con una sola vela entró en la estancia y se dirigió al escritorio. Dejó la vela y sacó una llave del bolsillo del chaleco, pero entonces se detuvo. Acercó más la vela para comprobar que la cerradura del cajón estaba forzada.
Levantó la mirada, repentinamente alerta, y la clavó en la oscuridad.
—Buenas noches, Reginald —dijo Jack desde el asiento que ocupaba en las sombras. Descruzó las piernas lentamente y se puso en pie, saliendo a la luz. Llevaba un montón de papeles en una mano y una agenda encuadernada en cuero en la otra: allí estaban todas las pruebas de los crímenes de aquel hombre, así como los nombres de los puertos en los que se detenía el *Pride and the Prize* a cargar más mercancía humana. Nombres, lugares, ingresos—. ¿Buscas esto?
Hackett se dirigió al pasadizo secreto, pero se encontró de

bruces con Dickie Carstairs y Will Browning, ese último empuñaba una espada sin el menor adorno, pero sin duda letal, que le colocó junto al pecho.

—¿Cómo... cómo habéis entrado aquí?

—¿Nada más? —le preguntó Jack, sorprendido—. ¿Eso es lo único que te preocupa, cómo hemos entrado? ¿De verdad?

Puck entró en ese momento, después de llevar un rato esperando en el pasillo, llevaba en brazos una caja fuerte de tamaño considerable que había sido claramente forzada.

—Esto... —dijo, levantando uno de los muchos fajos de billetes que habían encontrado dentro— lo donaremos en nombre de tu madre para crear un refugio para prostitutas. Muy adecuado, ¿verdad? Y esto, señor Hackett —continuó mientras sacaba más dinero—, servirá para que lady Miranda disponga por fin de una buena dote. Veinte mil libras serán más que suficientes para acallar cualquier rumor si no se puede impedir que estalle el escándalo. Y con esto —terminó sacando un pequeño monedero de cuero—, me voy a comprar unas botas nuevas. Supongo que habrá más y no dudéis que aparecerá.

Hackett se atrevió a hablar.

—Claro que hay más. ¡Mucho más! Todo ello en monedas de oro y es todo vuestro. Pero matadme y no lo encontraréis jamás.

—*Au contraire*, Reginald —le dijo Jack, dejando otra agenda sobre la mesa—. Ah, veo que la reconocéis. No pudisteis encontrarla en el despacho de vuestro difunto socio, ¿verdad? Eso es porque le hicimos una pequeña visita antes de que os encargarais de él. El señor Browning tiene mucha experiencia forzando cerraduras. Debéis aprender una lección, Reginald. Primero hay que agarrar lo que se quiera y, después, utilizar el cuchillo. Pero bueno, el caso es que el difunto señor Harley llevaba una contabilidad muy exhaustiva. Así que no os preocupéis por esas monedas de oro. Ya sé dónde están.

Hackett parecía estar encogiendo ante sus ojos.

—Pero no has respondido a la pregunta de Reginald, Jack. Permíteme que lo haga yo. Veréis, Reginald, las ratas siempre tienen sus escondrijos y sus maneras de entrar y salir de donde quieran. Nos los habéis demostrado una y otra vez, así que llegamos a la conclusión de que tendrías otra manera de entrar para recuperar vuestras pertenencias, mientras el *Pride and the Prize* se prepara para zarpar. Y ese pasadizo secreto estaba en la librería, así de obvio. La verdad es que casi nos decepcionó que fuera tan fácil encontrarlo. Como mi hermano había ordenado vigilar la casa, sabíamos que no habías podido venir todavía, pero estábamos seguros de que lo harías porque ya se sabe que el asesino siempre vuelve a la escena del crimen.

—¡Tú! ¡Bastardo! ¡Tú secuestraste a mi hija! Todo lo que he hecho ha sido por ella. Pero tú te la llevaste ¡y la has arruinado para siempre!

¿Estaba culpando a su propia hija de sus pecados? Puck puso todo el cuerpo en tensión mientras intentaba no dejarse llevar por el impulso de estrangularlo con sus propias manos. Trató de relajar las manos.

—Estabas equivocado, Jack —dijo con voz tranquila—. Claro que podría hacer lo que tú haces, pero no lo haría por los mismos motivos que tú y eso destrozaría lo que hay entre Regina y yo. Ella lo sabía antes que yo —miró a Reginald Hackett por última vez—. Yo ya he terminado aquí. Por el rey y la Corona, es todo vuestro.

—¿El rey y la Corona? ¿Entonces no sois quien decíais ser? ¡Esperad! ¡Esperad! Volved aquí. ¿Qué está pasando? ¿Qué creéis que vais a hacer con eso? Blackthorn, vuelve aquí. Exijo que me arrestéis. No podéis permitir que me quiten eso. Quitadme vuestras sucias manos de encima. ¡Soltadme! ¡Soltadme! No, por favor...

Puck continuó andando sin mirar atrás. Ya en la puerta, le

dio la caja fuerte a Wadsworth, que estaba sujetándole la puerta para salir.

Volvió caminando hasta Cavendish Square, recitando versos de *Medida por medida*, de Shakespeare, hasta que el ritmo de su corazón recuperó la calma, se le aclaró la cabeza y solo le preocupó el futuro.

Regina estaba sentada en bata cuando Kettering le abrió la puerta personalmente a Puck. Habían vuelto a Cavendish Square solo una hora después de llegar al baile. La tía Claire había puesto como excusa un dolor de cabeza que seguramente tuviera de verdad, pero que sirvió perfectamente para llevar a Miranda a casa ahora que ya la habían visto.

La pobre Miranda. Había cerrado los ojos de dolor cuando el lacayo la había agarrado del brazo para ayudarla a subir al carruaje, y tenía los ojos llenos de tristeza, incluso cuando lady Sefton había tenido la amabilidad de elogiar su vestido. Una semana antes. Miranda habría estado loca de contenta y habría pasado la noche entera hablando con unos y con otros.

Pero ahora estaba metida en la cama de su madre, que la abrazaba con fuerza para intentar ahuyentar las pesadillas mientras que el vizconde había salido a alguno de sus clubes con la clara intención de emborracharse hasta quedar medio tonto, más de lo que era ya una semana antes. Si eso era posible. Dios, quizá ella también hubiese cambiado en la última semana porque antes no solía pensar esas cosas, o al menos no tan a menudo.

Solo la madre de Regina había lamentado tener que marcharse del baile después de haberle dicho a todo el que quisiera escucharlo que su hija y ella estaban pasando unas pequeñas vacaciones en Cavendish mientras los pintores y otros trabajadores redecoraban la mansión de Berkeley Square.

Cuando Regina le había preguntado por qué decía eso,

lady Leticia había levantado su copa lánguidamente y le había explicado:

—Fue lo que me pidió que dijera mi querido Puck, exactamente eso, incluido lo de los trabajadores —entonces bajó la voz hasta adoptar un tono de conspiración—. Ya sabes, como la abuela Hackett y tu padre. ¿Debería haberle preguntado por qué debía decir eso?

Eso quería decir que Puck y Jack esperaban que Reginald Hackett volviera a Berkeley Square, quizá a recuperar su sucio botín, así que sería allí donde ocurriría lo que tuviese que ocurrir.

Y ya debía de haber ocurrido porque allí estaba Puck. Regina sintió entonces una repentina calma. Había aceptado lo inevitable.

Puck le dijo algo a Kettering, que le señaló la escalera con un movimiento de cabeza y hacia allí se dirigió Puck. Levantó la cabeza cuando estaba a medio camino y se sorprendió de verla allí sentada.

—¿Esperáis a alguien, señorita Hackett? —le preguntó antes de sentarse a su lado. Apoyó los codos en las rodillas mientras ella lo miraba, esperando—. ¿Os ha ido todo bien esta noche? —le preguntó él por fin.

—Eso creo, sí. Hemos hecho todo lo que dijiste —respondió al tiempo que apoyaba la cabeza en su hombro. Se quedaron allí los dos juntos, mirando la araña que iluminaba el vestíbulo desde el techo. La miraban como si fuese el objeto más interesante del mundo. Había una enorme telaraña que iba de unos cristalitos a otros. Era curioso las cosas en las que se fijaba una cuando su mente o quería escuchar lo que debía—. Si hay alguna heroína en todo esto, es Miranda. Esta noche ha estado magnífica. Incluso me ha perdonado por ser hija de mi padre.

Puck le pasó un brazo por los hombros y Regina pudo por fin bajar la guardia.

—¿Y tú, te has perdonado a ti misma por ser la hija de Reginald Hackett?

—He intentado perdonarlo a él y no sé si lo conseguiré algún día o si es posible siquiera. Pero soy yo la que decide quién soy. Tú me lo dijiste y así lo creo.

Volvieron a quedarse callados, satisfechos simplemente de estar el uno con el otro. La araña bailaba en su tela y probablemente pensaba que estaba segura, tejiendo con cuidado y felicitándose por haber elegido el mejor lugar de la casa, desde donde podía observar y cazar a los incautos. Pero ni siquiera la mejor de las telarañas podría hacer frente a una buena ama de llaves, y la araña no tardaría en descubrirlo.

—Está muerto, ¿verdad?

Puck guardó silencio unos segundos más.

—Sí, cariño. Está muerto.

Regina tomó aire.

—¿Y estabas tú ahí cuando... cuando murió?

—No, no estaba. Acertamos al pensar que volvería a Berkeley Square una última vez. Sus criados lo encontraron ahorcado en su despacho, con todos los libros y documentos sobre la mesa. Jack los agarró todos para evitar que caigan en manos inadecuadas. Ahora ya lo sabemos todo. Conocemos el nombre de todos los puertos que habría visitado el *Pride and the Prize* después de alejarse de Londres. Jack y otros hombres visitarán dichos puertos para salvar a otras mujeres. Todo ha terminado, Regina.

—Yo... nunca pensé que fuera a hacer algo tan honrado. Porque ha sido un final casi honrado, ¿no crees?

—Era la única solución. Tu padre sabía que estaba acabado y que no tenía escapatoria. Es cierto que su muerte hace que todo sea más fácil. Puede que haya comentarios y chismorreos, incluso cierto escándalo, pero será muy fugaz e imposible de demostrar. La Corona se encargará de que así sea. Y nada afectara a tu madre, a tu prima o a ti. De hecho, tu madre es ahora una viuda muy rica. Puede retirarse al campo durante un tiempo y volver a Londres en primavera. Estoy seguro de que su hermano estará encantado de ayudarla.

—Si recibe algo a cambio, claro. Todo encaja demasiado bien —se llevó las manos a las mejillas para secarse las lágrimas—. ¿Estás diciéndome la verdad?

Puck le levantó ligeramente la barbilla para poder mirarla a los ojos.

—Te amo con todo mi corazón, por eso todo lo que te he dicho es cierto.

Y, como ella lo amaba a él del mismo modo, eligió creerlo.

# EPÍLOGO

Sin poder parar de reírse, Regina se levantó las faldas y echó a correr por la verde pradera de Blackthorn. Había escapado de él, o al menos fingiría creer que era así. Corrió hasta quedarse sin aliento y luego se dejó caer en el césped, entre las flores silvestres.

Se tapó la boca para intentar dejar de reírse, pero solo consiguió soltar un chillido al ver aparecer esa cabeza de asno sonriente.

—¡Mi bella Titania! —canturreó su perseguidor—. Oberón ha puesto una pócima mágica en vuestros ojos para que os enamoréis para siempre de la primera persona que veáis. Así que ahora me amaréis a mí.

—Oh, no, señor Fondón, me temo que no puede ser —respondió—. Mi corazón le pertenece a otro. Es a ese granuja de Puck al que amo con todo mi corazón.

—Entonces hoy es vuestro día de suerte, señora. Porque aquí tenéis a vuestro Puck —dijo Puck despojándose de la cabeza. Al hacerlo se quitó sin darse cuenta la cinta que le recogía el pelo, que cayó entonces libremente sobre su cara, dándole un aspecto más joven y encantador—. Bueno, supongo que ahora que ya hemos profanado los versos del Bardo, puedo quitarme eso —dejó la cabeza en la hierba antes de tumbarse junto a ella—. Dios, cuánto pesa esa cosa. Y qué calor da.

—Aun así, deberías cuidar bien de ella. Ayer, cuando tu madre me enseñó los trajes, me pareció que estaba particularmente orgullosa de ese adefesio. Yo intenté ser amable, pero creo que le decepcionó mi reacción.

Puck estaba tumbado de lado, con la cabeza apoyada en el brazo.

—Le gustas mucho, Regina. Ella sería incapaz de admitirlo, pero le gustas. A su manera —añadió.

Esa manera de Adelaide Claridge consistía en mezclar los insultos con las alabanzas, la sonrisa con el falso entusiasmo.

—Chelsea dice que seguramente se marche pronto con su nueva compañía para actuar en Lake District —Regina apretó los labios en una mueca—. Ha sonado muy mal, lo sé. No pretendía decir que estemos deseando que se vaya ni nada por el estilo... ¡Para! —Regina se tumbó también y le dio una bofetada a Puck, que se reía a carcajadas—. Es tu madre. Eres peor que yo.

Puck la rodeó con sus brazos y la tumbó encima de su cuerpo.

—Entonces, esposa, al menos podremos ir juntos al infierno, y Beau y Chelsea nos acompañarán. Podremos salir por las noches a visitar los fuegos y a echar alguna partidita de cartas —entonces hizo una pausa y meneó la cabeza—. Antes no era así. Cada año que pasa se va haciendo más vieja y cada año uno de sus hijos llena con una esposa joven y guapa. Si el año que viene se digna a venir Jack y aparece con alguien que lo soporte, mi madre entrará en un claro declive.

Regina no le llevó la contraria, aunque estaba convencida de que a Adelaide le preocupaba algo más al margen de que sus hijos llevaran a casa a sus esposas. El marqués, un hombre agradable aunque algo débil, en opinión de Regina, llevaba toda la semana persiguiendo a su amante de siempre, desde que ella había llegado a Blackthorn, como si tratara de compensarla por haber hecho algo que la había hecho enfadar.

—Tu padre la quiere mucho —le dijo a Puck mientras él se entretenía en desabrocharle los botones del vestido. Era el vestido que más le gustaba a Puck, por lo que Regina se lo ponía a menudo, pero no tanto por el color, como por los botones.

—Si tú lo dices, querida esposa. Yo, como buen marido que soy, acepto tu opinión pues sabes mucho más de estos temas.

—¿Tú crees que no la quiere?

—Creo que la quiso, pero hace muchos años. Él era joven y, cuando menos, estaba fascinado por ella. Pero ahora nos mira y sabe que algún día todos sus bienes irán a parar a algún pariente lejano de Virginia o de Pennsylvania. Mi padre se arrepiente de muchas cosas y creo que mi madre se ha dado cuenta por fin de que le habría ido mejor siendo su esposa y marquesa que su amante. Imagínate, Regina, el próximo marqués de Blackthorn será algún americano. Es una locura, ¿no crees?

—Es horrible, eso es lo que creo, y creo que tus hermanos y tú sois más benévolos de lo que yo lo sería en vuestra situación.

Coló las manos por debajo del vestido y Regina se dio cuenta de que no había transmitido demasiada indignación porque empezaba a distraerse con otras cosas. Como por ejemplo el modo en que Puck le mordisqueaba el lóbulo de la oreja.

—No sé —dijo él, bajando las manos por sus costados hasta llegar a las nalgas para apretarla contra su excitación—. La verdad es que a mí me gusta bastante la situación en la que estoy. Aunque me parece que los dos llevamos demasiada ropa encima.

—¿No puedes hablar en serio?

—Está bien, pero solo porque tú me lo pides y solo por

esta vez —volvió a dejarla sobre el césped y se incorporó a su lado para mirarla a los ojos—. Soy el hombre más afortunado del mundo, preciosa. La mujer que amo me ama. No por un título, ni por mi dinero, ni por mis propiedades, con ovejas y probablemente vacas, ni siquiera por mi belleza, aunque puedes admirarla siempre que lo desees. Mi amada me quiere y yo a ella. ¿Hay algo más valioso que eso en este mundo?

—Mi poeta —susurró Regina acariciándole la cara—. Supongo que creerás también en los finales felices.

La sonrisa que apareció en su rostro la llenó de alegría por completo.

—¿Vos no, señora Blackthorn?

Regina lo agarró de los hombros y tiró de él para poder besarlo.

—Sí, señor Blackthorn, me parece que sí...

# Últimos títulos publicados en Top Novel

*A la orilla del río* – ROBYN CARR
*Secretos de una dama* – CANDACE CAMP
*Desafiando las normas* – SUZANNE BROCKMANN
*La promesa* – BRENDA JOYCE
*Vuelta a casa* – LINDA LAEL MILLER
*Noelle* – DIANA PALMER
*A este lado del paraíso* – ROBYN CARR
*Tras la puerta del deseo* – ANNE STUART
*Emociones secuestradas* – LORI FOSTER
*Secretos de un caballero* – CANDACE CAMP
*Nubes de otoño* – DEBBIE MACOMBER
*La dama errante* – KASEY MICHAELS
*Secretos y amenazas* – DIANA PALMER
*Palabras en el alma* – NORA ROBERTS
*Brisas de noviembre* – ROBYN CARR
*El precio del honor* – ROSEMARY ROGERS
*Sin nombre* – SUZANNE BROCKMANN
*Engaño y seducción* – BRENDA JOYCE
*Una casa junto al lago* – SUSAN WIGGS
*Magnolia* – DIANA PALMER
*Luna de verano* – ROBYN CARR
*Amor y esperanza* – STEPHANIE LAURENS
*Secretos de sociedad* – CANDACE CAMP
*10 secretos de seducción* – VARIAS AUTORAS
*El legado Moorehouse* – J.R. WARD
*Tras la traición* – BRENDA JOYCE

www.ingramcontent.com/pod-product-compliance
Lightning Source LLC
LaVergne TN
LVHW030342070526
838199LV00067B/6399